HÄKELEI UND HEXENKESSEL

DER STRICKCLUB DER VAMPIRE, BAND 3

NANCY WARREN

ISBN: Ebook 978-1-990210-38-9

ISBN: Gedruckt 978-1-990210-39-6

Cover-Gestaltung von Lou Harper von Cover Affair.

Übersetzung: Christine L. Weiting – Language + Literary Translations, LLC.

Ambleside Publishing

VORWORT

Band 3 – Häkelei und Hexenkessel: Ein paranormaler Cosy-Krimi

In jeder Familie gibt es Verwandte, die Ärger machen,
allerdings sind sie in meiner untot.

Meine Großmutter, Agnes Bartlett, war einmal die Inhaberin
des Wollgeschäfts Cardinal Woolsey's in Oxford. Dann starb
sie und hinterließ mir ihren Laden, ohne mir jedoch mitzuteilen, dass sie gar nicht wirklich tot war. Sie ist nämlich eine
Vampirin und gehört dem ungewöhnlichsten Handarbeits-
club der Welt an - der Strickrunde der Vampire.

Wie Sie sich vielleicht vorstellen können, bedeutet das, dass
sie sich jederzeit in die Führung meines Ladens einmischen
kann, der einmal ihr gehört hatte. Sie versucht außerdem,
mir das Stricken beizubringen, was gar nicht gut läuft. Sie

versucht auch, mir beizubringen, eine Hexe zu sein, denn es hat sich herausgestellt, dass ich einem alten Hexengeschlecht angehöre. Das war ein weiteres winziges Detail über meine Familie, das früher nie jemand erwähnt hatte, genausowenig wie die lange verschollenen Cousinen, ebenfalls Hexen, die ich erst kürzlich entdeckt habe.

Aber ich lerne dazu. Ich habe mein Familienzauberbuch, meine schwarze Katze als Vertraute, einige Zauberkräfte, die mir manchmal Angst machen, und eine interessante Gruppe neuer Freunde.

Und eines Tages kommen meine Eltern zu Besuch. Sie sind Archäologen und bringen mir ein Geschenk mit, auf das ich gut hätte verzichten können.

Kurz gesagt: Ich betreibe einen Strickladen und kann nicht stricken. Ich bin eine angehende Hexe, die schon ihre Katze nicht immer unter Kontrolle hat, geschweige denn ihre magischen Kräfte, und mein Liebesleben ist so verworren wie die letzte Socke, die ich zu stricken versuchte. Oh, und aus irgendeinem Grund werde ich immer wieder in Mordermittlungen verwickelt. Gut, dass ich die Vampire der Strickrunde habe, die mir bei der Spurensuche behilflich sind.

Immerhin habe ich endlich die perfekte Wollverkäuferin eingestellt, die teuflisch gut häkeln kann. Oder ist sie vielleicht zu perfekt?

Häkelei und Hexenkessel ist das dritte Buch aus der Reihe „Die Strickrunde der Vampire" mit lustigen, paranormalen, gemütlichen Krimis. Holen Sie sich Ihr Buch noch heute!

Erhalten Sie Rafes Geschichte kostenlos, indem Sie sich zu Nancys Newsletter ohne Spam auf NancyWarrenAuthor.com anmelden.

Treten Sie Nancys privater Gruppe auf Facebook bei, in der über Bücher, Stricken, Haustiere und das Leben geredet wird. facebook.com/groups/NancyWarrenKnitwits

HÄKELEI UND HEXENKESSEL

KAPITEL 1

„*G*uten Tag, Mrs. Winters", sagte ich, als ich den Lebensmittelladen an der Ecke der Harrington Street in Oxford betrat. Er lag günstig, nur einen Häuserblock von dem Wollgeschäft Cardinal Woolsey's entfernt.

Unser kleiner Teil der Altstadt war meine Lieblingsecke von Oxford. Es gab in unserer Straße auch ein College, aber kein berühmtes. Weltklasse-Restaurants oder schicke Hotels suchte man hier ebenfalls vergebens. Niemand Berühmtes war hier geboren oder gestorben. Und wir waren hier noch nicht einmal im ältesten Teil der Stadt. Was es in der Harrington Street gab, waren winzige aneinandergereihte Läden in Häusern, die hier schon seit etwa zweihundertfünfzig Jahren standen. Und eines davon gehörte mir.

Ich führte das Wollgeschäft Cardinal Woolsey's erst seit ein paar Monaten und entdeckte immer noch neue Schrullen und Eigenheiten in der Nachbarschaft – und damit meine ich jetzt nur die menschliche Bevölkerung ... Als Amerikanerin, die dazu auch noch jung war, musste ich natürlich oft erklären, wie ich zu so einem urigen, alten Strickladen gekommen war. Die einfachste Erklärung – und die Wahrheit – war, dass ich den Laden geerbt hatte, als meine geliebte Großmutter starb.

Es gab auch noch eine etwas kompliziertere Erklärung, die auch der Wahrheit entsprach: Bevor Granny richtig tot war, war sie nämlich von einer befreundeten Vampirin gebissen und damit zur Untoten geworden. Seitdem mischten sich einige gelangweilte, besserwisserische Vampire, die wahnsinnig gut stricken konnten, ständig in den Betrieb meines Ladens ein.

„Wie läuft das Geschäft, Lucy?", fragte Mrs. Winters. Sie steckte gern ihre Nase in anderer Leute Angelegenheiten.

„Sehr gut. Ich überlege, in den Verkauf von Designer-Strickwaren einzusteigen, eventuell über das Internet." Der Vampir-Strickklub produzierte in einem Affenzahn die unglaublichsten Strickarbeiten. Wenn ich ihnen nur genug zu tun gab, so hoffte ich, hätten sie vielleicht weniger Zeit und Energie, sich in mein Leben einzumischen. Es war eine ungewisse Hoffnung, aber ich klammerte mich daran.

„Das ist aber ein schöner Pullover, den Sie da anhaben", sagte sie und schaute mich genauer an. „Haben Sie ihn selbst gestrickt?"

Ich verkniff mir ein sarkastisches Schnauben. Meine Strickversuche waren ungefähr so vielversprechend wir meine Erfolgsbilanz beim Einstellen von Verkäuferinnen: ein Trauerspiel. Ich trug zwar einen herrlichen Pullover, bei dem auf einem intensiv violetten Hintergrund ein unbeschreibliches, aber wunderschönes geometrischen Muster aus Rauten und Quadraten in komplementären Farbtönen zu bewundern war. Allerdings war dieser Pullover das Werk von Herrn

Doktor Christopher Weaver, einem hier in der Stadt niedergelassenen Hausarzt und Vampir. Die Vampire strickten mir abwechselnd Pullis, Schals und auch Strickkleider, die ich im Laden tragen konnte. Jeden Tag trug ich irgendein bildschönes Strickmodell, das ich in der Regel nur einmal anzog, da immer gleich eine neue Kreation für mich bereit lag. Deswegen spielte ich jetzt mit dem Gedanken, in den Verkauf handgestrickter Waren einzusteigen.

„Ich brauche allerdings eine neue Verkäuferin", sagte ich und hielt die von mir verfasste Stellenanzeige hoch. „Hätten Sie etwas dagegen, wenn ich diese Anzeige an Ihr Schwarzes Brett hänge?"

Ich hatte die Anzeige auch ins Internet gestellt und ein Schild mit der Aufschrift „Aushilfe gesucht" in mein Schaufenster gehängt, aber hier in der Gegend suchten alle immer erst nach Kleinanzeigen am schwarzen Brett des Full Stop-Lebensmittelladens. Wer eine Geigenlehrerin, einen Mitbewohner oder einen Job suchte, konnte hier am ehesten fündig werden.

Eine Anzeige auszuhängen hatte jedoch stets seinen Preis. Vor allem, da es sich bei mir immer wieder um dieselbe Anzeige handelte: „Cardinal Woolsey's Handarbeitsladen sucht Verkäufer/in mit Strickerfahrung. Erfahrung im Einzelhandel erforderlich." Ich wechselte mittlerweile meine Verkäuferinnen wie eine Allergikerin mit akutem Heuschnupfen ihre Taschentücher.

Also wartete ich. Natürlich zog sie die Brauen hoch und tat geschockt. „Gütiger Himmel. Noch eine Verkäuferin?" Sie beugte sich über den Tresen, über den Lottoscheinständer und den Plastikkorb mit Minipackungen Schokobonbons und Gummibärchen, die schon für Halloween bereitstanden.

Aber ihre Stimme war so durchdringend, dass man sie ganz bestimmt bis auf die Kuppel der Radcliffe Camera hören konnte. „Kontinuität ist sehr wichtig. Zuviel Personalfluktuation tut dem Ruf Ihres Ladens nicht gut." Sie lächelte mich auf eine sehr herablassende Art an. „Es stört Sie doch sicher nicht, dass ich Ihnen so einen Tipp gebe, mein Kind. Wo ich ja schon sehr viel länger im Geschäft bin als Sie."

Ich hätte ihr sagen können, dass meine erste Verkäuferin eine Psychopathin gewesen war und dass die zweite durchgedreht war, nachdem sie meine angeblich tote Großmutter durch den Laden hatte laufen sehen. Die dritte war nach Australien zurückgegangen, damit sie mit ihrem Freund, dem Mörder, zusammen sein konnte. Ich hielt jedoch meine Zunge im Zaum und versuchte, ihre unerwünschten Ratschläge mit dankbarem Gesicht hinzunehmen.

So, als sei ihr gerade erst wieder eingefallen, wie ich meine dritte Verkäuferin verloren hatte, sagte sie dann: „Natürlich war das alles ganz furchtbar, dieses ganze Durcheinander im Tearoom."

Zwei Morde als Durcheinander zu bezeichnen, dazu musste man wirklich eine ganz spezielle Sorte Mensch sein.

Ich lächelte honigsüß. „Darf ich meinen Zettel aufhängen?" Es war Sonntagnachmittag und mein einziger freier Tag, den ich damit verbrachte, unerledigte Arbeiten wie Staubsaugen und das Aushängen von Stellenanzeigen zu verrichten.

„Ja, natürlich, gern. Ich werde auch nach einer geeigneten Person Ausschau halten. An was für eine Art Mitarbeiterin hatten Sie denn gedacht?"

Ich wusste genau, was ich für eine Person wollte. Ich sah sie förmlich vor mir. „Ich suche eine Frau mittleren Alters, vielleicht eine, die bereits erwachsene Kinder hat und einen Teilzeitjob sucht. Sie muss natürlich eine exzellente Strickerin sein und etwas Erfahrung im Verkauf haben. Wenn sie Erfahrung als Handarbeitslehrerin hätte, wäre das noch besser. Und sie muss samstags verfügbar sein." Ich stellte mir eine mollige Frau vor, die selbstgemachte Strickjacken trug.

Sie sollte mütterlich sein, also eine Frau, der es genauso leichtfiel, Lebensratschläge zu verteilen, wie einen Ärmel zu wenden oder ein Bild vom Weihnachtsmann samt Rentieren in einen roten Kinderpulli – pardon, *Jumper,* wir waren schließlich in England – einzustricken.

Ich war mir sicher, dass es sie irgendwo gab, die strickende Verkäuferin meiner Träume. Bis sie auftauchen würde, wäre ich weiter auf mich allein gestellt, mit sporadischer Unterstützung von einigen der Vampirdamen, die hier in der Gegend niemand zu ihren Lebzeiten gekannt hatte. Natürlich wollte auch meine Großmutter unbedingt mitmachen, aber sie durfte nur bei der Inventur und beim Aufräumen helfen, wenn der Laden geschlossen war und ich die Jalousien zugezogen hatte.

Nachdem ich meinen Aushang an das Schwarze Brett getackert und frisches Brot und Milch für mich sowie ein halbes Dutzend Dosen Thunfisch für meine Vertraute Nyx, eine in Bezug auf Ernährung sehr wählerische schwarze Katze, gekauft hatte, ging ich die kurze Strecke zurück zu meinem Geschäft und ließ die wiederverwendbare Stoffeinkaufstasche an meiner Hand baumeln. Nun, da ich alles erledigt hatte, freute ich mich darauf, den Nachmittag über Zaubersprüche aus dem Grimoire, dem Zauberbuch meiner Familie, zu lernen. Meine Großcousine und meine Großtante, die beide Hexen waren, ermutigten mich immer wieder, ihrem Hexenzirkel beizutreten, aber ich hatte bisher damit gezögert, da es um meine Hexenkünste nicht so gut bestellt war.

Eigentlich hatte ich den Eindruck, dass ich in lauter Dinge hineingezogen wurde, für die ich keine besondere Begabung hatte. Zum Beispiel war ich Eigentümerin eines Wollgeschäfts, obwohl ich gar nicht stricken konnte. Ich hatte es immer wieder versucht. Meine Oma sagte, ich würde mich nicht richtig konzentrieren, aber ich fand es sehr schwierig, meine ganze Aufmerksamkeit auf zwei Metallstäbchen zu richten, um die ich ständig Wolle schlingen und dabei mitzählen musste. Es war mir unbegreiflich, wie sich jemand auf so etwas konzentrieren konnte. Meine Strickversuche, egal ob es sich dabei um Schals, Socken oder Pullover handelte, sahen am Ende alle aus wie Variationen aus der Familie des Seeigels oder sonstiger igelähnlicher Geschöpfe. Manchmal dachte ich, ich sollte vielleicht ein Strickigel-Sortiment erfinden. Da könnte ich meiner Fantasie wirklich freien Lauf lassen.

Granny sagte, ich sei einer langen Reihe glorreicher Hexen entsprungen. Ich konnte nicht wissen, was meine Nachkommen in Zukunft einmal über mich sagen würden, aber ich glaubte nicht, dass das Wort „glorreich" darin vorkommen würde. Meine Zaubertränke wollten mir einfach nicht gelingen, ich vergaß meine Zaubersprüche mittendrin und immer wieder jagte ich etwas in die Luft, und zwar unabsichtlich.

Dass ich trotzdem halbwegs glaubte, doch eine Hexe zu sein, lag einzig und allein daran, dass meine Katze eindeutig eine sehr mächtige Vertraute war. Ich nannte sie Nyx, nach der Göttin der Nacht und der Tochter des Chaos, und der

Name passte zu ihr. Sie war die klügste Katze, die mir je untergekommen war, und wenn sie in der Nähe war, passierte meist etwas. Ich glaubte nicht, dass sie noch bei mir wäre, wenn sie nicht an mein Potenzial glauben würde. Aber manchmal, wenn sie mich aus ihren grünen Augen von der Seite her ansah, konnte ich erkennen, dass ihr langsam Zweifel kamen. Falls ich irgendwann aufhören würde, sie mit dem besten Thunfisch zu füttern, den der Full Stop-Lebensmittelladen zu bieten hatte, um ihr stattdessen normales Katzenfutter unterzujubeln, dann würde sie möglicherweise woanders ihr Glück suchen gehen.

Allerdings hatte ich Träume, die sich als bedeutsam herausstellten, wenn auch nicht immer sofort. Und wenn ich genügend Gefühl investierte, ließ ich Dinge geschehen, die mir selbst rätselhaft vorkamen. Es war also nicht viel, auf das ich als Hexe stolz sein könnte, aber mehr hatte ich nicht.

Wie sollte ich da beim örtlichen Hexenzirkel aufkreuzen und so tun, als gehörte ich dazu? Die anderen würden ihre Hexenbesen nehmen und mich rauskehren. Und wer könnte es ihnen verdenken? Aber es machte mich auch einsam, die einzige Hexe zu sein, die ich kannte, abgesehen von meiner Großcousine und meiner Großtante. Also war ich entschlossen, so lange zu üben, bis ich meine Fähigkeiten auf ein Niveau gebracht hätte, das mir das Gefühl gab, die anderen Hexen könnten mich akzeptieren. Es war ein bisschen so, als würde man den ganzen Sommer lang Baseball trainieren, in der Hoffnung, zu Schuljahresbeginn in die Schulmannschaft aufgenommen zu werden. Natürlich funktionierte das bei mir nicht. Nachdem ich den Sommer über trainiert hatte, wollte es mir nie so recht gelingen, den Ball mit dem Baseballschläger zu treffen und mit dem Werfen klappte es erst recht nicht.

Ich war so sehr in meinen düsteren Gedanken über meine Zukunft als Hexe versunken, dass ich die zwei Personen vor Cardinal Woolsey's Strickladen gar nicht bemerkte. Es waren ein Mann und eine Frau mittleren Alters und es sah aus, als stünden sie schon eine ganze Weile dort. Mein erster Gedanke war, wie mühsam es sein würde, sie abzuwimmeln. Wenn ich erklären würde, dass ich die Besitzerin war und dass wir geschlossen hatten, dann würden sie irgendeine rührselige Geschichte darüber erzählen, wie dringend sie heute Wolle brauchen, weil ... Sie würden erwarten, dass ich extra für sie den Laden öffnete. Es ist erstaunlich, wie viele Leute den Satz „der Kunde ist König" so verstehen, als müsse sich der gesamte Einzelhandel um die Erfüllung all ihrer Wünsche drehen.

Ich überlegte schon, ob ich einfach weitergehen und so tun sollte, als wollte ich ganz woanders hin, als mir klarwurde, dass mir die beiden sehr bekannt vorkamen. Als ich näherkam und mir ganz sicher sein konnte, ließ ich meine Tasche auf den Bürgersteig fallen und rannte mit weit ausgebreiteten Armen auf sie zu. „Mom, Dad, ich kann kaum glauben, dass ihr hier seid."

Jack Swift und Susan Bartlett-Swift waren Superstars auf ihrem Fachgebiet und das war zufälligerweise die altägyptische und sudanesische Archäologie. Dass sie miteinander verheiratet waren, verlieh ihrer Professorentätigkeit zusätzlichen Glamour. Außerhalb ihres Kreises hatte niemand je von ihnen gehört. Sie hatten genauso viel Zeit ihres Lebens im Nahen Osten verbracht wie in den Vereinigten Staaten,

weshalb ich als Heranwachsende so oft bei meiner Großmutter in Oxford gewesen war.

„Ihr seid so braungebrannt, ihr seht beide aus wie nach
einer Karibikkreuzfahrt", witzelte ich.

Dad sagte: „Als wir durch Gizeh kamen, sind wir in einen
Sandsturm geraten. Aber es ist schön, dich zu sehen, Lucy."
Er nahm mich fest in die Arme. Dann wandte ich mich von
ihm ab und umarmte meine Mom, deren Mantel wie ein
riesiger Schlafsack aussah. Es war Ende Oktober und etwas
kühl, aber für eine Frau, die an die Hitze der Wüste gewöhnt
war, musste sich das eiskalt anfühlen.

Ich holte mein Schlüsselbund hervor und öffnete die
Ladentür, was mir einfacher erschien, als mit ihnen zum
eigentlichen Wohnungseingang hinter dem Haus zu gehen,
wohin man einen Umweg durch eine Gasse nehmen musste.
Da wurde mir klar, dass Mom seit dem Tod ihrer Mutter,
meiner Oma, gar nicht mehr hier gewesen war. Das würde zu
Komplikationen führen. Denn natürlich war ihre Mutter gar
nicht richtig tot, man musste sie eher als Untote bezeichnen.
Ich war mir nicht sicher, ob meine Eltern wirklich herausfinden sollten, dass Granny ein Vampir war. Aber sie trieb
sich nun einmal hier im Laden herum, wenn er geschlossen
war, und manchmal – was noch beunruhigender war – auch
während der Öffnungszeiten. Ich war mir nicht ganz sicher,
ob ich sie würde davon abhalten können, sich ihrer Tochter
und ihrem Schwiegersohn zu zeigen. Aber darum würde ich
mich später kümmern, alles zu seiner Zeit.

Mom und Dad waren mit leichtem Gepäck gereist, jeder
mit Rollkoffer und Rucksack. Ich nahm Mom ihren Koffer ab
und ging vor ihnen die Treppe hinauf in die Wohnung, in der
ich jetzt wohnte. Ich machte Licht, um die frühe Dunkelheit

des Nachmittags zu vertreiben. Dann nahm ich Moms bauschigen Wintermantel und Dads alte Wollbomberjacke und hängte alles in den Schrank.

„Aber was macht ihr eigentlich hier? Und warum habt ihr mir nicht gesagt, dass ihr kommt?" Ich schaute von einer zum anderen. „Hat es politische Unruhen gegeben?" Das war normalerweise das Einzige, was sie aus einer Ausgrabungsstätte wieder herausbringen konnte, wenn sie sich dort erst einmal eingebuddelt hatten.

Politische Unruhen betrachtete meine Mutter als eine Art Wetterwechsel und unzureichende Fördergelder waren für sie nichts als ein Ärgernis, das sie daran hinderte, ihre Arbeit ordentlich zu erledigen. Meine Eltern hatten sich mit Haut und Haar dem Ausgraben historischer Erkenntnisse verschrieben. Es faszinierte sie und sie wussten viel mehr über das Weltgeschehen in der Antike als in der Moderne.

Aber Dad blickte zu Mom, die den Kopf schüttelte. Sie sah irgendwie verwirrt aus. Hatte sie während des Fluges getrunken? Mom trank selten Alkohol. Daher fragte ich mich, ob sie vielleicht wegen ein paar Cocktails in zehntausend Metern Höhe über der Erde etwas weggetreten war. Irgendetwas stimmte nicht mit ihr.

„Ich wollte dich sehen, Lucy." Sie strich sich mit der Hand über ihr braunes, großzügig mit grauen Strähnen durchzogenes Haar, das ihr bis über die Schultern gewachsen war, seit ich sie das letzte Mal gesehen hatte. „Und ich muss zum Friseur."

Mom war keine Frau, die ihren Arbeitsplatz zurückließ und in ein anderes Land flog, um sich die Haare schneiden zu lassen. Abgesehen von ihrem scheinbaren Schwips, schien Mom riesig in Form zu sein. Sie trug ihre übliche Tracht: ein übergroßes Baumwollhemd, Khakihosen und Wüstenstiefel. Da sie sich weigerte, eine Trifokalbrille zu tragen, trug sie ihre normale Brille für mittlere Entfernungen und hatte sowohl ihre Lesebrille als auch ihre Fernsichtbrille in die Tasche ihres Hemdes gesteckt. Sie schminkte sich nie und ihr einziges Schmuckstück war ein schlichter, goldener Ehering.

Mein Vater trug so ziemlich das Gleiche, nur war sein Hemd aus verblichenem blauen Jeansstoff. Er war auf Trifokalgläser umgestiegen und seine neue Brille war ziemlich trendy, da ich ihm bei der Auswahl geholfen hatte. Mein blondes, lockiges Haar hatte ich von ihm geerbt, obwohl seines jetzt mehr silbern als golden war. Die Jahre in der Wüste hatten ihm einen rauen, wettergegerbten Teint verliehen. Er sah aus wie Indiana Jones Senior.

Beide waren geniale Archäologen, hoffnungslos unpraktisch veranlagt, wenn es um alltägliche Dinge ging, und ich hatte sie beide unheimlich lieb. „Ihr hättet mir sagen sollen, dass ihr kommt!"

„Mom wollte dich überraschen." Auch das war merkwürdig. Mom hasste Überraschungen.

„Also, die Überraschung ist euch gelungen. Ich freue mich unheimlich, euch zu sehen." Ich lachte. „Ich weiß gar nicht, warum wir hier im Wohnzimmer rumstehen. Setzt euch doch." Ich bot ihnen Tee an. Meine Mutter lachte leise. „Du wirst schon genauso englisch wie deine Großmutter. Hast du keinen Kaffee?"

„Natürlich habe ich welchen." Ich ging in die Küche und machte mich daran, Kaffee aufzusetzen. Mom folgte mir. Ich sagte: „Das muss sehr schwer für dich sein. Es ist das erste Mal, dass du seit Grannys Tod wieder hier bist."

„Für dich ist es schwerer, glaube ich. Es tut mir so leid,

dass du den Schock verkraften musstest, hier anzukommen und herauszufinden, dass sie nicht mehr lebt. Es muss furchtbar gewesen sein."

Das konnte mal wohl sagen. Ich war nicht nur meiner herumwandernden, vermeintlich toten Großmutter begegnet, sondern ich hatte mit Hilfe des Vampir-Strickclubs auch noch ihren Mord aufklären müssen. Von alledem wusste Mom natürlich nichts. „Ich habe es überstanden."

Ohne Umschweife kam sie zu der Mutterfrage, vor der ich mich bereits fürchtete. „Ich habe verstanden, dass du anfangs hiergeblieben bist, Schatz, aber warum bist du jetzt immer noch hier? Du bist siebenundzwanzig. Warum in aller Welt betreibst du ein Strickgeschäft?"

Ich war einerseits in dieses neue Leben hineingeschliddert, weil meine Granny mir den Laden und die Wohnung im Obergeschoss hinterlassen hatte, aber vor allem, weil es mir so gut gefiel. So verrückt es auch klingen mochte, freute ich mich auf die Treffen des Vampir-Strickclubs zweimal die Woche. Es war ein merkwürdiger Verein, bunt zusammengewürfelt aus ganz verschiedenen Epochen, aber sie waren meine Freunde. Und es machte mir mehr Spaß, einen Laden zu führen, als ich mir jemals vorgestellt hatte. Um es richtig gut zu machen, müsste ich nur noch stricken lernen.

„Du würdest dich wundern, Mom. Heute sind Stricken und Häkeln nicht mehr nur etwas für ältere Damen. Hier kommen Studenten rein, junge Männer und Frauen, es gibt sogar einen Club, der sich in Kneipen zum Stricken trifft. Sie nennen sich die „Oxford Drunken Knitwits". Nun war es heraus.

„Hast du dich mit jemandem angefreundet?"

Nun ja, die meisten meiner Freunde hatten schon lange

ihren hundertsten Geburtstag hinter sich, aber ich sah sie jetzt mit anderen Augen. „Ich bin zwar mit dem Laden beschäftigt, aber ich komme auch raus. Ich habe vor, einen Betriebsführungskurs für Kleinunternehmer zu belegen, und sobald ich Zeit habe, gehe ich wieder zum Yoga. Du weißt ja, wie es in Oxford zugeht. Es gibt hier ständig Vorträge, Konzerte, Theateraufführungen, Buchvorstellungen und Quizabende in den Pubs."

Ich stellte drei Tassen Kaffee auf ein Tablett und dazu einen Teller mit selbstgebackenen Ingwerplätzchen. Granny wusste, dass das meine Lieblingsplätzchen waren und sie buk sie regelmäßig für mich. Als Mom sie sah, legte sie eine Hand ans Herz. „Die hat Mom immer für uns gemacht. Du hast ihr Rezept gefunden. Ich wusste gar nicht, dass sie es jemals aufgeschrieben hatte."

Ich lächelte und hoffte inständig, dass Mom mich nicht nach dem alten Familienrezept fragen würde, da ich keine Ahnung hatte, wie die Plätzchen gemacht wurden.

Als wir alle saßen, Mom und Dad nebeneinander auf dem Chintzsofa und ich auf einem der dicken Polstersessel, kam sie wieder zu ihrem etwas einseitigen Gespräch von vorher zurück. „Bist du sicher, dass du nicht einsam bist?"

„Niemals. Außerdem habe ich eine Mitbewohnerin." Dann erhob ich meine Stimme. „Nyx?", rief ich laut. Normalerweise hing die Katze mit mir herum, egal ob ich zu Hause oder im Laden war. Es war seltsam, dass sie jetzt nicht hier war, um Mom und Dad kennen zu lernen. Vor allem, weil sie sie von dem Verhör hätte ablenken könnte, dem ich gerade unterzogen wurde.

Mom und Dad sahen sich an. „Wer ist Nyx?", fragte Dad.

„Meine Katze. Ich weiß gar nicht, wo sie ist. Normalerweise lernt sie gern neue Leute kennen."

„Das ist aber schön", sagte Dad. „Als Kind wolltest du immer eine Katze oder einen Hund haben. Wir konnten keine Haustiere haben, weil wir so viel unterwegs waren."

Ich ging sie suchen und fand Nyx schließlich oben an meinem Schlafzimmerfenster sitzen. Normalerweise ließ ich das Fenster für sie offen, aber weil es vorhin kalt gewesen war, hatte ich es geschlossen.

„Komm mit, ich stell dich meinen Eltern vor." Ich hob sie hoch und trug sie zurück nach unten ins Wohnzimmer, wo meine Eltern Kaffee tranken. Beide sahen nach der Reise müde aus. Ich spürte, wie Nyx sich in meinen Armen versteifte und zurückzog. Ich brachte sie zu meinem Vater und er streckte eine Hand aus und streichelte ihr über den Kopf.

„Nyx? Schön, dass du nicht vergessen hast, was du über klassische Mythologie gelernt hast."

Meine Mutter war eher ein Katzenmensch und sie beugte sich vor, streckte eine Hand aus und sagte: „Oh, was für ein süßes Kätzchen." Ich beugte mich vor, damit Nyx auf ihren Schoß springen konnte. Es gab nichts, was meine Katze mehr liebte, als gestreichelt zu werden. Doch Nyx bekam plötzlich eine Art Anfall. Sie fauchte und wand sich in meinen Armen, ihre winzigen, aber scharfen Krallen waren voll ausgestreckt. Dann sprang sie auf den Teppich und kratzte mich dabei. Wie der Blitz rannte sie wieder nach oben.

Meine Mutter wirkte überrascht und ein wenig verletzt. „Sie ist wohl nicht sehr kontaktfreudig, was?"

Ich starrte der Katze verwirrt hinterher. „Ich weiß nicht,

was heute mit ihr los ist. Vielleicht muss sie mal raus." Ich entschuldigte mich und ging wieder hoch ins Schlafzimmer.

Nyx starrte mich aus ihren zusammengekniffenen grünen Augen an, bevor sie den Kopf drehte und ganz gezielt zum Fenster starrte, das ich für sie öffnen sollte. Die Kratzspuren auf meinen Armen schmerzten. Sie war sonst immer so sanft. „Was ist denn los mit dir?"

Sie miaute genervt. Ich kannte sie lange genug, um die vielen Stimmungen ihres Miauens deuten zu können. Sie war wütend. Damit war sie nicht die Einzige. Ich öffnete das Fenster. „Ich hoffe, wenn du wiederkommst, benimmst du dich besser." Kaum war das Fenster offen, schoss sie so schnell hinaus, dass ich Angst hatte, sie würde auf den Boden stürzen. Doch mit einer Wendigkeit, die mich immer wieder verblüffte, sprang sie auf den Ast des alten Kirschbaums und kletterte rasch daran hinunter in den kleinen Garten hinter dem Haus.

Als sie sicher auf dem Boden gelandet war, drehte sie sich um und sah zu mir auf. Und meine geliebte Katze und Vertraute kniff die Augen zusammen und zischte mich an.

KAPITEL 2

*V*on ihrem seltsamen Verhalten immer noch verwirrt, rieb ich mir den wunden Arm und ging zurück zu meinen Eltern. Mein Vater saß mit zurückgelegtem Kopf schlafend auf dem Sofa. Mom schien hellwach zu sein, und sie wirkte immer noch irgendwie angeheitert.

Sie lächelte mir zu. „Ich freue mich so, dich zu sehen. Wir haben dich vermisst, Schatz." Sie blickte sich um. „Du hast in der Wohnung nicht viel verändert, oder? Irgendwie bin ich froh darüber. Das heißt, dass du dich nicht darauf festgelegt hast, hierzubleiben."

Ich hätte die Wohnung wohl schon gern ein bisschen modernisiert, aber ich wollte Omas Gefühle nicht verletzen. Außerdem hatte ich zu viel zu tun. Und jetzt, eine halbe Stunde nach der Ankunft meiner Eltern, hatte ich wirklich keine Lust, über meine Zukunftspläne zu sprechen, also begnügte ich mich mit: „Ich habe euch auch vermisst." Besonders jetzt, wo Oma nicht mehr da war. Manchmal hätte ich gern eine Frau zum Reden, die älter war als ich und der ich vertrauen konnte. Genau genommen war Granny ja gar nicht richtig weg, aber je länger sie ein Vampir war, desto mehr bemerkte ich, dass sie die kleinen Sorgen des täglichen Lebens, die zum Menschsein dazugehören, nicht mehr richtig wahrnahm.

Mom warf einen heimlichen Seitenblick zu Dad. Er hatte den Mund offen und gab im Schlaf lauter kleine Keuchgeräusche von sich. Sie senkte ihre Stimme. „Lass uns rauf in dein Zimmer gehen, Schatz. Ich habe etwas für dich."

Sie wirkte sowohl geheimnisvoll als auch aufgeregt und ich folgte ihr freudig die Treppe hinauf in mein Zimmer. Ich liebte Geschenke. Sie schloss die Tür, dann lauschte sie, um sich zu vergewissern, dass Dad noch schlief, bevor sie kurz nickte.

Sie kam herüber und setzte sich neben mich aufs Bett, öffnete ihre Handtasche und zog ihre Kosmetiktasche hervor. Dann öffnete sie diese. Schließlich nahm sie einen Gegenstand in einem abgenutzten Lederbeutel heraus und reichte ihn mir. „In dem Augenblick, als ich ihn berührt habe, wusste ich, dass ich ihn dir bringen musste."

Ihre Wortwahl war so ungewohnt, dass ich sie ansah. Sie glühte vor Aufregung und ihr Blick war fest auf den Beutel gerichtet. Sie wartete darauf, dass ich ihn öffnete. Also tat ich es. Ich ließ meine Hand hineingleiten und zog etwas heraus, das wie ein Handspiegel aussah. Bei näherer Betrachtung erkannte ich, dass es tatsächlich ein Handspiegel war, allerdings ein sehr, sehr alter.

Er war wunderschön. Die Spiegelfläche war rund, mit etwa 10 cm Durchmesser, und sie war aus einem Metall gefertigt, das mit der Zeit stumpf geworden war. Ich vermutete, dass es Bronze war. Besonders interessant fand ich jedoch den Griff. Er war golden und zeigte den stilisierten Kopf einer

Frau. Ihr Gesicht war bemalt und erinnerte mich an die Büste der Nofretete, mit großen dunklen Augen aus Obsidian, die mich direkt anzuschauen schienen.

Der Spiegel sah aus wie ein Gegenstand, den man normalerweise in einem Museum zu sehen bekäme. Meine Mutter und mein Vater hätten bei einer Ausgrabung genauso einen Spiegel entdeckt haben können. In den Griff war sogar eine Hieroglypheninschrift eingraviert.

„Mom, er ist wunderschön. Ist es eine Nachbildung von einem eurer Fundstücke?" Ich hatte schon oft Kopien berühmter Artefakte in den Geschenkeläden von Museen auf der ganzen Welt gesehen. Manchmal zeigten mir Mom oder Dad, bei welchen davon es sich um Imitationen ihrer eigenen Fundstücke handelte. Ich hatte immer den Eindruck, dass sie hin- und hergerissen waren: zwischen dem Stolz darüber, dass ihre Arbeit so gewürdigt wurde, und dem Entsetzen darüber, dass etwas so Wertvolles und Einzigartiges überhaupt in Massenproduktion hergestellt werden konnte. Einige der Kopien waren jedoch sehr gut. Diese hier war es auf jeden Fall. Der bronzierte Spiegelteil war ein wenig getrübt. Die Nachbildung war so perfekt, sie musste sehr teuer gewesen sein.

Mom seufzte und streckte ihren Zeigefinger aus. „Schau mal, wie detailgetreu die Frisur dargestellt ist. Exquisit. Das ist wirklich ein ganz außergewöhnliches Stück."

Ich bekam auf einmal ein sehr merkwürdiges Gefühl. Mom verhielt sich anders als sonst, und jetzt, wo ich genauer hinsah, sah ich, dass ihre Pupillen geweitet waren, so als wäre sie high. „Hat Dad dir geholfen, das auszusuchen?"

Sie schüttelte den Kopf. „Nein, Liebes. Und das soll unser kleines Geheimnis bleiben, ja?"

Meine Mutter und mein Vater hatten keine Geheimnisse voreinander, schon gar nicht, wenn es um irgendetwas ging, das mit der Antike zu tun hatte. Mein Unbehagen wuchs. „Mom, das ist doch nicht etwa ein echtes historisches Fundstück, oder?"

Da lachte meine Mutter. Das freudige Trällern klang gar nicht nach ihr. „Ich habe es gefunden, und du weißt ja: ‚Wer's findet, darf's behalten.'"

Diese Regel galt allerdings nicht für Archäologen, die von Universitäten, Museen und staatlichen Förderstellen dafür bezahlt wurden, antike Schätze zu bergen.

Wollte sie mir einen Streich spielen? Ich sah sie an, aber sie war wie gebannt von dem Spiegel. Mom machte nie Witze über die Unantastbarkeit von Ausgrabungsfunden und sie hatte immer eindringlich dazu aufgerufen, gefährdete Altertümer vor Grabräubern und Plünderern zu retten. Sie und mein Vater hatten mühsame Arbeit geleistet, um Plünderungen und Zerstörungen in Kriegsgebieten zu stoppen. Niemals würde sie etwas von einer Ausgrabung mitgehen lassen. Niemals.

Sie griff nach meiner Hand, die noch immer den Spiegel umklammert hielt. „Es war seltsam, aber in dem Moment, als ich diesen Spiegel ausgrub, wusste ich, dass ich ihn dir bringen musste. Seitdem habe ich ihn nicht mehr aus den Augen gelassen, und jetzt, wo er in deinen Händen sicher ist, kann ich endlich aufatmen."

Ich war froh, dass jemand aufatmen konnte, denn meine eigene Unruhe stieg. „Wo genau hast du ihn gefunden?", fragte ich und versuchte, meine Stimme locker klingen zu lassen.

„Wir haben im Tal der Könige gearbeitet. Er war in der

Grabkammer einer der Nebenfrauen des Senachtenre. Du erinnerst dich, er war Pharao von Ägypten in der siebzehnten Dynastie, Mitte des sechzehnten Jahrhunderts, natürlich vor unserer Zeitrechnung." Mom und Dad verwendeten immer die Abkürzung v.u.Z. anstatt v. Chr., obwohl sie das Gleiche meinten.

Ich rechnete im Kopf nach, wie ich es immer tun musste, wenn Mom oder Dad mit historischen Zeitangaben um sich warfen. Wenn ich richtig gerechnet hatte, war diese Frau vor etwa dreitausendfünfhundert Jahren begraben worden.

„In der Grabkammer lag der übliche Schnickschnack: Alabasterurnen mit den inneren Organen der toten Königin, Elfenbeinkämme, Schmuck und Werkzeuge für das Leben nach dem Tod. Aber dieser Spiegel, dieser Spiegel war etwas Besonderes und weil auch du etwas Besonderes bist, habe ich ihn dir als Geschenk mitgebracht."

Ich war fassungslos. Anders kann ich es nicht ausdrücken. Erstens würde meine Mutter, die berühmte Archäologin, kostbare Fundstücke aus einem Pharaonengrab nicht als „Schnickschnack" bezeichnen und zweitens würde sie niemals, auch nicht in einer Million Jahren – oder in dreitausendfünfhundert Jahren – etwas aus einer Ausgrabungsstätte klauen.

Ich wollte meine Mutter nicht des Diebstahls beschuldigen und ich wollte auch nicht, dass es jemand anderes herausfinden und sie beschuldigen würde. Alles, was ich denken konnte, war, dass sie eine Art Gedächtnisschwund oder vielleicht einen Hitzschlag erlitten hatte. Oder hatte sie sich vielleicht einen exotischen Virus eingefangen, der sie verrücktspielen ließ? Ich wollte ihren Zustand mit meinem

Vater besprechen. Und sie dann vielleicht zu einem Arzt bringen, um sie untersuchen zu lassen.

Die Entnahme eines Schatzes aus einer antiken Grabstätte war nicht nur ein Verbrechen, sondern hätte auch zur Entlassung meiner Mutter aus ihrem geliebten Beruf geführt. Und vielleicht auch zur Entlassung meines Vaters, denn er war unwissentlich zum Komplizen geworden ...

Meine Mutter, die meine Gedanken nicht bemerkte, besah sich immer noch den Spiegel. „Schau dir doch nur die herrlichen Hieroglyphen an. Weißt du noch, wie man sie liest?"

Das war mehr als grotesk. Sollte ich jetzt etwa noch Quizfragen zu Hieroglyphen beantworten? Natürlich wusste ich, wie man sie liest. Wenn man wochenlang bei einer archäologischen Ausgrabung war, gab es nicht viel anderes zu tun. Während ich mir die schön geschnitzten Formen ansah, versuchte ich gehorsam, einen Sinn darin zu erkennen. Ich sah mir die winzigen Figuren, Vögel und Fabeltiere genau an. „Es sieht aus wie ein Schutzzauber."

„Sehr gut. Lies ihn mal laut vor."

Mein Altägyptisch war ziemlich eingerostet, außerdem gab es nicht wirklich eine Standardaussprache, aber ich tat mein Bestes. Die Worte laut zu lesen, versetzte mich zurück in die Zeit, die ich als Teenager in der Wüste verbracht hatte, als ich mich nach dem Internet, nach Freunden und manchmal sogar nach Strom sehnte.

Archäologie ist sehr aufregend, wenn man Archäologe ist, aber für mich als Teenager war es so ziemlich der langweiligste Beruf der Welt. Nie durfte ich bei etwas Wichtigem helfen. Die Studenten durften die interessanten Sachen machen, wenn man das Entfernen von Sand und Schutt von alten Steinbrocken mit winzigen Pinseln als interessant bezeichnen kann. Ich machte meistens nur Besorgungen. In einem Jahr konnte ich mir in der High School einen Geschichtskurs anrechnen lassen, also ließ mich Mom Hieroglyphen lernen. Das war cool gewesen, als ich erst einmal den Dreh raushatte. Die winzigen Zeichnungen und Strichmännchen begannen eine Bedeutung zu bekommen und lockten mich auf eine Weise in die antike Welt, wie es Moms und Dads Vorlesungen nie getan hatten.

Gut geschlafen habe ich an diesen Ausgrabungsstätten nie. Nicht nur, weil die Unterkunft stets ziemlich spartanisch war, sondern auch, weil meine Träume immer schlimmer wurden. Schon immer war ich von Albträumen geplagt worden, aber dann träumte ich einmal, ich wäre eine der Personen, die wir gerade ausgruben, was ziemlich beunruhigend war. Welche Sechzehnjährige, die sich beim Schlafengehen höchstens wünscht, dass über Nacht ihre Brüste größer werden, will schon mitten in der Nacht aufwachen und die Welt aus der Sicht einer zweitausendjährigen Mumie erleben?

Ich kam bis zum Ende der Beschwörungsformel, wobei meine Mutter mich dazu brachte, ein paar Wörter, die ich falsch ausgesprochen hatte, noch einmal richtig zu sagen. In dem Augenblick, in dem das letzte Wort aus meinen Mund verklungen war, wusste ich, dass etwas Schlimmes passiert war.

Wie hatte ich nur so dumm sein können? Ich war doch eine Hexe. Ich wusste um die Macht von Zaubersprüchen. Dieser Spiegel war so alt, dass ich angenommen hatte, jede Magie, die er einst besessen, und jeder Zauber, den er möglicherweise in sich getragen hatte, sei genauso mumifiziert wie die Frau, der er gehört hatte.

Aber ich hatte mich geirrt.

Der Spiegel wurde in meiner Hand warm und ich bekam so ein Gefühl, als hielte ich die Hand eines lebenden Menschen.

Die Augen meiner Mutter verdrehten sich nach hinten und sie fiel rückwärts aufs Bett. Ich wäre ja zu ihr gegangen, aber ich konnte den Blick nicht von der Oberfläche des Spiegels abwenden. Er strahlte ein seltsames, blau schimmerndes Licht aus.

Während ich darauf starrte, wurde die matte, flackernde Oberfläche immer klarer. Er war wie mein Hellseher-Spiegel, nur dass ich in diesem, nachdem die Spiegelfläche wieder ruhig geworden war, das Bild einer sehr jungen und sehr schönen Frau sah. Und sie starrte zurück.

Ihre Augen waren dunkelbraun und mit Kajal umrandet. Ihre Augenbrauen waren dick und schwarz angemalt, wie ägyptische Frauen sie vor dreitausend Jahren trugen. Sie hatte volle, sinnliche Lippen, einen langen, eleganten Hals und einen zarten Knochenbau. Ihr langes schwarzes Haar trug sie zu komplizierten Zöpfen geflochten und um ihren Kopf gewickelt. Wenn sie aus dem Spiegel getreten wäre und ich ihr etwas zum Anziehen geliehen hätte, hätten wir zusammen in einen Club gehen können.

Ich war so erschrocken, dass ich versuchte, den Spiegel auf den Boden fallen zu lassen, wo er hoffentlich zerbrechen würde, aber ich konnte ihn einfach nicht loslassen. Der Spiegelgriffe klebte fest an meiner Hand, und je mehr ich versuchte, meinen Griff zu lockern, desto fester hielt er mich.

Die junge Ägypterin sah mich direkt an, als wäre sie echt.

Obwohl ich in Panik war, sagte ich laut: „Du bist so schön." Das war sie auch.

„Du bist auch schön", sagte sie höflich. Jetzt versuchte ich erst recht, den Spiegel fallen zu lassen. Ich schüttelte ihn regelrecht ab, so wie man einen Hund abschüttelt, der einen gerade in den Knöchel beißt.

„Bitte", sagte sie, und sie klang genauso erschrocken wie ich. „Wer bist du? Was ist das für ein Ort?"

Ich hörte auf, den Spiegel zu schütteln und sah sie noch einmal an. Ich hatte einige rudimentäre Kenntnisse des Altägyptischen, aber sie sprach nicht ihre Muttersprache. Sie sprach meine. Die Worte wurden auf Englisch gesprochen, aber mit einem leicht exotischen Akzent.

Was würden Sie sagen, wenn eine Erscheinung in einem alten Spiegel nach Ihrem Namen fragen würde? Ich habe ihn ihr gesagt. „Mein Name ist Lucy Swift. Und wer bist du?"

„Ich bin Meritamun. Tochter von Amenemhat, Hohepriester des Amun. Und du bist in großer Gefahr."

Nein, nicht ich. In Gefahr war meine Mutter, die gerade ohnmächtig auf meinem Bett lag und eine unbezahlbare Antiquität gestohlen hatte, die magische Kräfte hatte. Ich hatte von verfluchten ägyptischen Gräbern gehört, das hatte ja wohl jeder! „Du wurdest von deiner Grabstätte getrennt. Das tut mir sehr leid, und ich werde dich wieder dahin bringen, wo du hingehörst." Dann wirst du hoffentlich meine Familie nicht mit Krankheiten und Seuchen überziehen.

Sie schüttelte den Kopf und sah ungeduldig zu mir herüber. „Es ist zu spät. Mich in deiner Hand zu halten, hat dich in große Gefahr gebracht."

„Was ist mit der Person, die dich tatsächlich gefunden hat? Ist die auch in Gefahr?"

Erstaunlicherweise schüttelte sie den Kopf. „Nur die Person, die mich beschworen hat. Er wird meine Macht nutzen, um dich zu zerstören. Das, was schützen sollte, tötet jetzt. Ich wünschte, es wäre anders. Du musst dich vorbereiten."

Und dann wurde das Bild unscharf, so als würden wir online kommunizieren und die Verbindung ginge weg. Sie begann zu verblassen. „Warte!", rief ich. „Wer ist darauf aus, mich zu zerstören und wie kann ich ihn aufhalten?"

Doch mit einem letzten, tieftraurigen Blick verschwand sie, und der Spiegel war wieder nur ein Spiegel.

KAPITEL 3

„Mom? Mom! Geht es dir besser?" Ich saß auf dem Bett und rieb meiner Mutter die Hände. Sie atmete regelmäßig und schien ganz normal zu schlafen. Nach etwa einer Minute schlug sie die Augen auf und blinzelte mich verwirrt an. „Lucy? Was machst du denn hier? Ich dachte, du wärst in Oxford?"

Oje, ich würde sie wirklich zum Arzt bringen müssen. „Ich bin in Oxford. Und du auch. Du und Dad seid mich besuchen gekommen, weißt du das denn nicht mehr?"

Sie setzte sich auf und rieb sich die Schläfen. „Nein. Ich kann mich nicht daran erinnern. Ich fühle mich ganz komisch."

Komisch war auch, wie sie sich benahm. „Was ist das Letzte, an das du dich erinnern kannst?"

Sie blinzelte, als würde sie verhört werden, aber so sah sie immer aus, wenn sie angestrengt nachdachte. „Es war so ein toller Tag. Wir hatten das Grab einer der Nebenköniginnen gefunden. Ich war tief im Inneren des Grabes. Ich erinnere mich, dass etwas das Licht reflektierte und glitzerte. Natürlich glitzert nichts mehr, wenn es so lange unter der Erde war, nicht einmal reines Gold. Ich bückte mich." Sie schüttelte den Kopf. „Das ist das Letzte, an das ich mich erinnern kann."

Der Zauber auf dem Spiegel hatte sie direkt zu mir geführt, und die Frau im Spiegel, wer auch immer sie war, schien zu denken, dass dieser Zauber mich zerstören könnte. Aber warum? Und warum hatte sich meine Mutter gezwungen gefühlt, ihrer eigenen Tochter persönlich den Tod zu übergeben?

„Und dann hast du plötzlich beschlossen, mich zu besuchen? Mitten in diesem spannenden Fund?"

Sie legte ihre Hand noch einmal an den Kopf. „Ich frage mich, ob ich ein bisschen Fieber habe. Es ist alles verschwommen. Vielleicht hat dein Vater deshalb darauf bestanden, dass wir kommen. Weil ich krank war."

„Komm, wir fragen ihn."

Ich legte den Spiegel auf den Nachttisch und meine Mutter sah ihn nicht einmal an, als wir beide aus dem Zimmer gingen.

Dad hatte während des ganzen Vorfalls ein Nickerchen gemacht, aber als Mom seinen Namen rief, schreckte er hoch. „Ausgezeichnete Idee. Ich rufe sofort das College an." Dann blinzelte er, wachte gänzlich auf und gähnte. „Ich glaube, ich war eingeschlafen."

„Dad? Warum habt ihr, du und Mom, plötzlich beschlossen, mich zu besuchen?"

Er schaute zu meiner Mutter und wieder zu mir. „Wir hatten schon seit dem Tod deiner Großmutter geplant zu kommen, aber wir wollten noch ein paar Wochen warten, bis wir diesen neuen Fund fertig katalogisiert hatten. Allerdings hat deine Mutter dann plötzlich beschlossen, dass sie dich sofort sehen musste. Es war merkwürdig, weil wir gerade mitten in etwas ziemlich Aufregendem steckten, aber deine Mutter hat nun mal einen sehr starken Willen.

Ich war bereit, mitzukommen, da es hier in Oxford einige Kollegen gibt, mit denen ich mich sehr gerne treffen würde. Außerdem haben wir uns Sorgen um dich gemacht. Wir wollten Gewissheit haben, dass du wirklich dein eigenes Leben lebst und nicht eines, das deine Großmutter vielleicht für dich ausgesucht hat."

Das hörte sich alles ganz vernünftig an, bis auf den Umstand, dass sie mitten aus einer Ausgrabung heraus aufgebrochen waren und meine Mutter einen Spiegel mitgebracht hatte, der mit irgendeinem Todesfluch belegt war.

„Wart ihr beide am letzten Tag der Ausgrabung zusammen?", fragte ich.

„Nein", sagte er. „Ich war dabei, das Budget zu überarbeiten und zusätzliche Mittel zu beantragen, weil wir ein weiteres Grab entdeckt hatten, mit dem wir dort nicht gerechnet hatte. Weitere Fördermittel aufzutreiben ist eines der Dinge, die ich gern hier in Oxford erledigen möchte. Außerdem hoffe ich, ein paar fähige Doktoranden zu finden, die vielleicht gern ein Semester bei uns verbringen würden. Jedenfalls kam deine Mutter plötzlich mit glänzenden Augen und geröteten Wangen hereingerannt und sagte, wir müssten sofort nach Hause, um dich zu sehen, Lucy."

Meine Mutter hatte zugehört. Jetzt nickte sie, als hätte sie die Antwort auf eine knifflige Frage erhalten. „Ich hatte wohl ein bisschen Fieber. Ich kann mich an nichts von alledem erinnern, auch nicht an die Reise hierher. Wenn ich gerötete

Wangen und glänzende Augen hatte, lag das sicher am Fieber."

Er wirkte besorgt. „Du hast dich seitdem seltsam verhalten. Wir sollten dich zu einem Arzt bringen, solange wir hier sind."

„Ja", sagte sie. „Ich sollte mich wohl mal durchchecken lassen. Eigentlich sollten wir das beide tun."

Ich fragte mich, ob ich ihnen von dem Spiegel erzählen sollte. Dad wusste offensichtlich nichts davon und ich hatte das Gefühl, dass Mom sich nicht mehr daran erinnern würde. Aber wenn ich ihnen von dem Spiegel erzählte, dann müsste ich ihnen auch von dem Zauber erzählen, der ihn umgab. Und sie wussten nicht, dass ich eine Hexe war. Sie wussten auch nicht, dass Oma ein Vampir war oder dass wir mehrmals in der Woche Strickkreise für Untote veranstalteten. In dem heiklen Zustand, in dem sich meine Mutter zu befinden schien, hielt ich es für keine besonders gute Idee, mit all diesen neuen, schockierenden Informationen herauszuplatzen. Wenn sie durch die Kraft des Spiegelzaubers ohnmächtig geworden war, dann könnte es ihr Ende sein, herauszufinden, dass ihre Tochter eine Hexe und ihre Mutter ein Vampir war.

Allerdings war ich von einer Frau in einem alten Spiegel gewarnt worden, ich sei in großer Gefahr. Also brauchte ich Hilfe, wahrscheinlich übernatürliche, und zwar rasch. Ich brauchte auch alle Informationen über diese Ausgrabungsstätte und über das Grab, die sie mir geben konnten. „Wer genau war dort begraben?"

Mein Vater beugte sich vor und legte die Handflächen gegeneinander, ein sicheres Zeichen, dass er gleich in den Vorlesungsmodus schalten würde. „Nun, das ist eine sehr kluge Frage, Lucy. Das Spannende an diesem Fund ist nämlich, dass sich mehrere Skelette in dem Grab befinden, die alle zur gleichen Zeit gestorben zu sein scheinen."

Ich schluckte. „Du meinst, es gab irgendeine Epidemie, die einen Haufen Leute auf einmal getötet hat?" *Bitte, lass es das gewesen sein!*

Dad schüttelte den Kopf. „Das hier war das Grab einer weniger wichtigen Ehefrau, aber offensichtlich war sie ein Liebling des Pharaos, wenn man nach der aufwendigen Bestattung geht. Wir glauben, dass es eine Reihe von Nebenbestattungen gab. Und zwar von Menschen, die die junge Königin im Jenseits zu brauchen glaubte, damit sie ihr dienen konnten. Also ihre Dienerschaft. Sie mögen sich freiwillig geopfert haben, um ihr in der Ewigkeit weiter zu dienen, oder vielleicht ließ man ihnen keine andere Wahl. Das ist sehr schwer zu sagen."

Ich musste mich setzen. „Wie wurden sie denn, ähm, getötet?"

„Wir konnten weder an den Köpfen noch an ihren Körpern Verletzungen finden. Wir vermuten, dass sie vergiftet wurden, obwohl man sie auch erdrosselt haben könnte. Wir hoffen, das durch umfangreiche Untersuchungen herausfinden zu können." Er zwinkerte mir zu. „Aber ich tippe eher auf Gift."

Mir wurde auf einmal ganz heiß und ich bekam Platzangst. Mir fielen meine Albträume von damals wieder ein, als ich sie bei ihren Ausgrabungen besucht hatte. Auch Dad schien daran zu denken. „Ist alles in Ordnung mit dir, mein Schatz? Du bist ganz blass geworden. So sahst du in Ägypten immer aus, wenn du einen Albtraum hattest. Meine Güte, was hattest du doch für schlimme Albträume, wenn du mit zur Ausgrabungsstätte kamst. Weißt du noch?"

Das hätte ich wohl kaum vergessen können. Sogar jetzt erinnerte ich mich noch an diese fürchterlichen Angstgefühle, und daran, wie ich schreiend im Bett gesessen hatte.

„Sie war als Kind immer sehr sensibel", sagte meine Mutter. „Zu wissen, dass sie von alten Gräbern umgeben war, brachte sie auf schreckliche Gedanken."

In meinen Träumen hatte ich die Sarkophage gesehen und die Grabkammern, aber von innen. Da dachte ich an das Mädchen im Spiegel und musste einfach fragen: „Wurden mit der Königin auch junge Frauen geopfert?"

„Allerdings. Das Durchschnittsalter der Skelette liegt bei zwanzig Jahren und in diesem speziellen Grab liegen mehr Frauen als Männer begraben."

Auch die junge Frau im Spiegel war etwa zwanzig Jahre alt. Ich erschauderte. „Gibt es irgendwelche Flüche im Zusammenhang mit dieser speziellen Königin? Und mit ihrer Bestattung?"

Dad und Mom tauschten einen Blick, dann sagte Dad: „Es gibt immer Flüche. Dinge wie: ‚Wenn irgendjemand dieses Grab stört, wird er eines gewaltsamen Todes sterben', so etwas in der Art. Aber ich erinnere mich an nichts Ungewöhnliches. Und du, Schatz?"

Meine Mutter verzog wieder in angestrengtem Nachdenken ihr Gesicht. „Diese junge Königin war besonders abergläubisch. Sie hatte ihre eigene Priesterin in der Nähe, ein junges Mädchen, das ihre Träume deuten konnte und dem man nachsagte, es könne die Zukunft voraussagen."

„Wie war ihr Name?" Ich versuchte, cool zu bleiben, aber meine Stimme klang zittrig.

Dad schüttelte den Kopf. „Lucy, Schatz, da sind bestimmt 20 Mumien drin. Ich kann mich nicht an all ihre Namen erinnern. Wir haben gerade erst begonnen, den Fund zu katalogisieren."

„Meritamun", sagte Mom. „Sie war die Tochter von Amenemhat, dem Hohepriester des Amun. Es wäre eine große Ehre für sie gewesen, in den königlichen Haushalt aufgenommen zu werden. Zweifellos gab ihr der Hohepriester einige Hinweise dahingehend, wie man Träume auslegt und so ähnlich vage Prophezeiungen macht, wie sie die heutigen Wahrsager immer noch nutzen." Sie mimte eine Kristallkugel in der Hand und setzte eine tiefe Stimme auf. „Du wirst einem großen, gutaussehenden Fremden begegnen. Du wirst auf eine Reise gehen." Sie lachte und schüttelte den Kopf. „Die Leute waren damals genauso leichtgläubig wie heute."

Oma hatte gesagt, dass Mom Zauberkräfte besaß und sich weigerte, sich damit auseinanderzusetzen. Ich erinnerte mich, dass sie gesagt hatte, meine Mutter würde dadurch für dunkle Mächte anfällig, die ihre verborgenen Kräfte gegen sie verwenden könnten. War das in Ägypten passiert?

Irgendetwas war passiert, und das Ergebnis schien zu sein, dass ich mich nun im Besitz eines verfluchten Spiegels befand. Die Meritamun, die ich kennengelernt hatte, sagte nicht voraus, dass ich einem großen, gutaussehenden Fremden begegnen oder auf eine Reise gehen würde. Mit jeder dieser Prophezeiungen hätte ich zurechtkommen können, kein Problem. Nein, leider hatte sie große Gefahr vorausgesagt. Und, leichtgläubig oder nicht, ich glaubte ihr.

MEINE ELTERN WAREN MÜDE UND LITTEN UNTER DEM JETLAG, also beschlossen wir, zum Sonntagsbraten in das örtliche Pub zu gehen. Das wäre gleichzeitig ein spätes Mittag- und ein frühes Abendessen. Ich hätte wahrscheinlich auch selbst ein einfaches Abendessen hinbekommen können, aber ich wollte nicht, dass sie auf Granny stießen. Bis ich meine untote Großmutter gewarnt hätte, dass ihre ungläubige Tochter im Haus war, musste ich für eine räumliche Trennung sorgen.

Ich schickte Rafe eine SMS, um ihm mitzuteilen, dass sie bei mir waren und bat ihn, Oma außer Sichtweite zu halten. Ich war mir sicher, dass Mom eines Tages herausfinden würde, dass ihre Mutter ein Vampir war, aber im Moment war sie gesundheitlich zu angeschlagen. Nachdem sie verhext und als unwissentlicher Kurier zum Transport eines verfluchten Spiegels benutzt worden war, glaubte ich, dass weitere Schocks sie überfordern würden.

Der Pub Bishop's Mitre befand sich am oberen Ende der Harrington Street, gegenüber von dem Lebensmittelgeschäft, und man bekam dort ordentliche britische Pub-Kost serviert: Steak- und Nierenpastete, Fisch mit Pommes, Makkaroni mit Käse, Würstchen mit Kartoffelpüree und ein paar Gerichte für Vegetarier. Sie machten dort auch das typische Sonntagsessen mit Braten, eine meiner liebsten britischen Traditionen. Jeden Sonntag gab es im Pub Rinderbraten und Yorkshire Pudding mit Bratkartoffeln und Gemüse, oder Schweinebraten, oder Hühnchen. Für die Vegetarier gab es einen Nussbraten.

Meine Eltern mummelten sich wieder in ihre warmen Mäntel ein. Ich hatte Angst, dass mir in meinem dicken Pullover zu warm werden könnte, also tauschte ich ihn gegen eine wunderschöne rote Stola, die mir ein ehemaliger Polizist – jetzt Vampir – namens Theodore gestrickt hatte. Darunter trug ich meine besten Jeans und eine schlichte weiße Hemdbluse.

Die Kneipe war voller Familien und Gruppen von Freunden, die sich zum Mittagessen hier getroffen hatten. Ich lebte jetzt schon so lange in der Gegend, dass ich ein paar Leute vom Sehen kannte. Ich erkannte Bessie Yang, eine Yogalehrerin, und ihre Freundin, Dr. Amanda Silvester. Ich ging sie extra begrüßen und stellte ihnen meine Eltern vor, weil ich dachte, meine Mutter wäre vielleicht eher geneigt, zu einer Ärztin zu gehen, die sie bereits kennengelernt hatte.

Wir suchten uns ein ruhiges Eckchen mit Sitzbank und mein Vater ging an die Bar, um das Essen zu bestellen und uns schon einmal etwas zu trinken zu holen. Rotwein für mich, Weißwein für Mom, und ein britisches Bier für ihn.

Während des Essens erzählten wir uns, was es Neues gab. Sie fragten mich, ob ich Neuigkeiten von zu Hause hätte – also aus Boston – und ich tat das Gleiche. Da unsere Bekanntenkreise recht unterschiedlich waren, konnten wir Klatsch und Tratsch aus verschiedenen Quellen austauschen. Natürlich kam alles aus zweiter Hand, weil wir alle seit Monaten nicht mehr in den USA gewesen waren.

„Gibt es irgendwelche Neuigkeiten von Todd?", fragte Mom schließlich. Todd war zwei Jahre lang mein Freund gewesen, und ich glaube, meine Eltern hatten vermutet – wenn auch nicht unbedingt gehofft –, dass ich ihn heiraten würde. Aber dann kam heraus, dass Todd mich mit einer seiner Kolleginnen betrog. Ich hatte sie in flagranti erwischt. Ganz gemäß dem Klischee moderner Beziehungen, wo man denkt, dass es einem selbst nie passieren wird. Bis es dann eben doch passiert. Meine beste Freundin Jennifer und ich hatten ihn daraufhin in „Todd, der Flop" umgetauft.

„Jennifer sagt, die Frau, mit der er fremdgegangen ist, habe mit ihm Schluss gemacht. Er hat mir ein paar E-Mails geschickt, aber ich habe sie gelöscht."

„Dem brauchst du keine Träne nachzuweinen", sagte mein Vater und es kam von Herzen.

„Ich war für Todd sowas wie sein alter Kapuzenpulli, den er nirgends finden konnte." An dem Gedanken, dass er mich zurückhaben wollte, gefiel mir nur, dass ich ihn dann richtig gut hätte abservieren können. Ja, genau: Mit so einem Mann hatte ich zwei unwiederbringliche Jahre meines Lebens verbracht.

„Männer gibt es wie Sand am Meer", sagte mein Vater und ging damit zum nächsten Spruch auf seiner Liste über.

„Wirklich, Jack", sagte Mom. „Du hast ja keine Ahnung, wie es für diese jungen Leute heutzutage ist. Es geht nur noch darum, auf dem Handy nach links oder nach rechts zu wischen. Wie sollen sie da jemals die Liebe finden?"

„Komm mit uns nach Ägypten", war Dads nächste geniale Idee. „Das Internet dort funktioniert fast nie und junge Männer gibt es dort in Hülle und Fülle."

„Das einzige Problem ist, dass sie alle Archäologen sind." Das war ein Scherz, aber nicht ganz. Ich liebte meine Eltern, aber dieses Leben war nichts für mich.

Nach dem Essen taten wir uns alle an einem Nachtisch gütlich. Dattelpudding mit Karamellsoße für mich, Brot-und-Butter-Pudding für meine Mutter, und mein Vater, der für Süßes nicht so zu haben ist, bestellte sich Käse mit Kräckern und noch ein Bier.

Um sieben Uhr waren wir zu Hause, gerade rechtzeitig

für die Fernsehnachrichten. Um neun Uhr gähnten meine Eltern beide.

Seit meiner Ankunft in Oxford schlief ich im Gästezimmer, wo ich immer geschlafen hatte, wenn ich bei meiner Oma zu Besuch war. Obwohl ihr Schlafzimmer größer war, war ich nicht dort eingezogen. Das wäre mir unangenehm gewesen, weil sie ja immer noch in der Nähe war, auch wenn sie das Zimmer nie benutzte. Granny wohnte in einem prächtigen unterirdischen Bau, da gab es ein ganzes Nest von Vampiren, die dort ansässig waren. Da dieser aber direkt unter Cardinal Woolsey's Wollgeschäft lag, sah ich sie häufig. Aber ich fühlte mich wohl in meinem alten Zimmer, also machte ich jetzt Grannys Zimmer für Mom und Dad zurecht.

Ich war nicht ganz sicher, ob es Mom etwas ausmachen würde, im Zimmer ihrer eigenen, kürzlich verstorbenen Mutter zu schlafen, aber sie sagte, es würde sie trösten. Also bezog ich das Bett frisch, holte ihnen saubere Handtücher und wünschte ihnen dann eine gute Nacht. Bald hörte ich nichts mehr von ihnen. Ich wartete eine halbe Stunde und öffnete dann die Tür einen Spalt und spähte hinein. Sie schliefen beide tief und fest.

Ich kehrte in mein eigenes Zimmer zurück, wo leider immer noch der Spiegel auf dem Nachttisch lag, genau dort, wo ich ihn hatte liegenlassen. Was ich erlebt hatte, war kein Anfall von geistiger Umnachtung.

Diesen Spiegel wollte ich mit bloßen Händen nicht mehr anfassen. Nicht, nachdem er mich heute schon einmal gepackt und nicht wieder losgelassen hatte. Ich zog mir ein Paar Handschuhe über, bevor ich den Spiegel in den Lederbeutel steckte, in dem Mom ihn transportiert hatte, und dann in eine von Omas Stoffstricktaschen. Dann schrieb ich Rafe eine Nachricht, dass ich ihn dringend sehen musste.

Rafe Crosyer war ein hochangesehener Experte für antiquarische Bücher. Er war Fellow am Cardinal College und Berater von Bibliotheken und Büchersammlern in der ganzen Welt. Außerdem war er ein Vampir.

Ich wollte nicht, dass er heraufkam, aber ich wollte auch nicht, dass alle anderen Vampire erfuhren, was passiert war, also bat ich ihn, sich unten im Laden mit mir zu treffen. Er kam ein paar Minuten, nachdem ich meine Textnachricht abgeschickt hatte. Wie er sich so schnell fortbewegen konnte, wo doch sein Zuhause mehrere Meilen entfernt lag, war mir ein Rätsel, aber ich wollte es lieber nicht ergründen. Ich ließ ihn herein und führte ihn direkt in das Hinterzimmer, wo sich normalerweise der Strickclub traf. Ich schaltete das Licht ein und wir setzten uns einander gegenüber auf zwei Sessel.

Wie immer, wenn ich in Rafes Nähe war, wurde mir gleichzeitig heiß und kalt. Bei seinem Anblick konnte man schon in Verzückung geraten. Er sah aus wie einer dieser dunklen, gefährlichen Helden aus den Romanen der Schwestern Brontë. Er hätte als Vorbild für Heathcliff gedient haben können. Vielleicht hatte er das ja sogar.

Vampire blinzeln nicht so oft wie wir anderen, deshalb brachte mich sein intensiver Blick stets ein bisschen aus der Fassung. Ich wurde dann immer ganz zappelig und wünschte mir, ich hätte mich sorgfältiger frisiert, überprüft, ob ich ordentlich gekleidet war und mein Make-up noch einmal aufgefrischt.

Er hingegen sah immer perfekt aus. Die Bügelfalten seiner schwarzen Wollhosen schienen perfekt, so, als würde er sich damit nie hinsetzen, seine Pullover aus feinstem Kaschmir schienen nie Pillings zu bilden wie bei anderen Leuten und sein schwarzes Haar war immer gut frisiert. Er musterte mich mit seinen graublauen Augen. „Irgendetwas ist passiert, was dich aufgeregt hat."

Mehr Understatement ging nicht.

„Wie ich dir in meiner Nachricht sagte, sind heute meine Eltern gekommen."

Er nickte. „Und du hast Angst, dass Agnes auftaucht."

Das war im Moment das geringste meiner Probleme, obwohl mir auch das Sorge bereitete. „Mom trauert immer noch um sie. Ich glaube, dass es für beide nicht gut wäre, wenn sie sich begegneten, zumindest jetzt noch nicht."

„Da bin ich deiner Meinung. Agnes ist immer noch in der Übergangsphase, und es ist schwer für sie, so viele geliebte Menschen um sich zu haben. Ich wünschte, wir könnten sie überzeugen, für eine Weile wegzuziehen, aber dazu ist sie nicht bereit."

Wir sprachen nicht zum ersten Mal darüber. Ich wollte das tun, was für Oma das Richtige war, aber in Wirklichkeit brauchte ich sie immer noch. Bevor sie in einen Vampir verwandelt worden war, war sie eine Hexe gewesen und ihr traute ich am ehesten zu, mir das Hexen beibringen zu können. Sie war auch immer mit guten Ratschlägen zum Betrieb des Strickladens zur Stelle. „Ich bin auch noch nicht so weit."

„Ich weiß. Soll ich sehen, ob ich sie unter einem Vorwand wegschicken kann, nur für ein paar Tage? Bis deine Eltern weg sind?"

„Meinst du, sie spielt da mit?"

Er überlegte kurz. Wir wussten beide, dass meine Großmutter tot genauso dickköpfig war wie vorher im Leben. Vielleicht sogar noch dickköpfiger. „Ich werde Sylvia dazu bringen, ihr zu erklären, warum eine Reise angebracht wäre. Ich denke, dann wird sie es tun. Morgen kannst du sie beim Strickabend auch selbst dazu ermuntern." Sylvia war nicht nur Omas beste Freundin, sondern auch diejenige, die sie in einen Vampir verwandelt hatte. Das machte sie zu Omas Schöpferin, so sagt man das, glaube ich. Es bedeutete, dass sie sehr eng miteinander verbunden waren und Oma so ziemlich alles tat, was Sylvia ihr sagte.

Ich mochte Sylvia. Sie war ein glamouröser, silberhaariger Film- und Bühnenstar gewesen und auch nach ihrem Tod eine Diva geblieben. Sie konnte herrisch, unvernünftig und eitel sein. Da sie kein Spiegelbild hatte, war ich mir ziemlich sicher, dass sie Granny als ihre persönliche Visagistin benutzte.

Apropos Spiegel ... „Ich habe da noch ein anderes Problem." Ich nahm den Beutel, zog mit meiner noch behandschuhten Hand den Spiegel heraus und zeigte ihn Rafe. „Hast du eine Ahnung, was das ist?"

Er war es gewohnt, seltene Bücher mit Leinenhandschuhen anzufassen, und schien daher nicht besonders überrascht zu sein, dass ich es ähnlich machte. Also holte er ein Paar Stoffhandschuhe aus der Tasche und zog sie an. Er streckte die Hände aus. „Darf ich?"

Ich konnte mir nicht vorstellen, dass ein Todesfluch bei jemandem, der bereits tot war, viel Schaden anrichten konnte, also überließ ich ihm den Spiegel. Natürlich konnte Rafe Hieroglyphen lesen, und er las den Schutzzauber laut vor, und zwar viel flüssiger als ich es getan hatte.

Ich zuckte zusammen, als seine tiefe Stimme den letzten

Teil des Schutzzaubers fertig rezitiert hatte. Ich spürte den Druck der Stuhllehne an meiner Wirbelsäule und bekam Herzklopfen.

Aber nichts geschah. Kein blaues Licht, keine dreitausendjährige Frau, die vor nahendem Unheil und Zerstörung warnte. Diese Sonderbehandlung war anscheinend mir vorbehalten gewesen.

KAPITEL 4

„$\mathcal{W}$as kannst du mir sonst noch darüber sagen?". fragte ich ihn, während er dasaß und sich den Spiegel besah.

Er stellte eine Gegenfrage. „Woher hast du den?"

Ich schnaubte gereizt. „Ich habe dich zuerst gefragt."

Er schüttelte den Kopf wegen meines kindischen Verhaltens, wie er es oft tat, aber er beantwortete auch meine Frage. „Er stammt offensichtlich aus Ägypten, ich schätze zwischen 1400 und 1700 vor unserer Zeitrechnung. Er ist aus Gold und Obsidian. Die Spiegelfläche sieht nach Bronze aus. Jemand aus einer Adels- oder Königsfamilie hat ihn benutzt und es war jemand ganz Besonderes, denn die Inschrift ist ein Schutzzauber." Er schaute mich an. „Das könnten dir auch deine Eltern erzählen. Sie sind ja die Experten", sagte er.

Da erzählte ich ihm die ganze Geschichte und war erleichtert, dass ich jemandem von diesem irrsinnigen Erlebnis berichten konnte. Ich begann damit, dass meine Mutter bei ihrer Ankunft ausgesehen hatte, als hätte sie getrunken. Dann berichtete ich ihm, wie ich den Zauberspruch mit dem Spiegel in der Hand laut ausgesprochen hatte, genau wie er vorhin, und alles, was mir danach passiert war. Er ließ mich die ganze Geschichte noch einmal wiederholen. „Und diese Frau hat mit dir gesprochen. In deiner eigenen Sprache."

„Ja. Ich kam mir vor wie Luke Skywalker, als Prinzessin Leia aus diesem Roboter herauskommt und ihn um Hilfe bittet."

Rafe starrte mich verständnislos an. Er konnte zwar sofort erkennen, dass ein Artefakt dreitausend Jahre alt war und aus Ägypten stammte, aber von kulturellen Ereignissen jüngerer Zeit hatte er keinen blassen Schimmer. Ich schüttelte den Kopf. „Star Wars."

„Popkultur langweilt mich", sagte er.

Ich war entschlossen, ihm eines Tages zu zeigen, was er da verpasste. Aber nicht heute. „Warum hat mir die Frau gesagt, ich sei in großer Gefahr, als ich eine Schutzbeschwörung rezitiert habe? Sollte einen ein Schutzzauber nicht gerade vor Gefahren schützen?"

„Ich gebe zu, das ist mir ebenfalls ein Rätsel."

„Und warum ich? Dieses Ding lag im Sand vergraben, vermutlich sehr, sehr lange. Warum sollte meine Mutter darauf stoßen und plötzlich diesen Drang verspüren, es mir zu bringen?"

„Auch das ist eine ausgezeichnete Frage." Er schaute erneut in den Spiegel. „Sie sagte, er sei ihr aufgefallen, weil er so glänzte."

„Ja."

„Ich frage mich, ob sie ihn vielleicht gar nicht wirklich ausgegraben hat. Jemand könnte ihn genau dort platziert haben, damit sie ihn findet."

„Du hast gerade einen Weg gefunden, um das Ganze noch schlimmer zu machen. Meinst du damit, jemand könnte sie absichtlich ins Visier genommen haben?"

„Ich spekuliere nur. Ich habe keine Ahnung."

Da stellte ich ihm die Frage, die mich eigentlich quälte. „Meinst du, ich bin in Gefahr?"

Seine dunklen, ruhigen Augen schauten direkt in meine. „Ich denke, es wäre sehr dumm von dir, die Warnung nicht ernst zu nehmen."

Es war nicht gerade das, was ich von ihm zu hören hoffte.

„Wie ich schon sagte, sind deine Eltern die Experten auf diesem Gebiet. Kannst du ihnen den Spiegel nicht zeigen?"

Wie sollte ich ihn ihnen zeigen, ohne eine Menge Probleme zu verursachen? Wenn Mom sich überhaupt daran erinnern würde, dass sie den Spiegel mitgebracht hatte, was ich bezweifelte, würde mein Dad ausflippen. Wenn Mom sich nicht erinnerte, dann würden sie sich beide fragen, wie ich in den Besitz eines so seltenen Gegenstands gekommen war. Als ich es ihm erklärte, schüttelte Rafe den Kopf. „Ich weiß nicht. Ich werde etwas recherchieren und sehen, was ich herausfinden kann."

„Großartig. Und du bringst Sylvia dazu, Oma für ein paar Tage zu entführen?"

„Ja. Wenigstens diese Sorge kann ich dir abnehmen." Er sah mich an, als würde er mir gerne noch mehr abnehmen.

Am Ende machte ich mit meinem Handy ein Foto von dem Spiegel und beschloss, es am Morgen meinem Vater zu zeigen und abzuwarten, was er dazu sagen würde.

Am nächsten Morgen wachten meine Eltern ausgeruht und unternehmungslustig auf. Mein Vater wollte zu einem Ägyptologentreffen an seinem alten College, während meine

Mutter sich zu ihrem eigenen College aufmachte, um sich um die Anwerbung einiger Doktoranden zu kümmern.

Glücklicherweise war Mom zuerst losgegangen. Als ich meinen Vater für mich allein hatte, fragte ich ihn: „Kann man anhand eines Bildes viel über ein Artefakt sagen?"

„Ich kann mit dem richtigen, konkreten Gegenstand besser arbeiten, aber man kann aus einem guten Foto eine ganze Menge herauslesen. Warum fragst du?"

Ich erzählte ihm, eine Freundin hätte diesen Spiegel geerbt und wüsste nicht, was sie damit machen sollte. Und dann zeigte ich ihm das Foto auf meinem Handy.

Mein Vater betrachtete es eingehend und vergrößerte das Bild immer wieder, um sich kleine Details an dem Spiegel anzusehen. Er war ein sehr sorgfältiger Rechercheur. Schließlich schaute er auf. „Woher hat deine Freundin dieses Stück?"

Die Provenienz ist im Antiquitätenhandel ein großes Thema und Rafe und ich hatten uns bereits eine Geschichte ausgedacht, die plausibel erschien. „Der Ur-Ur-Großvater meiner Freundin hat es Ende des neunzehnten Jahrhunderts in Kairo erstanden. Seitdem ist es im Familienbesitz."

Er schüttelte den Kopf und sah verärgert aus. „So viele Schätze wurden in dieser Zeit geplündert. Es ist eine Schande. Nun, du kannst deiner Freundin sagen, dass es sich, vorausgesetzt er ist echt, um einen extrem gut erhaltenen Damenspiegel aus der Zeit des Mittleren Reiches handelt. Ich würde sagen, dass dieser Spiegel aus der Zeit um 1500 v. Chr. stammt."

„Wow. Danke."

Er lehnte sich zurück. „Wenn er echt ist, gehört er in ein Museum. Wenn deine Freundin den Spiegel spenden möchte, könnte ich das arrangieren, und neben dem Fundstück würde eine Plakette mit dem Namen der Spenderin angebracht."

„Danke, Dad. Ich werde es ihr sagen."

Dann eilte er zu seinem Meeting und ich saß da und fragte mich, ob Rafe nicht vielleicht Recht haben könnte. Ob jemand den Spiegel meiner Mutter absichtlich vor die Füße gelegt und mit einem Zauber belegt hatte, damit sie ihn zu mir brachte? Der Gedanke war absurd, aber die Situation war es auch.

Ich hatte noch eine halbe Stunde Zeit, bevor ich hinuntergehen und den Laden öffnen musste. Also schloss ich mich, was wahrscheinlich dumm von mir war, im Schlafzimmer ein und holte den Spiegel hervor. Er war wie ein schmerzender Zahn, den ich nicht in Ruhe lassen konnte, sondern immer wieder mit der Zunge anstieß. Ich las die Beschwörungsformel noch einmal laut vor. Ich war ja bereits mit dem Tod bedroht worden, dachte ich mir, wie viel mehr könnte man mir da überhaupt noch antun?

Meine Hoffnung war, dass nichts passieren würde, wie in dem Moment, als Rafe den Zauberspruch vorgelesen hatte. So viel Glück hatte ich jedoch nicht. Wie zuvor, nachdem ich die Beschwörung vorgelesen hatte, begann der Spiegel blau zu leuchten und dieselbe junge Frau erschien auf seiner gewellten Oberfläche. Sie schien überrascht, mich zu sehen. „Du bist noch am Leben. Da bin ich aber froh."

Nun, da war sie nicht die Einzige. „Du musst mir sagen, wer dich geschickt hat. Und warum bin ich in Gefahr?"

Sie sah ganz traurig aus. „Ich war einmal so wie du", sagte sie. „Eine gute Hexe, mit der Macht zu helfen, aber ich wurde von einem bösen Dämon ausgetrickst, und hier gefangen.

Jetzt benutzt er meine Kraft, um andere wie mich zu finden. Und ich kann ihn nicht aufhalten."

„Aber könntest du dich nicht weigern?"

„Das habe ich versucht. Es ist unmöglich. Meine einzige Hoffnung ist zu fliehen oder zu sterben. Davon träume ich, schon seit Jahrhunderten träume ich davon. Und dabei musste ich mit ansehen, wie starke, wundervolle Hexen vernichtet wurden, überall auf der Welt."

„Und wie würdest du fliehen?" Ihren Wunsch zu sterben überhörte ich, in der Hoffnung, dass sie nur dramatisierte.

Sie lächelte traurig. „Du müsstest den Bann brechen. Aber in mehr als drei Jahrtausenden ist das noch niemandem gelungen."

Und ich war erst seit etwa zwei Monaten eine Hexe. Meine Chancen standen nicht gut. Allerdings gefiel es mir gar nicht, eine meiner Hexenschwestern in einem Spiegel stecken zu sehen, von wo aus sie gezwungen war, ihresgleichen zu vernichten. „Ich möchte dir helfen", sagte ich. „Sag mir alles, was du kannst. Wer warst du im Leben?"

Sie schaute nach unten und dann wieder hoch zu mir. Ihre großen, dunklen Augen blickten feierlich, und den Widerschein der Angst in ihnen konnte ich eher spüren als sehen. „Meine Königin war die jüngste der Frauen des Pharaos und die hübscheste. Sie stand hoch in seiner Gunst, aber sie war auch ehrgeizig und entschlossen, seine Frau Nummer eins zu sein."

Mir fuhr durch den Kopf, dass die tatsächliche Frau Nummer eins dazu vielleicht auch etwas zu sagen hätte.

„Die anderen Ehefrauen mochten sie nicht und vertrauten ihr nicht. Und wir, ihre Dienerinnen, mussten vorsichtig sein. In unserem Haushalt gab es überall Spione.

Ich war ihre Priesterin und persönliche Beraterin. Natürlich mahnte ich sie zur Vorsicht im Umgang mit dem Pharao und vor allem mit seinen anderen Frauen und deren Gesinde. Aber sie war sehr ehrgeizig und sehr entschlossen. Sie glaubte, sobald sie ihrem Mann einen Sohn geboren hätte, könnte sie alles haben, was sie wollte." Sie seufzte. „Ich sollte mit meinem Kräften dafür sorgen, dass sie einen Sohn bekäme."

Das musste eine heikle Lage sein. „Wusste sie denn, dass du eine Hexe bist?"

Sie lächelte. „Wir haben diesen Begriff damals nicht benutzt, aber ja, sie wusste es."

„Und hat sie einen Sohn bekommen?"

„Oh ja. Aber danach war sie besessen davon, den Platz einzunehmen, der ihr ihrer Meinung nach an der Seite ihres Mannes zustand."

„Und was ist passiert?"

Sie schüttelte den Kopf. „Ich konnte die Finsternis vor mir sehen und versuchte, sie zu warnen, aber sie wollte nicht auf mich hören. Sie ging zu einem anderen Priester. Und dieser Mann versprach ihr alles. Aber er hatte seinen Preis."

Ich hatte das ungute Gefühl, bereits zu wissen, wohin das führen sollte. „Und das war?"

„Der Preis für seine Hilfe war ich."

Jawohl, ziemlich genau das, was ich vermutet hatte.

„Wieso? Warum wollte er ausgerechnet dich?"

„Weil ich eine besondere Gabe habe. Ich bin sensibler als die meisten, wenn es darum geht, meine Schwestern zu spüren, also andere Frauen, die eine Gabe haben. Manchmal verbinde ich mich mit Männern, aber meistens sind es Frauen. Seine Macht kommt aus der Finsternis und aus dem

Bösen. Aber er nimmt Formen an, die gefällig sind oder unschuldig erscheinen. Er will uns alle vernichten. Er benutzt mich dazu, ihn zu seiner nächsten Beute zu führen."

„Wie hat er dich gefangen genommen?"

„Er hat meine arme Königin ausgetrickst. Sie glaubte, sie würde alles bekommen, was sie wollte, aber sie war zu gierig und hörte nicht auf die, die die Gefahr spürten. Sie wurde vergiftet, zusammen mit den meisten ihrer Bediensteten. Ich wurde mit einem Bann belegt und dazu verflucht, in diesem Spiegel zu leben und die Gesichter der anderen zu sehen, die wegen mir sterben würden."

„Aber es war nicht deine Schuld."

„Und doch diene ich als Werkzeug, um meinesgleichen zu töten. Du bist bisher der Vernichtung entgangen, aber du musst immer wachsam sein."

Ich versprach, es zu versuchen, und dann verschwand sie, aber vorher sah ich noch, wie ihr eine Träne über die Wange rann.

ICH VERGEWISSERTE MICH, dass der Spiegel gut versteckt war, bevor ich an jenem Montagmorgen hinunterging, um den Laden zu öffnen. Zu meiner Überraschung stand bereits ein Mann vor der Tür und wartete. Es waren noch fünf Minuten bis zur Öffnungszeit, aber er sah so bemitleidenswert aus, dass ich ihn hereinbat. Ich schätzte ihn auf Mitte sechzig, er hatte ein rundes Gesicht und traurige Augen. Er hatte eine gelbe Strickjacke an – keine handgestrickte, sondern eine aus irgendeinem Warenhaus wie Marks & Spencer's. Unter der Strickjacke schauten ein weißes Oberhemd und eine gestreifte Krawatte hervor. Er trug eine marineblaue Hose und braune Loafers, die frisch poliert aussahen und einen ledernen Aktenkoffer. Ich vermutete, dass er auf dem Weg zur Arbeit war und kurz vorbeischaute, um seiner Frau vielleicht die Wolle zu kaufen, die ihr beim Stricken eines Pullovers ausgegangen war.

Ich lächelte ihn an. „Guten Morgen. Kann ich Ihnen behilflich sein?"

„Ja", sagte er. „Ich komme wegen der Arbeit."

„Welche Arbeit?" Hatte ich einen Handwerkertermin vereinbart und dann vergessen? Ging es um irgendwelche Arbeiten, die in der Wohnung oder im Laden gemacht werden mussten? Ich überlegte, ob ich irgendetwas derartiges geplant hatte, aber mir fiel nichts ein.

Zu meiner Überraschung zeigte er auf den Aushang in meinem Schaufenster.

„Oh, Sie meinen die Arbeit hier im Laden, als Verkäufer?"

Er nickte. Er schien nicht begeistert davon zu sein, mein Verkäufer zu werden. Er war weit entfernt von meiner Idealvorstellung, aber ich wusste, wie gut einige der Männer, die in den Laden kamen, einschließlich der männlichen Vampire, stricken konnten. Wenn er meine Kriterien erfüllte, könnte er perfekt sein.

„Ich habe Ihnen meinen Lebenslauf mitgebracht", sagte er, öffnete den Aktenkoffer und reichte mir einen zweiseitigen Lebenslauf. Ich warf einen Blick darauf und sah, dass er von Beruf Buchhalter war. Auf den zwei Seiten stand weder etwas über Einzelhandel noch über Stricken oder irgendeine andere Art Handarbeit. Ich schaute auf. „Stricken Sie?"

„Nein", sagte er. Und dann nieste er. Er zog ein Taschentuch hervor, und noch während ich „Gesundheit" sagte, nieste er schon wieder, und zwar explosionsartig.

„Haben Sie Erfahrung im Einzelhandel?", fragte ich.

Er schüttelte den Kopf. Seine Augen hatten angefangen zu tränen und wurden rot um die Ränder.

„Geht es Ihnen gut?"

„Ich bin allergisch gegen Wolle." Er schnäuzte sich. „Auch gegen Katzen."

Ich wusste nicht, was ich sagten sollte. Ich schaute auf alle die Körbe mit Wolle und auf die Knäuel und Stränge in den Regalen, die an allen Wänden standen. „In einem Strickladen gibt es viel Wolle."

Er nickte mit grimmiger Genugtuung. „Das habe ich meiner Frau auch gesagt. ‚Das ist mir egal', hat sie mir gesagt, ‚ich kann dich nicht ständig um mich haben. Du bewirbst dich jetzt auf jeden Job, den es gibt, und kommst erst wieder, wenn du einen gefunden hast!'" Er nieste wieder: „Ich bin gerade in Rente gegangen, wissen Sie, und sie ist es nicht gewohnt, mich immer im Haus zu haben. Sie sagt, ich muss mir eine Stelle suchen."

„Aber nicht hier", sagte ich und versuchte, nicht zu lachen, als er wieder nieste. „Hier würden Sie unglücklich."

Er nickte. „Vielen Dank für Ihr Verständnis." Zumindest dachte ich, dass er das gesagt hatte; seine Nase war zu diesem Zeitpunkt so verstopft, dass es klang, als seien seine oberen Atemwege völlig zu. Seine Stimme war nur noch ein Krächzen. „Aber könnten Sie sich bitte meinen Namen merken, Ned Cruikshank, falls sie kontrollieren kommt?"

Der arme Mann. Was er brauchte, war keine Stelle, sondern eine Eheberatung. „Natürlich, Mr. Cruikshank. Ich hoffe, Sie finden etwas Passendes."

Er nickte, nieste noch einmal und schlich dann hinaus.

Ich schaute ihm hinterher und hoffte, dass es ihm bald besser gehen würde. Draußen auf dem Bürgersteig hörte ich noch, wie er sich kräftig schnäuzte. Zumindest verriet mir seine heftige allergische Reaktion, dass Nyx sich hier irgendwo versteckt hielt.

„Nyx?", rief ich. Obwohl der Laden recht klein war, gab es jede Menge Stellen, an denen sich eine kleine, schlaue Katze verstecken konnte. Unter dem Kassentisch fand ich sie. Ich lockte sie hervor, und nachdem ich mit ihr gespielt hatte, indem ich so lange ein Wollknäuel über sie zog, bis sie aufsprang, kam unsere Beziehung wieder in Ordnung. Es kostete mich allerdings ein Wollknäuel, da sie dieses beim Katz-und-Maus-Spielen ziemlich zerfetzt hatte.

Nachdem sie eingelenkt hatte, rollte sie sich auf ihrem Lieblingsplatz – einer flachen Keramikschale mit verschiedenen Wollsorten im Schaufenster – zusammen. Oft blieben Leute stehen, um sie zu fotografieren, wenn sie am Fenster vorbeikamen. Sie war so verflixt süß. Ich fragte mich, in wie vielen Facebook-Posts und Instagram-Updates meine entzückende Katze wohl zu sehen war. Ich hatte dafür gesorgt, dass um sie herum Broschüren mit der Anschrift meines Ladens standen. So konnte ich sie nämlich als kostenlose Werbung nutzen.

Nachdem sie sich herumgerollt hatte, bis sie bequem lag, sagte ich: „Der Spiegel hat dich erschreckt, nicht wahr? Mir macht er auch Angst."

Ich würde das Grimoire meiner Familie konsultieren müssen, um zu sehen, ob es eine Art Zauber gab, der das Mädchen im Spiegel befreien konnte. Ich hatte schlecht geschlafen, da ich immer wieder ihr Gesicht vor mir sah. Sie

hatte so traurig ausgesehen. Ich stellte mir vor, jahrtausendelang gefangen zu sein und Böses tun zu müssen und war
überzeugt, dass es die Hölle sein musste.

Trotzdem steckte ich als Hexe noch in den Kinder-
schuhen und sollte wohl besser daran arbeiten, mich selbst
zu schützen, bevor ich mich daran wagen würde, eine andere
Hexe vor einem sehr mächtigen bösen Dämon zu retten.
Selbst während ich mir einredete, dass ich doch nur mich
selbst retten wollte, wusste ich, dass ich zumindest den
Versuch machen würde, das arme Mädchen zu retten.

Ich war noch dabei, den Laden für den heutigen Tag
vorzubereiten, und hatte bislang keinen einzigen Kunden
gehabt, als ein junger Typ hereinkam. Er schaute sich in den
Regalen um und wirkte leicht verwirrt, so als hätte er eigentlich in ein Bergsteiger- oder Outdoor-Geschäft gehen wollen
und wäre versehentlich in einen urigen Strickladen
gestolpert.

Er war groß und kräftig, mit sonnengebleichten, zotte-
ligen blonden Haaren und rötlichen Stoppeln über Wangen
und Kinn. Seine warmen haselnussbraunen Augen funkelten, und die Haut um sie herum war für sein Alter ziemlich
faltig, vermutlich vom Sonnenanbeten. Er trug eine verbli-
chene Jeans und ein cremefarbenes Jeanshemd, bei dem
unter den offenen Knöpfen ein muskulöser Brustkorb
hervorlugte. Er war jung, attraktiv und sah nicht so aus, als
hätte er in meinem Laden irgendetwas zu suchen. Noch
einmal fragte ich: „Kann ich dir helfen?"

„Genau, ich komme wegen der Stellenanzeige", sagte er
mit starkem australischem Akzent.

Hatte Mrs. Winters mir einen Streich gespielt? Ich konnte
mir nicht vorstellen, wer mir sonst diese völlig ungewöhnli-

chen Kandidaten schicken würde. Aber die Anti-Diskriminierungsvorschriften für das Einstellen von Personal waren ziemlich streng und deswegen konnte ich diesen echt heißen Typen nicht einfach wegschicken, nur weil er nicht so aussah, wie ich mir einen Strickladenverkäufer vorgestellt hatte. Außerdem war mir der Gedanke, ein paar Minuten mit ihm zu verbringen, nicht wirklich unangenehm. Ich sagte: „Strickst du?"

Als er grinste, kamen seine großen, weißen Zähne zum Vorschein. Wenn der zubeißen würde, dann aber richtig! „Ich kann eine offene Wunde nähen, das ist in der Wüste eine recht nützliche Fähigkeit."

„Ja", stimmte ich zu. „Aber das ist nicht die wichtigste Eigenschaft bei der Arbeit in einem Wollgeschäft."

Er sah mich an, als sei ich hier die Verrückte. Dann schaute er sich um und schien zu begreifen, dass er sich tatsächlich in einem Wollgeschäft befand. „Ist das vielleicht eine Verwechslung?"

„Das kann man wohl sagen."

Er kratzte sich am Kopf und holte sein Handy heraus. „Aber ich bin sicher, dass die Adresse hier richtig ist. Um mich für die Ausgrabung zu bewerben. In Ägypten?"

Jetzt fiel bei mir der Groschen. *Meine Eltern!* „Darf ich mal sehen?"

„Klar." Er reichte mir sein Handy, und tatsächlich, in einem der Internetforen der Universität gab es einen Hinweis auf die Ausgrabung mit der Aufforderung an interessierte Doktoranden, sich an diese Adresse zu wenden. Ich erklärte ihm, dass er mit meinen Eltern sprechen musste anstatt mit mir, und dass er nach fünf Uhr wiederkommen sollte, wenn mein Laden geschlossen und meine Eltern wahrscheinlich hier wären. Dann könnten sie ein Vorstellungsgespräch mit ihm führen. Ich sagte ihm auch, er sollte anderen Bewerbern, falls er welche kannte, raten, ebenfalls erst nach fünf Uhr zu kommen.

„Kein Problem", sagte er. „Aber das ist ein netter Laden. Wenn ich der Stricktyp wäre ..." Dann schaute er sich nochmals um, betrachtete die mit bunter Wolle vollgestopften Wände, die Strickmuster und -zeitschriften, die Wand mit den Handarbeitsideen, und schüttelte den Kopf. „Nee. Ich könnte das nie aushalten, hier eingesperrt zu sein. Ich brauche frische Luft." Fröhlich winkend öffnete er die Tür, um zu gehen. Dann trat er einen Schritt zurück und hielt die Tür für eine ältere Dame auf, die gerade hereinkam.

„Ich bin gleich bei Ihnen", sagte ich und schrieb sowohl meiner Mutter als auch meinem Vater rasch eine SMS mit der Bitte, in ihrer Anzeige anzugeben, dass jeder, der bei der Ausgrabung mitmachen wollte, heute Abend nach fünf Uhr vorbeikommen sollte. Außerdem sollten sie dann bitte selbst hier sein, um die Vorstellungsgespräche mit ihren angehenden Archäologiedoktoranden zu führen.

Während ich das tat, ging die Frau im Laden umher und schaute sich meine Auslagen an. Es war schön, heute Morgen in meinem Strickladen jemanden zu sehen, der tatsächlich so aussah, als ob er stricken könnte. Sie sah aus wie Mitte bis Ende sechzig. Ihr graues Haar wurde langsam weiß und es kräuselte sich sanft um ihr Gesicht. Sie trug eine eindeutig handgestrickte rosa Strickjacke mit einem komplizierten Blumenmuster am Rand. Dazu trug sie einen fliederfarbenen Wollrock, etwas, das nach Stützstrumpfhose aussah, und schwarze orthopädische Schuhe. Sie trug eine geräumige

Handtasche, und wenn sie vor einem meiner Regale stehenblieb, legte sie die Hände auf ihren Bauch.

„Kann ich Ihnen behilflich sein?"

„Ich hoffe sehr, dass ich Ihnen helfen kann", sagte sie mit einem herzlichen Lächeln. „Ich habe Ihre Anzeige für eine Verkäuferin gesehen und bin hier, um mich für die Stelle zu bewerben."

„Wirklich?" Ich muss genauso erfreut geklungen haben, wie ich mich fühlte. Es war so schön, jemanden zu finden, der sich auf die Stelle bewarb und tatsächlich genauso aussah wie die Verkäuferin, die ich mir vorgestellt hatte.

„Sie haben die Stelle noch nicht besetzt?"

Ich wollte nicht übereifrig erscheinen, also sagte ich: „Es waren heute Morgen schon ein paar Bewerber da, aber ich habe noch keine Entscheidung getroffen. Ich muss Ihnen jedoch die wichtigste Frage stellen. Stricken Sie?"

Da kicherte sie. „Meine Liebe, ich stricke schon seit fünfzig Jahren. Ich habe Pullover für mich selbst, meine Mutter, meinen Vater und meine Brüder gestrickt, und später dann Babykleidung, Deckchen und Babysachen aller Art. Außerdem häkle und sticke ich – Kreuzstich und Teppichstickerei – und ich webe auf meinem eigenen Webstuhl und kann mein Garn selbst kardieren, färben und spinnen."

Und ich, als Eigentümerin von Cardinal Woolsey's, konnte kaum eine rechte von einer linken Masche unterscheiden. „Also, das ist ja beeindruckend. Haben Sie Ihre Strickjacke selbst gestrickt?"

Sie blickte an sich herunter, als wäre sie unsicher, was sie anhatte. „Oh ja. Ich habe sie auch selbst entworfen."

Im Geist sah ich eine Miniaturversion von mir bereits die

Fäuste recken und *Jippie* rufen. „Haben Sie Erfahrung im Einzelhandel?"

„Ich hatte mein eigenes Woll- und Handarbeitsgeschäft in Cornwall. Das habe ich etwa zwanzig Jahre lang gemacht, aber dann wurde ich es leid, ein eigenes Geschäft zu führen. Ich bin hierhergezogen, als mein drittes Enkelkind geboren wurde, weil ich in der Nähe meiner Tochter und ihrer Familie sein wollte. Aber jetzt ist das Jüngste eingeschult worden und mir ist, ehrlich gesagt, ein bisschen langweilig. Ich habe mich gefreut, als ich Ihre Anzeige sah, denn es ist genau das, was ich gerne mache."

Sie war so perfekt, dass meine Füße fast Tanzschritte gemacht hätten. Ich musste sie stillhalten. „Ich nehme nicht an, dass Sie jemals Strickkurse gegeben haben, oder?"

„Oh ja. Ich habe in meinem eigenen Laden unterrichtet und auch nachmittags in der Schule jungen Mädchen Handarbeitsunterricht gegeben. Mit einigen meiner lieben Kleinen bin ich immer noch in Kontakt."

Meine einzige Befürchtung war, dass der Lohn, den ich ihr zahlen konnte, nicht genug wäre, und das sagte ich ihr auch, als ich ihr den Betrag in entschuldigendem Ton nannte. Aber zu meiner Überraschung sagte sie, das wäre in Ordnung. „Ich habe viel Geld von der Lebensversicherung meines verstorbenen Mannes. Gott hab ihn selig. Es geht mir mehr um den Zeitvertreib als um das Geld."

Es kam mir fast unhöflich vor, nach Referenzen zu fragen. Aber da Mrs. Winters meine Fähigkeit zur Personalsuche in Zweifel gezogen hatte, beschloss ich, danach zu fragen und versicherte Mrs. Percival, die mit Vornamen Eileen hieß, das sei reine Routine.

Sie öffnete ihre Tasche. „Das verstehe ich voll und ganz,

meine Liebe. Hier ist mein Lebenslauf und darunter stehen die Namen von zwei Personen, die Ihnen gerne Auskunft erteilen werden. Sie haben einen schönen Laden hier, und ich glaube, wir könnten sehr gut zusammenarbeiten."

Das glaubte ich auch. Ich nahm ihren Lebenslauf entgegen und sagte, ich würde mich am nächsten Tag bei ihr melden. „Vielen Dank, dass Sie vorbeigekommen sind", sagte ich zum Abschied.

Nachdem sie gegangen war und ich davon ausging, dass sie mich durch das Fenster nicht mehr sehen konnte, hob ich Nyx hoch und sagte: „Wir haben es geschafft! Wir haben die perfekte Verkäuferin gefunden!" Und dann tanzte ich mit der Katze durch den Raum, bis uns beiden ein wenig schwindelig war.

KAPITEL 5

Als sich der Vampir-Strickclub an diesem Abend traf, hielten wir ihn nicht wie üblich in meinem Laden ab, da meine Eltern oben waren. Wir verlegten die Zusammenkunft in den unterirdischen Wohnkomplex, in dem meine Großmutter und viele der örtlichen Vampire wohnten. Einige, wie Rafe, hatten ihre eigenen Häuser, in seinem Fall ein altes Herrenhaus, aber sie versammelten sich hier, unter meinem Laden. Es war ihr Clubhaus.

Es war bequem, auf den tiefen, plüschigen Sesseln und Sofas zu sitzen, aber es war irgendwie nicht dasselbe, wie oben im Laden zu sein. Die Gruppe war kleiner als sonst, möglicherweise wegen des Ortswechsels. Oma war da, mit ihrer besten Freundin und Schöpferin, Sylvia. Rafe war da, außerdem Alfred und Christopher Weaver. Silence Buggins, die aussah, als sei sie einem viktorianischen Roman entsprungen, saß sittsam da, ihr Korsett hielt sie steif aufrecht. Clara, eine reizende ältere Frau, die nicht viel sagte, war anwesend, aber ihre Freundin Mabel war Freunde in Schottland besuchen. Hester, die ewig launische Jugendliche, war da und gähnte in ihrer Ecke. Theodore, der ehemalige Polizist, war in Budapest. Er hatte sich selbstständig gemacht, suchte nach verlorenen Schätzen und schien die Herausforderung zu genießen.

Oma kam nicht zur Ruhe. Sie wechselte immer wieder ihren Platz und beschwerte sich, dass das Licht nicht richtig sei. Sie konnte sich anscheinend nicht auf ihre Strickarbeit konzentrieren. Ich sah zu Sylvia hinüber, um zu sehen, ob sie wusste, was los war, und sie gab mir ein Zeichen, ihr zu folgen. Wir gingen unter einem gotischen Steinbogen hindurch in einen Korridor, der, wie ich annahm, zu den Schlafzimmern führte. Ich war noch nie bis zum Ende dieser Gänge vorgedrungen.

Sylvia schob sich ihre silberne Haarsträhne hinter die Ohren, die, wie ich bemerkte, mit einem atemberaubenden Paar Art-Deco-Diamantohrringe geschmückt waren. Sylvia war die glamouröseste Vampirin, der ich je begegnet war. Heute Abend trug sie einen Hosenanzug aus nachtblauer Seide.

„Deine Großmutter ist sehr verärgert. Sie will ihre Tochter sehen, aber Rafe hat es ihr verboten."

„Das will ich auch meinen", flüsterte ich zurück. Ich war schockiert. Sogar ich wusste, dass Oma, jetzt wo sie ein Vampir war, sich niemandem mehr zeigen konnte. Ich wusste nur Bescheid über sie, weil ich zufällig über die Informationen gestolpert war. Sie war immer noch ein Teil meines Lebens, und ich war jeden Tag dankbar, sie zu haben, aber Mom war nicht wie ich. Sie war Wissenschaftlerin, also eine Frau, die nur an das Rationale, an das Beweisbare glaubte. Wenn sie Oma sähe, würde sie ausflippen. Und zwar nicht vor Freude.

Ich war krank vor Sorge, dass Mom oder Dad versehent-lich auf Oma treffen könnten, die die schlechte Angewohn-heit hatte, zu schlafwandeln. Ich lebte in ständiger Angst, dass sie – als Untote – einmal am helllichten Tag im Laden auftauchen würde. „Wir müssen sie dazu bringen, die Stadt zu verlassen", sagte ich. „Rafe sagte, du würdest mit ihr reden."

Sylvia nickte. „Ich habe es schon versucht, aber sie sagt, dass du sie brauchst."

Ich biss mir auf die Lippen. Ich hatte Oma gebraucht. Aber nicht jetzt, da meine Eltern in der Nähe waren. Der Stress, eine Begegnung vermeiden zu müssen, wäre zu groß. „Wenn ich sie überzeugen kann, dass ich sie nicht brauche, wird sie dann gehen?"

„Ich denke schon, aber sie wird beleidigt sein."

Ich dachte eine Minute lang nach und schnippte dann mit den Fingern. „Ich hab's. Wir brauchen einen Franchise-Laden."

Sylvia hob ihre nachgezogenen Brauen. „Franchise?"

„Natürlich nicht wirklich, aber was wäre, wenn es irgendwo noch einen Strickladen gäbe, der zum Verkauf stünde? Oder auch ein leeres Geschäft, das eines Tages ein Garngeschäft sein könnte. Du und Oma, ihr könntet hingehen und es euch ansehen. Vielleicht gibt es eine andere Stadt mit vielen Vampiren, die gerne stricken? Wir könnten einen netten Menschen finden und einen zweiten Strick-laden eröffnen. Und einen Partner-Vampir-Strickclub gründen."

Sylvia berührte ihren Hals, an dem eine passende Art-Déco-Kette glitzerte. „Also, Lucy, das ist gar keine schlechte Idee."

Ich hob die Hand, wie ein Verkehrspolizist. „Warte, warte. Ich schlage nicht vor, dass wir es tatsächlich tun, aber wenn Oma dächte, dass wir es tun, dann käme sie sich wichtig vor. So, als ob sie mir helfen würde."

Sylvia lächelte ihr Filmstar-Lächeln. „Das ist eine sehr gute Idee."

„Gut. Wir brauchen nur einen Standort. Irgendwo, wo Granny ein paar Wochen lang glücklich beschäftigt sein wird."

Sie klopfte mit den Fingernägeln gegen ihr Schlüsselbein. „Vielleicht Dublin. Ich habe viele Freunde dort, die ich schon lange einmal besuchen wollte. Ich kann deine Großmutter beschäftigen, und ich bin sicher, dass wir einen geeigneten Laden für deine Expansionspläne finden können." Sie legte den Kopf schräg. „Oder vielleicht eine kleine Stadt in Connecticut oder Vermont. Oder Massachusetts. Das würde dir doch bestimmt gefallen. Ein Zweitladen in den Vereinigten Staaten."

„Aber ich eröffne keinen zweiten Laden. Das ist nur eine List, um Granny für ein paar Wochen von hier wegzulocken."

„Natürlich."

Als wir Oma von unserer Idee erzählten, hellte sich ihre Miene auf. Ich konnte ihr ansehen, dass es ihr immer noch leidtat, ihre Tochter nicht sehen zu können, aber sie war begeistert von der Idee, an einen interessanten Ort zu reisen und einen zweiten Ladenstandort zu erkunden. „Was für ein Abenteuer das sein wird." Ihr weißes Haar war am Hinterkopf ordentlich zu einem Dutt zusammengedreht, und diesen tätschelte sie jetzt, als hätte sie Angst, sie könnte ihn verlegt haben. „Ich habe natürlich oft daran gedacht, mich zu vergrößern. Aber ich war zu alt. Doch du bist so jung, Lucy, so voller Energie und Möglichkeiten. Du könntest alles tun. Du könntest eine Kette von Läden in aller Welt haben. Geld ist natürlich kein Problem. Alle Vampire, die seit ein paar Jahrhunderten auf der Welt sind, sind extrem reich. Du könntest so viel Risikokapital haben, dass es dir zu den Ohren herauskommt."

Ich wollte nicht, dass mir Risikokapital oder sonst irgendetwas aus den Ohren herauskam, aber ich war froh, dass Granny schon viel fröhlicher aussah.

Sylvia sagte: „Wir werden in Dublin anfangen. Dann können wir den Bentley nehmen." Sie wandte sich mir zu. „Deine Großmutter hat eine Vorliebe für den Bentley."

„Ich gehe auch gern nach Amerika, Sylvia. Ich war schon Jahre nicht mehr dort."

„Wir starten in Dublin und fliegen dann nach New York. Ich wette, du bist noch nie erster Klasse geflogen, Agnes. Das wird dir gefallen."

Am Ende des Treffens verabschiedete ich mich von Granny. Sie wollten noch in dieser Nacht abreisen. Ich war traurig, dass sie wegfuhr. Ich hatte mich daran gewöhnt, dass sie in meiner Nähe war und immer bereit, mir Ratschläge zu geben. Aber ich wusste, dass es für uns alle das Richtige war. Zum Abschied umarmte ich sie.

Granny drückte mich an sich und flüsterte: „Du musst Susan irgendwie zu verstehen geben, wie sehr ich sie liebe und wie stolz ich auf sie bin."

„Du hast ihr doch einen Brief hinterlassen, weißt du noch?"

Daraufhin hellte sich ihre Miene auf. „Ach ja. War das nicht klug von mir?"

Dann sah ich sie mit zusammengekniffenen Augen an.

Und auf einmal wurde mir klar, dass sie mir etwas vorgemacht hatte. „Granny! Du hast diese Briefe an mich und Mom geschrieben, nachdem du schon verwandelt worden warst, nicht wahr?"

Sie zuckte die Achseln. „Ich hatte es immer vorgehabt, aber man begreift nie, dass die Zeit so schnell um ist. Jedenfalls habe ich die Gelegenheit bekommen, meine Angelegenheiten in Ordnung zu bringen. So viel Glück hat nicht jeder."

„Mom war so glücklich, als sie deinen Brief bekam. Das hat ihr viel bedeutet."

Sie seufzte und sah traurig aus. „Aber sie ist nicht wie du. Sie ist nicht offen. Also muss ich weggehen und aufpassen, dass sie mich nicht sieht." Sie umarmte mich noch einmal. „Kümmere dich gut um sie, an meiner Stelle."

Es war so seltsam, so etwas zu sagen. Aber ich versprach ihr, mein Bestes zu tun.

Sylvia kam sich verabschieden und überreichte mir ein silbern eingepacktes Päckchen.

„Was ist das?" Soweit ich wusste, war heute weder mein Geburtstag noch sonst ein Anlass für ein Geschenk.

Sie lächelte. „Nur eine Kleinigkeit, die du tragen kannst. Heb es für eine besondere Gelegenheit auf. Vielleicht für ein Date mit einem besonderen Mann."

So wie es im Moment lief, würde die nächste Eiszeit kommen, bevor der Inhalt des Päckchens irgendwie in Aktion treten würde, aber ich bedankte mich trotzdem.

Rafe begleitete mich wieder nach oben, wie er es gewöhnlich tat, wenn ich meine Vampirfreunde besucht hatte. Er sagte: „Das war eine gute Idee von dir, Agnes einen zwingenden Grund zum Aufbruch zu geben. Sie wusste, dass sie wegmuss, aber es fiel ihr schwer. Jetzt hat sie etwas, auf das sie sich freuen kann."

„Gut." Wir erreichten die Holztreppe, die zum Hinterzimmer meines Ladens hinaufführte. „Rafe, die beiden werden doch nicht wirklich einen Laden kaufen, oder?"

Er schüttelte den Kopf. „Was deine Großmutter und Sylvia betrifft, möchte ich liebe keine Vermutungen anstellen."

Es schien, dass ich ein Problem kaum losgeworden war, als schon ein anderes auftauchte. Mein Leben glich immer mehr einer Whac-a-Mole-Partie.

Als ich wieder oben in meiner Wohnung ankam, öffnete ich das silbern verpackte Geschenk und zog ein ganz erlesenes gestricktes Oberteil heraus. Es war aus saphirblauem Seidengarn gefertigt, mit langen, glockenförmigen Ärmeln und einem V-Ausschnitt, der nur einen Hauch von Dekolleté zeigte. Und es war noch etwas anderes in dem Päckchen. Ein kleines Schmuckkästchen. Als ich den Deckel öffnete, sah ich eine silberne Kette, an der ein sternförmiger Diamant hing. Zuerst dachte ich, es sei ein Kristall, aber als ich genauer hinsah, stellte ich fest, dass es ein echter Diamant war. Und zweifellos war die Kette aus Platin oder Weißgold. Fast hätte ich unter dem Seidenpapier den Zettel übersehen. Da stand: „Liebe Lucy, ich hatte nie eine Tochter. Wenn ich eine gehabt hätte, dann hätte ich gewollt, dass sie so wäre wie du. Bitte trag das, für mich."

„Und das macht es mir unmöglich, es ihr zurückzugeben", sagte ich zu Nyx, die mich von der Fensterbank aus betrachtete.

Das war auch gut so, denn ich wollte es wirklich gern behalten.

MEINE NEUE VERKÄUFERIN, Eileen Percival, trat am Mittwoch ihre Stelle an. Ihre Referenzen waren hervorragend und ich freute mich sehr auf ihre Hilfe. Sie kam fünf Minuten vor der Zeit zur Arbeit und trug eine lila-rosa Strickjacke. Ich hatte keine Ahnung, welche Stricktechnik sie angewendet hatte, aber sie war eindeutig kompliziert. Wenn sie untot wäre, wäre sie eine tolle Ergänzung für meinen Vampir-Strickclub.

Sie trug einen violetten Tweed-Rock, eine Stützstrumpfhose und wieder dieselben vernünftigen schwarzen Schuhe. Sie hatte sehr schöne Haut und ich hatte den Eindruck, als hätte sie Puder aufgetragen, und dazu einen recht hübschen rosa Lippenstift. Wenn ich sie nur ansah, bekam ich schon Lust, Wolle und Stricknadeln zu kaufen, und dabei konnte ich noch nicht einmal stricken. Ich war wirklich begeistert von meiner neuen Mitarbeiterin.

Nachdem sie auf meinen Hinweis hin ihre Handtasche auf das Regal hinter der Kasse gelegt hatte, legte sie die Hände auf ihren Bauch und sah mich erwartungsvoll an. Ich sagte: „Ich dachte, heute könnten Sie sich vielleicht erst einmal mit unserem Inventar vertraut machen, unsere Strickmuster durchsehen, und ich kann Ihnen zeigen, wie die Kasse funktioniert."

„Das wäre schön", sagte sie.

Sie prüfte jeden Korb methodisch und stellte intelligente Fragen, von denen ich einige sogar beantworten konnte. Dann zeigte ich ihr, wie man die Registrierkasse bediente, was gar nicht lange dauerte, da sie in ihrem eigenen Geschäft eine ganz ähnliche benutzt hatte.

Ich hatte das Gefühl, dass ich ihr lieber erklären sollte,

wie ich dazu gekommen war, einen Strickladen zu betreiben, wo ich doch offensichtlich gar nicht stricken konnte. Also erzählte ich ihr von meiner Großmutter und dass sie mir den Laden und die Wohnung hinterlassen hatte, als sie starb. Während sie die Regale aufräumte, hörte mir Eileen zu. Als ich fertig war, sagte sie: „Aber wie kommt es, dass Ihre Großmutter Ihnen nie das Stricken beigebracht hat?"

„Sie hat es versucht, aber ich habe kein Talent dazu."

Sie wandte sich um und sah mich augenzwinkernd an. „Ich will mich ja nicht mit meiner Chefin streiten, schon gar nicht an meinem ersten Tag, aber das ist Unsinn, Kind. Jedes Mädchen kann stricken lernen. Ich bringe es Ihnen gerne bei."

Ihre Worte klangen vielleicht ein bisschen sexistisch, aber wenn sie mir wirklich etwas beibringen könnte, dann könnte ich ihr ein bisschen Strickladen-Sexismus schon nachsehen. Sie blickte sich um. „Da momentan niemand im Laden ist, könnten wir doch eigentlich gleich anfangen, oder? Dann können Sie entscheiden, ob ich den Unterricht für Sie übernehmen soll."

„Einverstanden", sagte ich. Ich griff zu einer der Strickzeitschriften, die ich in einem Moment der Langeweile einmal durchgeblättert hatte, und zeigte ihr einen Pullover, der mir gefiel. Er war einfarbig, man sah keine komplizierten Maschen und er kam mir ziemlich einfach vor. „Wie wäre es mit dem hier?"

Sie kam herüber und schaute mir über die Schulter. Als sie näherkam, bemerkte ich, dass sie nach Lavendel und Alten Rosen duftete. „Nein. Der ist zu kompliziert für eine Anfängerin. Wir fangen ganz einfach an und Sie können lernen, Pullover zu stricken, wenn Sie die Grundlagen beherrschen."

Ich war enttäuscht, versuchte aber, es mir nicht anmerken zu lassen. „Ok."

„Wir beginnen ohne Muster. Holen Sie sich ein paar Stricknadeln und ich hole die Wolle."

Ich suchte mir ein mittelgroßes Paar Stricknadeln aus und sie holte ein Knäuel leuchtend rote Wolle. Als sie meine Nadeln sah, schüttelte sie den Kopf. „Größer, viel größer. Für den Anfang müssen die Nadeln schön dick sein, damit Sie ein Gefühl dafür bekommen, wie jede Masche aussehen sollte."

Sie fand ein Paar Stricknadeln zu ihrer Zufriedenheit und ließ mich dann auf dem Stuhl hinter der Kasse Platz nehmen. „Also, wissen Sie, wie man einen Rutschknoten macht?"

Ich hätte ihr zwar sagen können, dass schon ausgewachsenen Vampiren bei dem Versuch, mir einen Rutschknoten beizubringen, beinahe die Tränen gekommen wären, aber ich schüttelte nur den Kopf. „Ok. Das können Sie später lernen." Sie nahm die Wolle und die Nadeln und machte so schnell einen Rutschknoten, wie ich es gerade mal geschafft hätte, mit den Fingern zu schnippen. „Jetzt schlagen wir die Maschen an."

Ich war ungeschickt und unbeholfen, aber das war ich gewohnt. Eileen jedoch war die Geduld in Person, und nachdem ich mich einige Zeit abgemüht hatte, hatte ich zwanzig Maschen auf der Nadel. „Ausgezeichnete Arbeit", sagte sie und strahlte mich an, als hätte ich ihr einen handgestrickten Kaschmir-Pashmina-Schal geschenkt. „Und jetzt stricken wir die erste Reihe."

Sie zeigte mir, wie es geht, und langsam und mit großer

Mühe strickte ich eine Reihe. Am Ende waren die Nadeln glitschig von meinem Schweiß und die Maschen ein bisschen windschief, aber Eileen lobte mich erneut. „Die erste Reihe ist immer die schwierigste. Die zweite wird einfacher."

Und das war sie tatsächlich. Ich fühlte mich zwar unbeholfen und bekam einen steifen Nacken, weil ich so angespannt dasaß, als könnte ich es vermeiden, dass mir Maschen fielen, wenn ich nur ganz stocksteif sitzen blieb. Das allerdings funktionierte nicht. Ich brauchte aber nur einen kläglichen, panischen Laut von mir zu geben, und sogleich zeigte sie mir, was ich falsch gemacht hatte, und brachte es wieder in Ordnung.

In ihrer Gesellschaft fühlte man sich einfach wohl. Es war fast so, als hätte ich Granny wieder.

Im Laufe des Vormittags kamen und gingen die Kunden. Einige waren Stammkundinnen, die ich mit Namen begrüßen konnte und denen ich meine neue Assistentin vorstellte. Aber es kamen auch Neukunden. Eileen bestand darauf, dass ich weiter stricken sollte, während sie die Bedienung der Kunden übernehmen würde. „So können Sie mir sagen, ob ich es richtig mache."

Ich stöhnte gerade über meiner dritten Reihe und versuchte, die Wolle nicht so fest zu ziehen wie sonst, als eine Frau hereinkam und sich unsicher umsah. Eileen ging direkt auf sie zu und machte ihr ein Kompliment für ihren Schal. Die Frau schien sich über das Kompliment zu freuen und sie unterhielten sich fröhlich, bevor Eileen fragte, ob sie ihr bei irgendetwas helfen könne. Ehe ich mich versah, hatte die Frau eine ansehnliche Menge Wolle und Strickmuster gekauft, während sie sich mit Eileen darüber unterhielt, wie man kleine Jungs sauber hält, wenn sie unbedingt draußen spielen wollen.

Meine neue Verkäuferin brauchte nicht ein einziges Mal bei mir nachzufragen, sie tippte den ganzen Einkauf in die Kasse und tütete alles einwandfrei ein. Ich lobte sie dafür, dass sie so schnell lernte und an ihrem ersten Vormittag schon so gute Arbeit leistete.

Sie strahlte und wurde ganz rot vor Freude. „Meine liebe Lucy, es ist so nett von Ihnen, das zu sagen. Es tut gut, wieder in einem Strickladen zu sein und mit all den entzückenden Menschen zu tun zu haben, die hierherkommen, um etwas, das vor nicht allzu langer Zeit wirklich nur Schafswolle war, in schöne, tragbare Kunst zu verwandeln. In unserer massenproduzierten Welt kümmern wir uns nicht genug um das Kunsthandwerk."

So hatte ich das noch nie betrachtet. Eigentlich dachte ich, mein Geschäft sei so etwas wie ein Bastelladen, aber sie hatte recht. Es war wichtig, diese Traditionen am Leben zu erhalten. Dank ihrer Worte setzte ich mich vielleicht auch etwas aufrechter hin und war ein bisschen stolzer auf meine Arbeit.

Meine Mutter und mein Vater arbeiteten oben und hatten eine kleine Gruppe interessierter Studenten eingeladen, an diesem Abend zu einem Treffen vorbeizukommen. Ich schickte Eileen in die Mittagspause und als sie zurückkam, fragte ich sie, ob es ihr recht wäre, wenn ich sie für eine Stunde oder so allein ließe. Ich hatte mein Handy dabei, damit sie mich sofort erreichen konnte, und ich versprach ihr, dass ich nicht weit weg gehen würde.

Sie versicherte mir, dass das für sie in Ordnung sei, und so ging ich nach oben und lud meine Mutter zum Nachmittagstee in den Elderflower Tearoom nebenan ein. Ich war zu beschäftigt gewesen, um bei den Schwestern Watt vorbeizuschauen, die den Tearoom betrieben, um zu sehen, wie es ihnen ging, seit der Verlobte der armen Miss Florence Watt ermordet worden war.

Ich wusste, dass Mom die beiden Schwestern sehen wollte, da sie sie schon seit ihrer Kindheit kannte, und sie ging erfreut auf meinen Vorschlag ein, sich eine Stunde freizunehmen und mit mir einen Tee trinken zu gehen. Wir ließen meinen Vater, dem das nur recht war, weiter an seinem Computer arbeiten und gingen nach nebenan. Natürlich hatte ich meiner Mutter schon von dem schlimmen Trauerfall berichtet. Besonders traurig war, dass die Beziehung und der anschließende Mord einen Keil zwischen die beiden Schwestern getrieben hatte. Irgendwann hatte es so ausgesehen, als ob sie den Tearoom aufgeben müssten, und ich war neugierig zu sehen, wie sie jetzt klarkamen.

Mary Watt begrüßte uns herzlich. Sie war Anfang achtzig, aber sie war noch so rüstig und tüchtig, als wäre sie viel jünger. Sie ergriff beide Hände meiner Mutter und sagte: „Na sowas, Susan, es ist bestimmt fünf Jahre her, dass ich Sie das letzte Mal gesehen habe. Und Sie sind nicht einen Tag älter geworden. Das mit Ihrer Mutter tut mir so leid, ich vermisse sie jeden Tag."

Ich hatte mich daran gewöhnt, dass die Leute hier in Oxford mich auf meine Großmutter ansprachen, aber für meine Mutter war es immer noch neu. Sie blinzelte kurz und sagte dann: „Ich vermisse sie auch. Besonders jetzt, wo ich hier bin. Es ist schön, Sie zu sehen, Mary." Sie blickte sich um. „Und Florence? Ist sie hier?"

Marys Lippen wurden schmaler. Das passierte immer, wenn sie beunruhigt war. „Florence ist in der Küche. Wir sind zurzeit ohne Köchin, deswegen kocht sie wieder selbst, während ich im Laden bin."

Das bedeutete, dass sich die Schwestern nicht oft begegnen mussten. Es machte mich traurig, da sie sich doch früher so nahegestanden hatten. Mom sagte, dass sie Florence vielleicht in der Küche aufsuchen würde, bevor wir gingen.

Mary bot uns einen der besten Tische am Fenster am, so dass wir auf das geschäftige Treiben in der Harrington Street hinunterschauen konnten. Ich konnte meinen Laden nebenan im Auge behalten und wäre leicht in der Lage, bei einem plötzlichen Kundenansturm hinauszuschlüpfen, um Eileen zu helfen. Allerdings erwartete ich keinen plötzlichen Run auf Wolle, und es kam auch keiner. Ab und zu kamen Kunden und gingen wieder, meist mit großen Tüten in der Hand.

Ich hatte endlich die perfekte Verkäuferin eingestellt, und ich hatte das Gefühl, dass ich auch beim Stricken langsam den Dreh herausbekam. Mit meiner Entscheidung, in Oxford zu bleiben, war ich zufriedener denn je.

Mom sah sich um und sagte leise: „Es ändert sich nie, nicht wahr? Ich bin seit fünf Jahren nicht mehr hier gewesen und ich schwöre, sogar die Blumen auf dem Tisch sind dieselben."

Die Blumen waren eine Art Gerbera, gemischt mit Lavendelzweigen. Ich nahm an, dass die Schwestern Watt sie in ihrem eigenen Garten gepflückt hatten. Ich wusste, was Mom meinte. Von den Holzbalken an der Decke über die Spitzentischdecken bis hin zu den Regalen mit antiken Teekannen – Elderflower veränderte sich nie.

Mom sagte: „Ich bin so froh, dass du das vorgeschlagen

hast, Lucy. Ich hatte noch gar keine Gelegenheit, mit dir allein zu sprechen, nicht eine Minute lang."

Mom hatte so einen Blick in ihren Augen, wenn wir diese Vier-Augen-Gespräche führten, der mich misstrauisch machte. Ein bisschen so, wie Nyx, wenn sie dachte, es wäre eine Maus in der Nähe. Und wie diese arme Maus, hatte ich das Gefühl, ich brauchte nur eine falsche Bewegung zu machen und würde am Schlafittchen gepackt. Ich liebte meine Mutter, aber sie vergaß manchmal, dass ich erwachsen geworden war. Auch ich vergaß das in ihrer Gegenwart manchmal.

„Es ist schön, dich zu sehen, Mom. Ich bin wirklich froh, dass ihr gekommen seid." Ich wünschte zwar, sie hätte mir keinen verfluchten Spiegel mitgebracht, aber das erwähnte ich nicht, da ich wusste, dass sie sich nicht daran erinnerte.

Jetzt, wo sie mir den Spiegel übergeben hatte, ohne sich im Geringsten daran zu erinnern, war sie völlig normal. Der seltsame Eindruck, fast wie betäubt, den sie bei ihrer Ankunft gemacht hatte, war verschwunden, und meine Mutter war wieder da. „Schatz, wir müssen über deine Zukunft reden."

Wenn ich jedes Mal, wenn meine Mutter diese Worte aussprach, einen Dollar bekommen hätte, dann hätte ich jetzt mindestens hundert Dollar beisammen.

Ich versuchte, an dem Gefühl festzuhalten, das ich hatte, als ich zum ersten Mal hierherkommen war: dass ich hierhergehörte und langsam herausfand, was ich wollte. Ich beugte mich vor. „Mom, ich bin hier glücklich. Ich weiß nicht, ob ich für immer hierbleiben werde, aber es gefällt mir, den Strickladen zu führen. Ich mag Oxford."

Sie runzelte die Stirn. „Wenn du nur klug genug wärst, auf eines der Colleges zu gehen."

Mom hatte meine Fähigkeiten noch nie überschätzt. Ich sagte: „Zwei Intellektuelle in der Familie sind wahrscheinlich genug. Ich weiß, dass du enttäuscht bist, dass ich die genialen Gene von dir und Dad nicht geerbt habe, aber es geht mir wirklich gut."

„Aber, Liebling, du bist noch so jung und der Strickladen scheint mir etwas zu sein, was eine viel ältere Frau machen sollte. Hast du überhaupt stricken gelernt?"

Das war ein wunder Punkt. „Ich nehme Unterricht", versicherte ich ihr. Ich ließ mir nicht anmerken, dass meine Lehrer ein Haufen sehr alter Vampire und eine neu eingestellte Verkäuferin waren. Das hielt ich nicht für so relevant.

„Und was ist mit Kontakten? Hast du irgendwelche Freundschaften geschlossen? Hast du einen Freund?"

Ich war überglücklich, als Mary Watt in diesem Moment vorbeikam und uns fragte, was wir haben wollten. Wir bestellten beide den kompletten Fünf-Uhr-Tee mit Sandwiches, Törtchen, Scones mit Marmelade und Clotted Cream und einer Kanne englischem Schwarztee.

Als ich das letzte Mal zum Tee hier gewesen war, war vor meinen Augen ein Mann gestorben. Es war jedoch nicht die Schuld der Schwestern Watt, also versuchte ich, mich nicht an diesen schrecklichen Tag zu erinnern.

Menschen hatten ein kurzes Gedächtnis. Obwohl hier zwei Männer gestorben waren, war der Tearoom wieder in Betrieb, als ob nichts Schlimmes geschehen wäre.

Wenn überhaupt, lief das Geschäft besser. Ich nehme an, dass die Touristen nichts von dem Unglück wussten, oder vielleicht wussten sie es doch, und der Tearoom war für eine dieser Gespenster-Führungen durch Oxford eine Sehenswürdigkeit geworden.

Meine Mutter ließ sich jedoch nicht so leicht ablenken, und kaum war Miss Watt mit unserer Bestellung weggegangen, richtete sie ihren laserscharfen Blick wieder auf mich und hob die Brauen. „Und?"

Ich rief mir in Erinnerung, dass ich siebenundzwanzig Jahre alt war und meine Mutter mich nicht zu etwas zwingen konnte, was ich nicht wollte. Theoretisch.

„Um deine Fragen der Reihe nach zu beantworten: Ich habe Kontakte. Ich fange an, ein paar Freunde zu finden. Und, obwohl ich keinen festen Freund habe, habe ich ein paar interessante Männer kennengelernt." Sofort stiegen die Bilder von Ian Chisholm und Rafe Crosyer in meinem Kopf auf. „Ich habe es nicht eilig, Mom. Es ist noch nicht so lange her, dass ich mit Todd, dem Flop, Schluss gemacht habe."

Sie nickte, sah aber immer noch besorgt aus. „Todd hat sich als echte Enttäuschung entpuppt. Aber ich hoffe, du lässt dich von seinem Verhalten nicht davon abhalten, ein erfüllendes, schönes Leben zu führen."

Warum glaubte sie, dass ich jetzt kein erfüllendes und schönes Leben führte? Manche Leute würden möglicherweise denken, den ganzen Tag im Sand zu graben und nach Überresten jahrtausendelang verschollener Kulturen zu suchen, sei nicht die aufregendste Art, seine Zeit zu verbringen, aber habe ich das meiner Mutter jemals unter die Nase gerieben? Nein, habe ich nicht. Weil es unhöflich wäre. Warum also war das Betreiben eines Strickladens in einer schönen Stadt wie Oxford nicht so viel wert wie im Sand nach toten Dingen zu graben? Im Namen meiner neuen Heimatstadt war ich ein wenig beleidigt.

Als ob sie meine Gedanken gelesen hätte, sagte Mom: „Es ist ja nicht so, dass ich Oxford nicht mag. Ich war hier sehr glücklich, und natürlich habe ich hier auch deinen Vater kennengelernt, als wir beide studiert haben. Aber ich weiß, dass du nicht gut Nein sagen kannst, Lucy, und ich möchte nicht, dass du dich verpflichtet fühlst, den Wünschen deiner Großmutter zu folgen." Sie sah aus dem Fenster und tippte mit den Fingerspitzen auf die Tischplatte. „Nicht, dass ich jemals schlecht über die Toten sprechen würde, schon gar nicht über meine eigene Mutter, aber deine Großmutter konnte schon ein wenig selbstherrlich sein."

Jetzt hob ich meine Augenbrauen. „Wer nennt da gerade den Esel ‚Langohr'?"

Wenigstens lachte sie jetzt. „In Ordnung. Ich verstehe, dass du dein eigenes Leben leben willst. Pass aber auf, dass es dein Leben ist, das du lebst, und nicht das deiner Großmutter."

„Mom, genauso hilft man seiner Tochter, ein gesundes Selbstbewusstsein zu entwickeln. Vielen Dank!"

Glücklicherweise wurde in diesem Augenblick unser Tee gebracht, was uns beiden die Möglichkeit gab, über etwas anderes nachzudenken als darüber, was meine Mutter von meinem Lebensplan hielt. Oder davon, dass ich keinen hatte.

Mir fiel auf, dass Mary alle Gäste eigenhändig bediente. Natürlich konnte ich ihr das nicht verübeln. Das letzte Mal, als sie eine Aushilfe eingestellt hatte, war es nicht so gut gelaufen. Aber die Schwestern Watt waren nicht mehr jung, und ich musste den Drang unterdrücken, aufzustehen und ihr zu helfen.

Mom sagte: „Ich wünschte, Sie könnten sich zu uns

setzen und eine Tasse Tee mit uns trinken, Mary. Kommen Sie mich doch mal besuchen!"

Mary lächelte geistesabwesend. „Es gibt nichts, was ich lieber täte. Aber ich bin hier eingesperrt, bis wir zumachen. Der einzige freie Tag ist montags."

„Warum kommen Sie nicht beide zum Abendessen? Wie wäre es morgen? Wir haben doch nichts vor, oder, Lucy?"

Abgesehen davon, dass ich vermeiden musste, von einem uralten Monster umgebracht zu werden, hatte ich nichts in meinem Terminplan, nein. Normalerweise traf sich der Vampir-Strickclub donnerstags im Hinterzimmer des Ladens, aber da meine Eltern oben wohnten und Oma und Sylvia nicht da waren, hatten wir das morgige Treffen abgesagt.

Miss Watt schien sich über die Einladung zu freuen. „Ich bin auf jeden Fall frei. Aber wahrscheinlich sollten Sie Florence lieber selbst fragen, ob sie frei ist."

„Natürlich", sagte meine Mutter sanft.

Während wir uns Tee einschenkten und uns mit winzigen Lachs-, Gurken- und Eiersandwiches bedienten, sagte Mom: „Es ist wirklich traurig, dass die beiden nicht besser miteinander auskommen. Können wir da nicht etwas tun?"

„Das weiß ich ehrlich gesagt nicht. Es wird bestimmt helfen, sie zum Abendessen zusammenzubringen. In unserer Gegenwart müssen sie höflich sein, und wenn sie erst einmal anfangen, miteinander zu sprechen, werden sie vielleicht ganz automatisch in ihre alten Gewohnheiten zurückfallen." Ich fragte mich, ob ich in meinem Grimoire etwas Hilfreiches finden könnte. Ob es darin wohl einen Versöhnungszauber gab?

„Also, was sollen wir ihnen zum Abendessen anbieten?"

Ich wünschte, sie hätte daran gedacht, bevor sie die Einladung zum Essen aussprach. Meine Mutter hat viele wunderbare Talente – Kochen gehört nicht dazu. Ich bin eher der Typ, der alles in einen Topf wirft und hofft, dass es gelingt. Wenn keine Pizza angesagt ist, mache ich irgendwas. Morgen würde zum Kochen nicht viel Zeit bleiben, da meine Mutter an ihren Forschungsprojekten arbeitete und ich den ganzen Tag im Laden sein würde.

„Ich werde heute Nachmittag im Internet nach ein paar einfachen Rezepten suchen", sagte ich. „Uns wird schon was einfallen." Und ich konnte ja immer noch runter ins Pub laufen und Essen holen, falls wir gar nicht mehr weiter wussten.

Ich wusste, dass Mom und Dad, wenn sie es auch selbst nicht ahnten, aufgrund dieses Spiegels hier waren. Und da diese Hexe gesagt hatte, sie würde von der Energie anderer Hexen angezogen, und meine Mutter mich unwissentlich mit ihr zusammengebracht hatte, schwirrten mir tausend Fragen im Kopf herum.

Als wir von unseren Mini-Sandwiches angenehm satt waren und zu dem ebenso winzigen süßen Gebäck übergegangen waren, sagte ich: „Mom, habe ich als Kind merkwürdige Sachen gemacht? Unerklärliche Sachen?" Ich fragte, weil es mir so seltsam vorkam, dass ich erst vor kurzem herausgefunden hatte, dass ich eine Hexe bin. Mein ganzes Leben lang hatte ich schon immer merkwürdige Gefühle und lebhafte Träume gehabt. Aber ich hätte gern gewusst, ob Mom etwas Ungewöhnliches an mir bemerkt hatte.

Ihr Blick richtete sich eindringlicher auf mich und sie legte den Scone, den sie gerade mit Marmelade bestrich, wieder zurück auf den Teller. „Was meinst du mit unerklärlich? Alle Kinder tun unerklärliche Dinge. Sie weinen ohne

Grund, wecken einen mitten in der Nacht auf, weil sie denken, es seien Ungeheuer unter ihrem Bett und sie entwickeln völlig lächerliche Abneigungen gegen bestimmte Lebensmittel. Bevor du zwölf wurdest, hast du keinen Brokkoli angerührt."

Sie hatte recht, das waren Dinge, die jedes Kind tat. „Ich meinte, ob ich jemals etwas getan habe, was übernatürlich aussah?"

Sie lehnte sich zurück und verschränkte die Arme vor der Brust. Ihr Gesichtsausdruck war verschlossen, fast feindselig. „Wo kommt das jetzt her?"

Ich zuckte mit den Schultern und fühlte mich unbehaglich. Ich konnte ihr nicht von Granny oder dem Grimoire erzählen, solange ich nicht sicher war, dass sie es verständnisvoll und mitfühlend aufnehmen würde. Und in diesem Moment wirkte sie weder verständnisvoll noch mitfühlend.

„Ich habe deiner Großmutter das Versprechen abgenommen, dir diesen Blödsinn nicht zu erzählen."

„Welchen Blödsinn?"

„Sie war eine wunderbare Frau, deine Großmutter, und ich will kein Wort gegen sie sagen, aber sie hatte die seltsamsten Vorstellungen. Ihre Ahnen waren vor Generationen aus Irland gekommen und haben ihr meiner Ansicht nach den Kopf mit Unsinn gefüllt. Sie glaubten alle an Feen, Selkies und Geister und ich weiß nicht was. Sie hatte die Vorstellung – na ja, für eine erwachsene Frau war das eigentlich lächerlich –, aber sie war felsenfest davon überzeugt, dass wir von einer Hexenfamilie abstammen.

Eine unserer Vorfahren wurde zwar tatsächlich auf dem Scheiterhaufen verbrannt, aber höchstwahrscheinlich war sie einfach eine Hebamme." Sie stach mit dem Zeigefinger auf den Tisch und sah mir direkt in die Augen. „Hexen gibt es nicht. Deine Großmutter war durch und durch abergläubisch, aber sie lag falsch. Dein Vater und ich sind beide Wissenschaftler, und du musst unsere Rationalität geerbt haben."

Ich war geschockt. Auch als Erwachsene wünschte ich mir wohl, von meiner Mutter angenommen zu werden. Von ihr zu hören, es gäbe keine Hexen war so, als hätte jemand einer Sängerin gesagt, Musik gäbe es nicht.

Ich war eine Hexe. Ich wusste es. Meine Großmutter wusste es. Meine Katze wusste es.

„Also du glaubst nicht an Hexen?"

„Absolut nicht."

Ich bohrte weiter. Warum, weiß ich nicht. „Und Vampire?"

Sie winkte ab, als würde sie eine Rauchwolke wegwedeln. „Fabelwesen."

„Gespenster?"

„Kinder, die sich an Halloween mit Bettlaken verkleiden."

„Und wenn ich dir sagen würde, dass ich eine Hexe bin?"

Meine Mutter sah ernsthaft besorgt aus. Wäre ich zehn Jahre jünger gewesen, hätte sie sich über den Tisch gebeugt und mir eine Hand auf die Stirn gelegt, um zu sehen, ob ich Fieber hatte. Stattdessen sagte sie: „Ich würde dir eine Psychotherapie empfehlen. Und dich auffordern, nach Hause zurückzukehren, wo deine Freunde sind und wo du ein vernünftigeres, geordneteres Leben führen kannst."

Ich schaute aus dem Fenster und sah Nyx auf der anderen Straßenseite, die zu mir herüberstarrte. Sie blieb zwar außer Sichtweite, jetzt, wo meine Eltern zu Besuch waren, aber ich war beruhigt, weil ich wusste, dass sie ein Auge auf mich hatte.

„Lucy, ich denke darüber nach, nächstes Jahr ein Sabbatjahr zu nehmen", sagte meine Mutter. Du könntest zurückkommen und bei mir wohnen, vielleicht noch einmal die Schulbank drücken und einen richtigen Abschluss machen." Ich hatte zwei Jahre Wirtschaftsschule geschafft, aber nie den Wunsch nach einem Universitätsabschluss gehabt, was für meine extrem gebildeten Eltern schwer zu verstehen war. „Du bist noch so jung, du könntest alles machen, was du dir vornimmst."

Meine Mutter schrieb bereits Förderanträge, um die Ausgrabungsfinanzierung für das kommende Jahr zu sichern. Sie hatte dieses neue Grabmal entdeckt. Ich wusste genau, dass sie nicht die Absicht gehabt hatte, sich ein Sabbatjahr zu nehmen. Sie bot mir gerade an, ein Jahr ihrer Karriere aufzugeben, um mir zu helfen. Das wusste ich zwar zu schätzen, aber ich wollte es auf keinen Fall.

„Danke, Mom. Ich frage nur, rein hypothetisch. Ich habe da eine Kundin, die in den Laden kommt. Sie ist eine praktizierende Hexe. Deshalb habe ich die Frage gestellt." Diese Person war meine Großcousine, Violet Weeks, die darauf bestand, dass ich zum Samhain-Fest mit ihrem Hexenzirkel zu dem Steinkreis mitkommen sollte und danach zum Abendessen.

„Also, lass dich bloß nicht auf die ein. Hexerei ist ein Kult wie jeder andere. Halte dich an die Vernunft, an das, was beweisbar ist."

Ich fragte mich, ob das der Grund dafür war, dass Mom sich nicht daran erinnern konnte, den Spiegel gefunden zu haben, den sie mir unbedingt hatte bringen müssen. Ihr

Verstand rebellierte so sehr gegen die Möglichkeit, dass Dinge außerhalb der praktischen, rationalen Welt existierten, dass er sich eher abgeschaltet hatte, als dies zu akzeptieren.

Und mit dem Spiegel und dem Fluch musste ich allein klarkommen.

KAPITEL 6

F ür den Rest der Mahlzeit sprachen wir über Haare. Ich habe meine lockigen Haare von meinem Vater. Er hatte kein Problem damit, er konnte sie sich kurz schneiden lassen und einfach ignorieren. Ich hingegen hatte mit einem widerspenstigen Chaos zu kämpfen. Wenn ich wollte, dass meine Haare so aussahen, als hätte ich Stunden im Friseursalon verbracht, dann musste ich auch Stunden beim Friseur verbringen. Ansonsten duschte ich, ließ sie trocknen und hoffte das Beste.

Mom hatte dicke, glatte Haare, aber sie machte sich noch weniger Mühe als ich, und sie waren trocken, spröde und zu lang. Sie versuchte zu entscheiden, ob sie den einfachen glatten Schnitt, den sie fast ihr ganzes Leben lang getragen hatte, ändern und ihrer Frisur etwas mehr Form geben sollte. „Jetzt, wo ich so grau werde, habe ich das Gefühl, dass ich mir mit meinen Haaren etwas Mühe geben sollte." Es war die erste auch nur annähernd eitle Aussage, die ich je von meiner Mutter gehört habe. Plötzlich lehnte sie sich vor. „Ich hab's. Lass uns noch heute Nachmittag zum Friseur gehen.

Dann können wir shoppen gehen. Das wird ein Riesenspaß, nur wir Mädels."

Meine Mutter war keine Frau, die „nur wir Mädels" sagen würde. Sie musste einen Hintergedanken haben. Und in der nächsten Sekunde wusste ich, was es war.

„Heute Abend kommen ein paar Archäologiestudenten zu Besuch", sagte sie leichthin. „Ich hoffe, du hast nichts dagegen. Natürlich würden Dad und ich uns freuen, wenn du sie auch kennenlernst und uns sagst, was du von ihnen hältst. Du bist so eine gute Menschenkennerin."

Tatsächlich hatte ich mit einem Lügner eine Beziehung gehabt und war zwei Jahre lang auf ihn reingefallen. So gut war meine Menschenkenntnis. Aber ich ließ mich nicht täuschen. Mom hoffte, ich würde mich in einen dieser Archäologiestudenten verlieben und die Liebesgeschichte, die sie und mein Vater erlebt hatten, würde eine Neuauflage erleben. Weil es so lieb von ihr war und ich wirklich einen Haarschnitt nötig hatte, stimmte ich ihr zu, dass ein Besuch im Friseursalon, gefolgt von einem kleinen Einkaufsbummel, genau das Richtige für mich war.

„Ich muss nur nach nebenan laufen und sicherstellen, dass meine Verkäuferin auch ohne mich zurechtkommt." Da ich von uns beiden die Unfähigere war, fühlte ich mich sogar sehr wohl dabei, meinen Laden Eileens tüchtigen Händen zu überlassen.

Nachdem wir unsere Teller blankgeputzt hatten, ging Mom kurz in die Küche, um mit Florence zu sprechen. Ich verzichtete auf einen Besuch in der Küche, da ich dort das letzte Mal in Gesellschaft einer Leiche gewesen war.

Stattdessen unterhielt ich mich mit Mary Watt. Wir hatten uns angefreundet, als ich in den Mord, der in ihrem

Tearoom geschehen war, hineingezogen wurde, und ich hatte die Schwestern sehr liebgewonnen. „Es ist schön, Sie wiederzusehen, Lucy. Ich wünschte, wir würden Sie öfter sehen", sagte Mary.

„Ich auch. Aber wir haben ja beide immer so viel im Geschäft zu tun."

„Ich freue mich, dass wir uns morgen ausgiebig unterhalten können." Dann nahm sie eine der Vasen mit Wildblumen, die für die Tische gedacht waren, und bot sie mir an. „Ich habe einen Strauß zu viel gemacht. Wollen Sie ihn sich nicht mitnehmen?"

Ich bedankte mich ganz herzlich bei ihr. Sie stellten meist kleine Sträuße aus allem zusammen, was es gerade gab. Jetzt, im Oktober, gehörten dazu ein paar orangefarbene Gerbera, ein Lavendelzweig und, in dieser Vase, ein kleiner Zweig mit dicken, roten Hagebutten. Sie hatten Dutzende kleiner Blumenvasen, aber ich versprach ihr, diese wieder zurückzubringen.

Mom kam aus der Küche zurück und sagte, dass Florence unsere Einladung zum Abendessen gerne angenommen hatte. Beim Hinausgehen ging ich vor und drehte mich noch kurz um, um meiner Mutter etwas zu sagen, da stieß ich mit jemandem zusammen. Instinktiv sprang ich zurück und er auch. Wir lachten beide gleichzeitig. „Ian. Bitte entschuldigen Sie, ich habe Sie nicht kommen sehen." Es war Detective Inspector Ian Chisholm, mein - mal mehr, mal weniger - großer Schwarm. Heute trug er einen grauen Mantel und sah besonders attraktiv aus und ich war sofort wieder verknallt.

Er hielt seine Hände auf meinen Schultern, wo er sie instinktiv hingelegt hatte, als wir zusammenstießen. Er ließ sie einen Moment lang dort liegen und seine blaugrünen

Augen lächelten in meine. „Lucy. Freut mich, Sie zu sehen. Ich wollte Miss Watt nur ein paar Informationen bringen."

Ich nickte. Sie war immer interessiert daran, wie die Ermittlungen gegen den Mann, der ihren Verlobten ermordet hatte, vorankamen, und ich dachte, Ian habe sich aus reiner Freundlichkeit bei seinem vollen Terminkalender die Zeit genommen, sie aufzusuchen.

Ich stellte ihm meine Mutter vor, sie gab ihm die Hand und dann ging er in die Teestube und wir gingen zurück in meinen Laden. Bevor wir ihn betraten, schaute mich Mom zögernd an und fragte: „Ist das einer dieser interessanten Männer, von denen du mir erzählt hast?"

Natürlich musste meine Mutter das fragen. Ich sagte: „Nun, er ist interessant."

„Außerdem jung und gut aussehend, was ein Mann sein sollte, wenn es irgend geht."

Ich lachte. „Du hörst dich an wie die Romanfiguren bei Jane Austen. Jedenfalls hat er mich noch nicht einmal um ein Date gebeten."

„So wie er dich angeschaut hat, würde ich sagen, genau das hat er vor."

Ich hatte das gleiche Gefühl. Und ich tat, was ich konnte, um es zu verhindern. Nicht, dass ich Ian nicht mochte, ganz im Gegenteil. Und ich fand ihn attraktiv. Aber mein Leben war schon kompliziert genug, und das Letzte, was ich brauchte, war ein Polizist, der die vielen Geheimnisse enthüllte, die sich im Cardinal Woolsey's verbargen.

Wie ich vermutet hatte, hatte Eileen absolut nichts dagegen, den Laden ohne mich zu führen. Ich war schockiert, wie viel aufgeräumter alles aussah, seit ich vor gut einer Stunde gegangen war. Die Wolle war perfekt in die Körbe und auf die

Regale gestapelt, und sie hatte die Bücher und Zeitschriften aufgeräumt, so dass sie alle unberührt aussahen. Ich stellte die winzige Blumenvase auf die makellose Oberfläche des Kassentisches. Dann erzählte ich Eileen von unserem Plan für den Nachmittag und fragte, ob sie sicher war, allein zurechtzukommen.

„Oh ja, Liebes. Ich wünsche Ihnen viel Spaß." Ich gab ihr meine Handynummer, für den Fall, dass sie mich brauchte, aber ich bezweifelte sehr, dass sie mich anrufen müsste.

Ich stellte Eileen meiner Mutter vor und beide sagten, sie seien froh, sich kennenzulernen.

„Wir sind um fünf wieder da", sagte Mom. Dann sagte sie, dass vier oder fünf Studenten kommen würden, die ihr Interesse bekundet hatten, bei der Ausgrabung zu helfen. „Ich habe ihnen gesagt, sie sollen gegen fünf kommen", sagte sie zu mir. „Ihr macht doch um fünf zu, oder?"

„Ja, aber sag ihnen doch, sie sollen hinten herumgehen und an der Wohnung klingeln. Dad kann sie reinlassen. Auf diese Weise müssen sie nicht alle durch den Laden."

Mom sah verwirrt aus. „Aber es ist so kompliziert zu erklären, wie man nach hinten und in die Gasse kommt. Ich finde es einfacher, ihnen zu sagen, sie sollen in den Laden kommen. Es macht dir doch nichts aus, oder? Dann kannst du sie direkt nach oben schicken."

„Ok."

Als wir wieder zur Tür hinausgingen, sagte Mom: „Wir sollten ihnen wohl etwas zu trinken anbieten und vielleicht einen Snack." Sie dachte einen Moment nach und sagte dann: „Ich schicke deinen Vater."

Ich wusste genau, dass beide innerhalb von fünf Minuten, wenn sie oben bei den angehenden Studenten waren, so sehr in das Fachsimpeln vertieft sein würden, dass sie die Snacks und alle anderen praktischen Dinge vergessen würden. „Ich werde mich darum kümmern", sagte ich.

Mom und ich verließen den Laden und gingen in Richtung Cornmarket Street. „Ich hätte einen Friseurtermin vereinbaren sollen", sagte ich, als mir klar wurde, dass es schwierig werden würde, für uns beide in einem Salon einen Termin zu bekommen.

Sie kicherte. Der mädchenhafte Ton klang gar nicht nach meiner Mutter. „Ich habe mir erlaubt, Termine für uns zu machen, als du mich zum Tee eingeladen hast. Ich war mir sicher, dass du, wenn du dir die Zeit für den Nachmittagstee nimmst, auch einen Salonbesuch schaffen könntest."

„Das ist toll, Mom." Ich war froh, dass sie die Initiative ergriffen hatte. Auch wenn sie Hintergedanken hatte und mich mit einem Archäologiestudenten verkuppeln wollte, freute ich mich, dass ich den Nachmittag mit meiner Mutter verbringen konnte. Wer wusste schon, wie viele solcher Nachmittage es für mich noch geben würde?

Als wir den Cornmarket hinuntergingen, fiel mir auf, wie viele Geschäfte Halloween-Auslagen hatten. Halloween war nie eine britische Tradition gewesen, aber wie so vieles ist das amerikanische Fest jetzt auch in England populär geworden. Wenn kleine Kinder als Kobolde verkleidet von Tür zu Tür gehen, um Süßigkeiten zu sammeln, wer würde das nicht süß finden?

Für die Hexen unter uns war Halloween natürlich der Tag vor Samhain, einem der acht wichtigsten Wicca-Feiertage. Meine Großcousine, Violet Weeks, hatte mich bedrängt, zur Samhain-Veranstaltung ihres Hexenzirkels zu kommen, bei den Stehenden Steinen in der Nähe von Moreton-Under-

Wychwood. Ich hatte gesagt, ich würde es mir überlegen. Aber ich dachte, wenn der Dämon mich bis dahin nicht erwischt hatte, dann würde ich hingehen und schauen, ob ich ein paar Ideen bekäme, wie ich einen sehr alten und mächtigen schwarzen Magier besiegen könnte. Und, nebenbei bemerkt, würde ich Meritamun wirklich gerne aus ihrem Spiegelgefängnis befreien.

Der Tag war kalt und bewölkt, aber die Cornmarket Street war trotzdem voller Touristen, Studenten und ganz normaler Leute, die einfach hier wohnten. Oh, und ein paar Vampire waren auch da. Ich bemerkte Rafe und Clara, die in die gleiche Richtung gingen. Es sah ein bisschen so aus, als würde ein Sohn seine Mutter für den Nachmittag ausführt. Und so wie sie zu ihm aufschaute und ihr Blick bei jedem Wort an seinen Lippen hing, sah sie ganz wie eine stolze Mutter aus.

Ich war froh, meine untoten Beschützer zu haben, und genoss es, wie sie es schafften, mich und Mom zu überwachen, ohne jemals einen Blick in unsere Richtung zu werfen.

Als wir an der Ecke von Queen Street und Cornmarket Street ankamen, stand eine Reisegruppe am Fuße des Carfax Tower und schaute auf die kleinen Figuren, die sich um die Uhr bewegten, wenn sie schlug.

„So ein Frevel", bemerkte Mom, als wir vorbeigingen. „Das war eine mittelalterliche Kirche, weißt du. Und man hat sie im viktorianischen Zeitalter abgerissen, um dem Verkehr Platz zu machen." Mom mag es nicht, wenn Altes abgerissen wird, um Platz für Neues zu schaffen.

„Ich weiß. Aber wenigstens stehen die meisten historischen Gebäude jetzt unter Denkmalschutz", sagte ich und versuchte so, dem Ganzen etwas Positives abzugewinnen.

Wir gingen weiter, in Richtung Oxford Castle, wo einige der alten sächsischen Stadtmauern zu sehen waren. Allerdings gingen wir nicht ins alte Gefängnis, um uns die Haare machen zu lassen, wie ich zu meiner Freude feststellen konnte. Stattdessen bog sie in eine mir unbekannte Seitenstraße ein und führte uns zu einem Friseursalon, der versteckt im alten Industriegebiet liegt, wo früher die Brauereien waren.

Das Friseurgeschäft hatte Backsteinwände, zur Begrüßung wurde uns Cappuccino angeboten und die Friseusen sahen aus, als verstünden sie ihr Metier. Sie setzten uns nebeneinander und Mom erklärte ihrer Friseuse, dass sie eine pflegeleichte, aber etwas modischere Frisur wollte.

Meine Friseuse war etwa in meinem Alter und hatte völlig glattes Haar. Sie hob ein paar meiner Locken hoch und fragte: „Was machen wir heute?"

Meine Haare sind, wie sie sind. Wenn sie lang sind, kräuseln sie sich nicht so stark, aber um schick auszusehen, müsste ich mehr Zeit vor dem Spiegel verbringen, als ich habe. Meistens lasse ich sie mir stufig schneiden und verwende jede Menge Haarprodukte, um die Locken zu bändigen. Als ich das alles erklärte, nickte die Friseuse: „Ich werde die Spitzen nachschneiden und dann sehen, was wir tun können, um den Wildwuchs zu zähmen."

Ich nickte. „Hört sich gut an." Ich hatte das Gefühl, als würden kalte Finger meinen Nacken hinaufwandern, und blickte aus dem Fenster, wo ich Rafe und Clara sah, die zu uns herein starrten. Ich fühlte mich sicherer in dem Wissen, dass sie auf mich aufpassten.

Als wir fertig frisiert waren, sah Mom etwa zehn Jahre jünger aus. Das Haar fiel ihr weicher ums Gesicht und nach einer feuchtigkeitsspendenden Haarpackung sah es dicker und gesünder aus. Da wir gerade in der Nähe waren, nahm ich sie mit zum Westgate Shopping Center, einem modernen Einkaufszentrum im amerikanischen Stil auf drei Etagen.

Als sie es sah, machte sie große Augen. „Das war vor fünf Jahren noch nicht da", rief sie aus.

Die meisten der üblichen Ladenketten waren dort vertreten, wie auch viele internationale Geschäfte. Mom deckte sich mit Baumwollhosen und Hemden ein, die zum Ausgraben von Skeletten in der Wüste geeignet waren. Dann sagte ich ihr, sie müsse etwas Hübsches kaufen. Ich überredete sie, in den Ted Baker Store zu gehen, wo sie mehrere Kleider anprobierte.

„Wann würde ich das jemals tragen?", fragte sie, als sie mir ein marineblaues, geblümtes Kleid vorführte, das umwerfend an ihr aussah.

„Wenn Dad dich in Oxford zum Essen ausführt", sagte ich. „Es wird euch beiden guttun, einmal richtig auszugehen."

„So habe ich schon lange nicht mehr zugeschlagen", sagte sie. Plötzlich nickte sie. „Ich nehme es."

Als wir hinausgingen, bestand sie darauf, auch bei John Lewis zu schauen, ob wir für mich etwas fänden. Ich brauchte eigentlich auch nicht wirklich etwas, aber mit der Unterstützung einer sehr hilfsbereiten Verkäuferin probierte ich dann doch drei Kleider an.

Das erste war dunkelblau mit Blumenmuster. Mom gefiel es. Ich schaute hinter mich, wo Rafe und Clara so taten, als würden sie sich auch etwas ansehen. Clara nickte und lächelte, aber Rafe schüttelte den Kopf.

Das zweite Kleid war grün, mit tiefem Ausschnitt und

vollem Rock. „Schatz, das sieht fantastisch aus", sagte Mom. Clara nickte erneut und lächelte. Ich dachte, ich könnte wohl jedes Kleid im Einkaufszentrum anprobieren und die Zustimmung von Clara bekommen, aber Rafe schüttelte den Kopf.

Ich zog das dritte Kleid an. Es war schwarz. Schlicht geschnitten, aber figurbetont. Ich hätte mir vorstellen können, darin durch die Straßen von Paris zu laufen. Als ich aus dem Umkleideraum kam, ging mein Blick direkt zu Rafe. Er sah sich das Kleid von oben bis unten an und nickte, einmal.

Dann gingen Mom und ich wieder zurück zu Cardinal Woolsey's, die Tüten hingen an unseren Handgelenken, wie bei zwei ganz normalen Frauen, die zusammen vom Shoppen kamen. Wer hätte gedacht, dass auf einer von uns ein Todesfluch lastete?

Wenn ich schon sterben musste, dann würde ich wenigstens gut aussehen.

Mom ging hinten herum zum Haupteingang der Wohnung und nahm auch meine Einkaufstüten mit. Ich ging durch die Vordertür von Cardinal Woolsey's.

Eileen stand auf einem Stuhl und wischte an der Decke den Staub aus den Ecken. Sofort bekam ich ein schlechtes Gewissen. Ich war Shoppen gewesen und ließ derweil meine unterbezahlte Verkäuferin die Böden schrubben. „Sie brauchen nicht zu putzen."

Sie drehte sich um und lächelte zu mir herunter. „Sauberkeit kommt gleich nach der Gottesfurcht, mein Kind."

Sie sagte es nicht als Kritik, aber ich nahm mir im Stillen vor, das Staubwischen und Fegen besser in den Griff zu bekommen, damit diese Frau, die ja viel älter war als ich, nicht auf Stühle kletterte und es selbst machte.

Mir fiel auf, dass alles viel ordentlicher aussah. Die Körbe ließen sich nie richtig in eine Reihe stellen, und doch hatte Eileen sie irgendwie in perfekten Reihen angeordnet.

„Sind Kunden gekommen?"

„Ein paar. Da war eine hübsche junge Frau, die Zwillinge erwartet. Sie kam mit ihrer Mutter, die für beide Babys die Babyausstattung stricken wird. Wir hatten so viel Spaß beim Betrachten der kleinen Schühchen und Mützchen, das ich mich in die Zeit zurückversetzt fühlte, als meine Kinder noch ganz klein waren. Das war ein nettes Verkaufsgespräch", sagte sie und klang zufrieden.

Ich schaute in die Kasse und staunte Bauklötze. Die werdende Mutter und die zukünftige Großmutter hatten mehr als zweihundert Pfund ausgegeben. Ich war begeistert.

Da mein Geschäft so gut lief und kein Kunde mich momentan brauchte, öffnete ich meinen Computer und begann, nach einfachen Rezepten für das Abendessen zu suchen. Während ich heute Abend die Snacks besorgen ging, könnte ich auch gleich die Zutaten für das Abendessen morgen besorgen.

„Hähnchenbrust Cordon Bleu?" Ich dachte laut. Eigentlich hatte ich keine große Lust, Hühnerbrüste zu füllen und zusammenzurollen. „Beef Wellington?" Das könnte ich schon fertig beim Metzger in der Markthalle kaufen und dann müsste ich nur noch Bratkartoffeln und Gemüse machen. Es schien allerdings ein ziemlich schwer verdauliches Gericht zu sein.

„Suchen Sie nach einem Rezept?", fragte Eileen.

Ich erklärte ihr das Dilemma: dass meine Mutter die über

achtzigjährigen Damen von nebenan zum Essen eingeladen hatte. Keine von uns hatte Zeit, richtig zu kochen, und außerdem waren zugegebenermaßen weder meine Mutter noch ich noch mein Vater besonders gute Köche.

Eileen sagte: „Würden Sie mich für Sie kochen lassen? Ich koche unheimlich gern und jetzt, wo mein lieber Mann verstorben ist und meine Kinder ihre eigenen Familien haben, habe ich niemanden, für den ich kochen kann. Ich würde es gerne tun, als Dankeschön dafür, dass Sie mir diesen Job gegeben haben, von dem ich jetzt schon begeistert bin."

„So begeistert wie ich von Ihnen können Sie gar nicht sein", sagte ich, und es kam mir wirklich von Herzen.

„Ich mache einen exzellenten Shepherd's Pie, wenn ich den vorschlagen darf. Kartoffeln und Gemüse sind da ja schon drin. Das lässt sich auch sehr leicht essen, falls die beiden Gebissträgerinnen sind. Und zum Nachtisch kann ich ein Sherry-Trifle machen – ein bisschen altmodisch, ich weiß, aber auch hier gilt: Ältere Menschen mögen oft traditionellere Desserts. Was meinen Sie?"

Ich musste eingeschlafen sein und diese magische Fee in mein Leben geträumt haben, dachte ich. Shepherd's Pie war zufällig eines meiner Lieblingsgerichte. Und mein Vater hatte sich in Trifle verliebt, als er hier in Oxford studierte. Trotzdem zögerte ich. „Eileen, ich kann das nicht annehmen. Es ist so viel Arbeit und Sie haben gerade erst diesen Vollzeitjob angefangen."

„Unsinn. Ich habe sehr viel Energie und werde es genießen. Und jetzt will ich keinen weiteren Unsinn mehr von Ihnen hören, junge Dame."

Ich lächelte und bedankte mich bei ihr und bestand

darauf, ihr das Geld zum Einkaufen zu geben, bevor sie ging, anstatt danach abzurechnen, wie sie es vorgeschlagen hatte. Ich dachte, vielleicht könnte ich ihr später etwas länger frei geben, um die Zeit auszugleichen, die sie zweifellos damit verbringen würde, für Leute zu kochen, die sie nicht einmal kannte.

KAPITEL 7

urz vor fünf kam Mom mit einem unsicheren Gesichtsausdruck in den Laden. Sie hatte ihre Lesebrille auf, was diesen Eindruck nicht milderte. Sie sagte: „Lucy, ich bin mir nicht sicher, ob du genug Stühle hast."

Da ich gerade dabei war, Superwash-Kammgarn-Stränge zu zählen, brauchte ich einen Moment, um zu registrieren, wovon sie sprach. „Stühle?"

„Ja, für unser Treffen heute Abend. Ich habe gerade die Stühle im Obergeschoss gezählt und ich glaube, sie reichen nicht. Einige der Doktoranden müssten sonst vielleicht auf dem Boden sitzen."

„Sind das dieselben Studenten, die den Sommer damit verbringen werden, in Zelten zu leben und den ganzen Tag Sand zu schaufeln, um antike Ruinen freizulegen? Glaubst du wirklich, dass es ihnen etwas ausmachen wird, auf dem Boden zu sitzen?"

„Schätzchen, wir wollen ihnen keinen falschen Eindruck vermitteln."

Ich hatte nicht die Absicht, loszurennen und zusätzliche Stühle zu kaufen oder zu mieten, also sagte ich: „Warum benutzt ihr nicht das Hinterzimmer des Ladens, wo wir die Strickkurse abhalten? Ich habe dort genug Stühle für zwanzig Leute."

Sie lächelte mich an. Dabei blinzelte sie wie eine Eule. „Ich wusste, du würdest die Antwort haben. Du bist so gut in praktischen Dingen. Und vergiss die Pizza nicht."

Ich hatte keine Ahnung, was sie meinte, aber nach fast drei Jahrzehnten mit meinen Eltern hatte ich ziemlich gut gelernt, Unausgesprochenes zu ergänzen. „Du willst, dass ich genug Pizza für alle bestelle, die heute Abend kommen. Und wie viele sind das?"

„Nicht mehr als ein Dutzend, würde ich sagen. Ich habe ihnen gesagt, sie sollen um fünf kommen."

Eileen stellte gerade Pullover-Stricksets zusammen und hielt inne. „Frau Dr. Bartlett-Swift", sagte sie, „Sie haben eine reizende Tochter, und sie führt den Laden ausgezeichnet. Alle ihre Kunden schwärmen von ihr."

Ich war mir sicher, dass das nicht wahr sein konnte. Ich denke, die meisten meiner Kunden waren entsetzt, dass ich so wenig Ahnung hatte, was das Stricken, Wolle und so ziemlich alles anging, was mit dem Strickladen zu tun hatte. Aber es war lieb von Eileen, diese netten Dinge zu sagen, besonders da Mom meine Entscheidung, in Oxford zu bleiben und das Cardinal Woolsey's zu leiten, in Frage gestellt hatte.

Meine Mutter blinzelte und schob dann endlich ihre Brille nach oben auf den Kopf, damit sie klarsehen konnte. „Nicht zu übertreffen", sagte sie, „Lucy hat mir erzählt, was für eine ausgezeichnete Hilfe Sie für sie sind, und das auch

noch an Ihrem ersten Tag. Sie ist so froh, dass sie Sie eingestellt hat."

Nachdem sich die beiden Damen zu ihrer beiderseitigen
Zufriedenheit gegenseitig Komplimente gemacht hatten,
kehrten sie zu ihren vorigen Beschäftigungen zurück. Eileen
ging wieder daran, Sets für das Stricken von Pullovern vorzubereiten und Mutter ging nach oben, zweifellos an ihren
Computer.

Ich wollte gerade zum Telefon greifen und die Pizzen
bestellen, die gegen sechs Uhr geliefert werden sollten, da
kam eine meiner Stammkundinnen herein. Sie war vor
kurzem Mutter geworden. Die Frau war eine professionelle
Bankerin, die durch ganz Europa reiste und einen internatio-
nalen Mitarbeiterstab leitete, aber ein einziges Baby zu
managen, war, wie sie sagte, der schwierigste Job, den sie je
gemacht hatte. Das Stricken hatte sie vor dem Durchdrehen
bewahrt.

„Dieses Jahr mache ich alle Weihnachtsgeschenke
selbst", verkündete sie. Sie wirkte etwas verstört und ich
glaube, sie hatte Babyspucke im Haar. Das Baby schlief
gerade in seinem Kinderwagen, aber ich wusste aus Erfahrung, dass es aufwachen und eine für einen so kleinen
Menschen enorme Menge an Lärm verursachen würde.

„Sind Sie sicher?", fragte ich. „Es sind nur noch zwei
Monate bis Weihnachten, und mit dem Baby ..." Ich brach ab,
damit sie den Rest des Satzes mit all dem füllen konnte, was
das Baby tat, um sie vom Duschen abzuhalten.

„Ja. Ich bin zu sehr Typ A, um ohne Multitasking auszu-
kommen." Sie sah mich an, wie eine Schokoladensüchtige
eine Schachtel mit perfekten Trüffelpralinen ansieht. „Ich
brauche das."

Genau in diesem Moment kamen unheilvolle Geräusche aus dem Kinderwagen. Einer der Gründe, warum diese Frau in meinen Laden kam, war mein Talent im Umgang mit Babys. Und sie nickte auch gleich – sichtlich dankbar –, als ich auf den Kinderwagen zuging und „Darf ich?" fragte. „Würden Sie das tun?"

Ich hob den kleinen Jungen auf, bevor eine leichte Unleidlichkeit zu einem Super-GAU wurde. Nach ein paar halbherzigen Schluchzern rollte er sich an mich und seine winzigen Finger umklammerten meinen Pullover.

Ich begann ihn zu wiegen und leise zu sprechen, während sich unsere Atmung synchronisierte und er wieder in den Schlaf abdriftete. „Sie hat eine echte Begabung", sagte seine Mutter zu Eileen.

Ich hatte den leisen Verdacht, dass ich einen Zauber auf die Kinder anwendete, ohne mir dessen jemals bewusst geworden zu sein. Mit leiser Stimme sagte ich: „Haben Sie an eine bestimmte Art Geschenke gedacht?"

„Lassen Sie mich das machen, Lucy", sagte Eileen und trat vor. „Ich habe mir diese Weihnachtsstrickzeitschrift angesehen, die erst heute gekommen ist. Darin werden Geschenke für jedes Familienmitglied beschrieben, und einige sind ganz einfach." Sie führte die Bankerin zu den Zeitschriften hinüber und ließ mich zufrieden wiegend zurück.

Es war so schön und friedlich, dass ich in der Lage war, meinen eigenen drohenden Tod für eine Weile zu vergessen und dieses winzige Bündel warmen, atmenden Lebens zu genießen.

Ich hoffte, ich könnte um das Treffen, das meine Eltern im Laden abhalten würden, herumkommen und nach oben gehen, um heimlich mit meinem Grimoire zu arbeiten. Es war mir unangenehm, dass seit meinem Gespräch mit der Frau von der anderen Seite des Spiegels so ein Gefühl drohenden Untergangs über mir hing. Dieser Fluch, wahrscheinlich sterben zu müssen, brachte meine Lebensplanung durcheinander.

In der letzten Stunde vor Ladenschluss hatten wir erstaunlich viel zu tun. Es musste wohl ein Reisebus aus einer Gegend eingetroffen sein, in der es keine Strickläden gab, denn es kamen mehrere Damen herein, die alle mit ähnlich nordenglischem Akzent sprachen und den Laden mit Beschlag belegten. Ich hörte, wie eine von ihnen zu Eileen sagte: „So etwas Schönes gibt es bei uns nicht."

„Ganz sicher nicht", sagte Eileen und stürzte sich auf die Damen wie eine hungrige Katze auf ein paar sehr fette, lecker aussehende Mäuse. Ich half beim Bedienen, aber Eileen war im Umgang mit der Ware viel besser als ich. Ich fragte mich, wie ich überhaupt ohne sie zurechtgekommen war. Ich fügte sogar einige Inventarobjekte hinzu, die Eileen empfohlen hatte. Es war erst ihr erster Arbeitstag, und sie hatte mein Geschäft schon unendlich verbessert.

Die Tür öffnete sich wieder, es war fast Feierabend, und da Eileen mit den letzten saftigen Mäusen beschäftigt war, blickte ich auf und wollte schon „Kann ich Ihnen helfen?" sagen, das sah ich, dass es der sonnengebräunte heiße Typ vom Vormittag war.

Er grinste sein *Ich-könnte-dich-gleich -auffressen*-Grinsen und sagte: „Guten Tag. Wie geht's?"

„Alles gut." Ich schaute auf meine Uhr. „Du bist ein bisschen früh dran."

Er kam näher und lehnte sich mit der Hüfte gegen meine

Kasse. „Also, das ist so. Ich hatte noch fünfzehn Minuten Zeit. Ich hätte in das Pub am Ende der Straße gehen und ein Bier trinken können, aber das Problem mit einem Bier ist, dass es immer zu einem weiteren Bier führt, und dann hätte ich den Termin verpasst." Er hob hilflos die Hände. „Da dachte ich mir, ich könnte kommen und ein wenig mit dir quatschen, bevor es anfängt."

Ich schüttelte den Kopf. Er war zu nett, um wahr zu sein. Trotzdem war ich froh, beim Friseur gewesen zu sein und vielleicht warf ich auch meine Mähne ein bisschen zurück. Ich war ja schließlich ein weibliches Wesen. „Ich fühle mich zwar sehr geschmeichelt, aber ich arbeite bis fünf. Du kannst aber gerne ins Hinterzimmer gehen, dort findet die Besprechung statt. Ich werde meinen Eltern sagen, dass du hier bist."

„Kein Problem", sagte er. „Hast du WLAN? Dann kann ich meine E-Mails checken."

Ich gab ihm das WLAN-Passwort und er ging ins Hinterzimmer.

Die letzten Damen verließen den Laden und hatten es eilig, zu ihrem Bus zu kommen. Schon bald registrierten meine feinen Ohren Geräusche aus dem Hinterzimmer, die mir überhaupt nicht gefielen. Tatsächlich mochte ich es nicht, wenn jemand ohne meine Aufsicht dort war. Und zwar wegen der Falltür, die hinunter in die Tunnelgänge unter der Stadt führte, wo meine Großmutter und ihre Freunde zuhause waren. Ich hielt die Tür von meiner Seite aus verschlossen, wenn ich nicht wollte, dass Vampirbesucher hochkamen, aber von dieser Seite aus war es recht einfach, sie zu öffnen.

Eileen hatte gerade erst ihre zufriedenen Kundinnen aus

der Tür geleitet, also kämpfte ich gegen den Drang an, in den hinteren Raum zu rennen und die Sache hochzuspielen.

Ich wartete einen Moment und sagte dann, so beiläufig wie möglich: „Ich schaue nur kurz nach, ob er alles hat." Ich zog den Vorhang zum Hinterzimmer beiseite und entdeckte zu meinem Entsetzen meinen australischen Freund auf allen Vieren, wie er dabei war, die Falltür hochzuziehen. Bevor ich daran denken konnte, meine Stimme zu kontrollieren, kreischte ich: „Was glaubst du eigentlich, was du da tust?"

Er drehte sich um, immer noch auf allen Vieren, und sah mich unverschämt grinsend über die Schulter an. „Ich bin Archäologe. Wir graben immer, um herauszufinden, was unten drunter ist. Ich hatte ein paar Probleme mit dem Riegel, aber jetzt habe ich es geschafft."

Ich ging hinüber und stellte mich ganz fest in die Mitte der Falltür, dabei waren meine Stiefelspitzen einen Zentimeter von seinen Fingern entfernt. „Da unten ist nichts außer Kanalisation. Und Ratten. Ich öffne diese Falltür nie, da ich keine ekelhaften Gerüche und noch ekelhafteres Ungeziefer hier oben haben will. Ich würde es begrüßen, wenn du sie nicht mehr anrühren würdest." Mein Herz klopfte, mir wurde heiß und ich war nervös. Und wütend auf mich selbst, dass ich jemanden unbeaufsichtigt ins Hinterzimmer gelassen hatte.

Er stand langsam auf und wischte sich die Hände ab. Hinter mir hörte ich Eileen sagen: „Nun, ich nie."

Ich drehte mich zu ihr um und fragte: „Was ist mit dem Teppichläufer passiert, der immer über dieser Tür liegt?" Es hatte seinen Grund, dass ich ihn dort liegenließ.

Ihre rosafarbenen Lippen formten ein O. „Er war so staubig, dass ich ihn hinausgebracht habe, um ihn mit einem

Besen auszuklopfen. Ich dachte, ich lasse ihn einfach ein paar Stunden zum Auslüften draußen hängen. Er ist in Ihrem Garten hinter dem Haus. Es tut mir schrecklich leid, ich werde ihn sofort holen."

Ich wusste es zu schätzen, dass sie an ihrem ersten Tag besonders eifrig war, aber trotzdem schauderte es mich bei dem Gedanken, was hätte passieren können, wenn der australische Student den Weg in die Tunnel gefunden hätte und auf einen der Vampire gestoßen wäre.

Er sagte: „Ich wollte schon immer mal da runter. Es gibt nämlich viele Eingänge. Es ist bekannt, dass T.E. Lawrence mit einem Boot durch diese Tunnel ruderte. Ich glaube, es war ein Kajak. Oder vielleicht war es ein Kanu. Du weißt schon, Lawrence von Arabien."

„Ja, ich weiß. Dort unten ist kein Fluss, wenn es denn jemals einen gab. Dort unten ist die Kanalisation. Glaub mir, da unten willst du nicht hin, weder im Kanu noch sonst wie."

Ich war mir nicht sicher, ob er mir glaubte, aber ich war mir ziemlich sicher, dass er verstanden hatte, was ich sagen wollte. Wenn er das unterirdische Oxford erkunden wollte, würde er sich einen anderen Eingang suchen müssen als den von meinem Laden. Ich wusste, dass es viele gab. Die Vampire nutzten sie, um durch die Stadt zu kommen, wenn die Sonne schien, oder wenn sie einfach nur außer Sichtweite bleiben wollten.

Eileen brachte den Teppich wieder herein und legte ihn, mit weiteren Entschuldigungen, auf die Falltür. Ich wollte den Australier nicht ohne Begleitung lassen, also fragte ich: „Wie heißt du eigentlich? Und wie weit bist du mit deinem Studium?"

„Mein Name ist Pete. Pete Taylor. Meinen ersten

Abschluss habe ich in Sydney gemacht, in Geologie, aber ich bin nach Oxford gekommen, weil ich etwas über Stratigraphie lernen wollte - das ist die Analyse der Schichten und der geologischen Zeitalter, wenn wir Funde dokumentieren. Ich studiere die richtigen Techniken zur Vermessung, Interpretation und Aufzeichnung von Funden. Das, wofür deine Eltern berühmt sind. Ich will es gerne direkt vor Ort machen. Ich finde es herrlich, in die Tiefe hinunterzugraben und Dinge zu sehen, die kein menschliches Auge seit Hunderten oder gar Tausenden von Jahren erblickt hat. Es ist wie ein Rausch."

„Jedem das Seine, nehme ich an. Ich war mit meinen Eltern auf Ausgrabungen, und alles, woran ich mich erinnere, sind die Hitze, das Ungeziefer und der Sand. Einen Sommer lang schien alles, was ich aß, zu knirschen."

Eileens Stimme unterbrach uns. „Und hier sind Ihre nächsten beiden Gäste."

Ein anderer Typ in meinem Alter, mit lockigem Haar, dicker Brille und gelehrtem Blick, kam mit einer Frau an, die ich auf Mitte dreißig geschätzt hätte. Ihr schwarzes Haar war zurückgebunden und sie trug Jeans und ein kariertes Hemd. Ich hatte so viele Studenten wie diese beiden kennengelernt, die mit meinen Eltern gearbeitet hatten. In ein paar der besser aussehenden Jungs hatte ich mich verknallt, aber sie hatten mich natürlich nie beachtet.

Der Typ mit der Brille stellte sich als Logan Douglas vor, und als er und Pete sich die Hände schüttelten, sagte er: „Ich kenne dich von irgendwoher."

Pete schaute überrascht, dann schüttelte er den Kopf. „Du hast mich wahrscheinlich in einer der Kneipen gesehen." Er zwinkerte mir zu. „Das kommt vor."

Logan schob seine Brille hoch. „Nein. Es war in Glastonbury. Ich bin mir ganz sicher."

Pete klopfte ihm auf die Schulter, sozusagen von Mann zu Mann. „Richtig, das Musikfestival, das war es. Gutes Gedächtnis."

Ich konnte sehen, dass der andere etwas anderes sagen wollte, aber Pete beugte sich an ihm vorbei zu der jungen Frau und stellte sich ihr vor. Ihr Name war Priya Sandeep. Sie studierte Keramik, sie war also jemand, der sein ganzes Leben damit verbrachte, alte Fliesen zu betrachten. Es ist unglaublich, wie manche Menschen ihr Leben verbringen wollen. Und Mom meinte, ich würde mit einem Strickwarengeschäft mein Leben vergeuden?

Ich bemerkte, dass Eileen immer noch dastand. Zweifellos wartete sie auf die Erlaubnis zu gehen. Ich ging mit ihr hinaus in den Hauptladen. Ich konnte kaum die Worte finden, um auszudrücken, wie dankbar ich war. „Vielen, vielen Dank für Ihre Hilfe heute. Ich weiß nicht, was ich ohne Sie getan hätte."

„Es war mir eine Freude." Sie zögerte und sagte dann: „Mein Bus kommt eine halbe Stunde vor Ladenöffnung hier an. Heute Morgen bin ich einen Kaffee trinken gegangen, aber ich kann gern etwas früher in den Laden kommen, um alles vorzubereiten. Wenn Sie einverstanden sind."

„Ja, natürlich." Morgens war alles hektisch, da meine Eltern jetzt bei mir wohnten, und ich hatte es gerade noch rechtzeitig nach unten geschafft, um den Laden für die Öffnung vorzubereiten. Ich sagte: „Ich werde Ihnen einen Schlüssel geben. Dann können Sie selbst aufschließen, wann immer Sie es brauchen."

Ich holte den Ersatzschlüssel aus der Schublade und gab ihn ihr.

„Wunderbar", sagte sie. „Wir sehen uns morgen."

Als sie ging, kamen zwei weitere Studenten, die ich ins Hinterzimmer schickte. Dann rannte ich nach oben und erinnerte meine Eltern daran, dass das Treffen, das sie arrangiert hatten, gleich beginnen würde. Sie waren beide völlig in ihre Arbeit vertieft. Mein Vater tippte etwas in seinen Computer und meine Mutter schien auf ihrem etwas zu recherchieren.

Beide sahen zu mir auf, als hätte ich in einer fremden Sprache gesprochen, und dann, als meine Worte einsickerten, sagten sie gleichzeitig: „Ah. Das Treffen."

Mein Vater fragte: „Sind die Studenten schon da?'

„Ja."

Meine Mutter fragte: „Wie viele sind erschienen?"

„Es sind jetzt fünf unten und ich habe keine Ahnung, wie viele es insgesamt sein werden."

„Wir kommen runter", sagte mein Vater. Dabei schaute er jedoch traurig auf seinen Bildschirm, als könne er sich kaum von ihm trennen.

Ich ging mit ihnen hinunter und während sie ins Hinterzimmer gingen, um den interessierten Doktoranden das Projekt zu erklären, bestellte ich telefonisch die Pizzen. Heute Abend hätten sie keinen Zusteller, erklärte mir die Frau am Telefon, aber wenn ich kommen und sie abholen könnte, wären meine Pizzen in dreißig Minuten fertig.

ALS ICH DIE PIZZEN HOLEN GING, musste ich einer Schar junger Männer ausweichen, die irgendeinen Mannschaftssieg feierten. Dann ging ich in Richtung Goldenes Kreuz, wo sich nicht weit von der Cornmarket Street in einem Gebäude aus dem zwölften Jahrhundert ein Pizza Express befand. Man kann dort mittelalterliche Wandmalereien betrachten, während man seine Pizza Marinara mampfte.

Ein Schatten erschien neben mir und ich zuckte zusammen. „Du hast mich erschreckt", sagte ich zu Rafe, der jetzt neben mir ging.

„Du hast mich um ein Treffen gebeten. Ich kann dir die Textnachricht zeigen", sagte er, als hätte ich vergessen, dass ich ihm eine SMS geschrieben hatte.

„Ich weiß, aber selbst, wenn ich dich erwarte, tauchst du wie aus dem Nichts auf."

Das schien ihn zu amüsieren. „Das ist ein Talent, das deinesgleichen haben, nicht meinesgleichen."

„Wie auch immer." Ich konnte mir nicht vorstellen, dass ich jemals in der Lage sein würde, zu verschwinden und plötzlich wieder aufzutauchen, aber ich war ja praktisch noch ein Erstsemester im Grundkurs Hexerei. „Ich brauche deine Hilfe, um diesen Spiegel zu verstehen."

Er sagte: „Ich habe Nachforschungen angestellt, und es gibt Hinweise auf einen Kult von mächtigen Wesen der Finsternis, die weiße Hexen töten."

„Ist dieses Wesen ein schwarzer Hexer?"

„Eher ein Dämon, glaube ich. Ein Seelenräuber. Er ist ägyptischer Abstammung, war aber sicherlich während der Hexenprozesse in Salem aktiv und bekannt. Und er war wahrscheinlich auch hier in Großbritannien auf Hexenjagd. Er kann viele Gestalten annehmen und niemand ist bisher in der Lage gewesen, ihm Einhalt zu gebieten oder ihn zu vernichten."

„Und dieser Kerl ist hinter mir her?" Ich schaute die belebte Straße auf und ab und fragte mich, ob der Typ, der Zeitschriften verkaufte, vielleicht hinter meiner Seele her war. Oder konnte es vielleicht der obdachlose Mann sein, der lesend auf einer alten Decke saß? Oder vielleicht sein Hund, der sich neben ihm zusammengerollt hatte?

„Ich wünschte, ich hätte bessere Neuigkeiten", sagte Rafe und klang besorgt.

„Das Mädchen im Spiegel sagte, er hätte sie gefangen. Sie hat irgendeine Kraft, mit der sie andere Hexen erreichen kann, und irgendwie hat sie sich an mich gehängt."

Er hatte eine wahrhaft gelehrte Art, die Dinge zu betrachten. „Das ist interessant. Ich frage mich, ob es daran liegt, dass du kürzlich deine eigenen Kräfte entdeckt hast und dass sie dadurch auf dich aufmerksam geworden ist. Ein bisschen wie ein Taucher, der sich schneidet und dessen Blut die Haie dann wittern können. Sie schwimmen so lange friedlich im Meer herum, bis Blut fließt, und dann beginnt die Jagd."

„Toller Vergleich. Sehr beruhigend. Danke."

„Lucy, Sarkasmus wird dich nicht retten."

Ich drehte mich zu ihm um. „Was wird mich retten? Das ist hier doch die eigentliche Frage."

„Ich arbeite daran."

„Mir wäre viel wohler, wenn du das nicht in einem so besorgten Ton sagen würdest." Wir kamen an einem jungen Paar vorbei, das sich an den Händen hielt, offensichtlich Studierende. Ich wartete, bis sie außer Hörweite waren. „Was ich brauche, ist eine Superhexe. Eine, die älter ist und mehr Macht hat als ich, und die vielleicht eine Idee hat, wie sie mir helfen kann, dieses Ding zu bekämpfen."

Er zu mir herunter. „Ich kenne da vielleicht jemanden."

„Aber? So wie du das jetzt sagst, gibt es da irgendwo ein ‚aber'.

„Bisher hast du dich versteckt. Du warst sozusagen inkognito. Wenn du dich in den Kreis dieser mächtigen Hexe begibst, wirst du für immer ein Teil davon sein."

Ein Schauer überlief mich. Ich hatte das Gefühl, dass ich vor eine Entscheidung gestellt wurde. Ich könnte von einem schrecklichen, seelenfressenden Dämon – wahrscheinlich auf sehr unangenehme Weise – getötet werden, oder ich könnte in einen mächtigen Hexenzirkel hineingezogen werden. Ich hatte es vermeiden können, dem Zirkel meiner Großcousine beizutreten. Ob mir das bei einer mächtigeren Hexe gelingen würde, dessen war ich mir nicht so sicher. Ich wünschte, es gäbe eine dritte Möglichkeit. Vielleicht gab es ja eine.

„Was wäre, wenn ich das Mädchen befreien könnte? Sie ist eindeutig auch eine Hexe, und niemand kennt seine Macht so gut wie sie. Was wäre, wenn ich den Bann, der sie bindet, irgendwie brechen könnte?"

„Das ist eine hervorragende Idee. Wie willst du sie befreien?"

Hier kamen wir zum Knackpunkt meines großen Plans. „Ich weiß es nicht."

Er wandte sich mir zu, so dunkel und geheimnisvoll wie die alte Stadt im Hintergrund. „Hast du überhaupt Zaubern geübt?"

„Ja." Sogar für meine eigenen Ohren klang das schwach. „Aber ich bin mit dem Laden und meinem Leben beschäftigt."

„Nun, wenn wir wollen, dass dieses Leben weitergeht,

dann müssen wir einen Weg finden, dieses Wesen zu stoppen."

Ich fühlte mich gleich viel besser, jetzt, da er ‚wir' sagte. Rafe war zwar kein Zauberer, aber er war ein sehr mächtiger Vampir. Ich war sicher, dass er mir helfen konnte, wenn er es wirklich wollte.

„Ich will, dass du dich in Sicherheit bringst. Du musst versuchen, nicht allein zu sein. Wie macht sich deine neue Verkäuferin denn so?"

Ich dachte an Sicherheit und Geborgenheit. Eileen Percival hatte einen Grund mehr, froh zu sein, dass ich sie eingestellt hatte. „Sie ist die perfekte Verkäuferin. Bei ihr fühle ich mich absolut sicher."

„Gut. Mit den Kunden, die kommen und gehen, und dazu noch der Verkäuferin, solltest du eigentlich während der Öffnungszeiten sicher sein." Er hielt warnend einen Finger hoch. „Mach das nicht noch einmal, dass du abends allein rausgehst. Schon gar nicht in verlassene Seitenstraßen."

„Ich wusste doch, dass ich dich treffen würde."

„Ja, aber als ich auftauchte, bist du zusammengezuckt wie ein verängstigtes Kaninchen. Du hast keinerlei Verteidigungsmaßnahmen ergriffen."

Verdammt. Ich musste wirklich besser werden. „Ich vergesse immer wieder, dass ich eine Hexe bin."

„Nun, der Dämon vergisst das nicht, also schlage ich vor, du vergisst es auch nicht." Er klang streng, und ich wusste, dass er sich Sorgen um mich machte.

Ich sagte: „Ich werde heute Abend noch einmal versuchen, mit dem Mädchen im Spiegel zu sprechen. Sie erscheint offensichtlich immer dann, wenn ich den Zauberspruch aufsage.

Ich werde sie fragen, ob der Spiegel vernichtet werden kann. Sie ist ja in ihm drin und hat viel Zeit zum Nachdenken. Sie hat bestimmt ein paar Ideen." Ich nagte an meiner Lippe. „Und ich möchte deine Superhexe kennenlernen."

„Das halte ich für klug."

Er verzog sich wieder in seine Schattenwelt, während ich ins Restaurant ging und die Pizzen abholte. Rafe trug sie, als wir nach Hause gingen, und als wir an einem Tesco-Express-Laden vorbeikamen, sagte ich, dass ich wohl am besten hineingehen und ein paar alkoholfreie Getränke besorgen sollte.

„Hast du Teller und Servietten?", fragte Rafe.

„Nein. Danke, dass du mich daran erinnerst. Wie kommt es, dass du alles weißt?"

„Wenn man so lange auf der Welt ist wie ich, lernt man das eine oder andere."

Ich besorgte einige Flaschen Sprudelwasser und Säfte sowie Servietten und Pappteller, und wir trugen alles zurück in meinen Laden.

Rafe zog sich zurück und ich ging hinein. Dad war ganz und gar im Vorlesungsmodus. Sechs angehende Doktoranden saßen in einem annähernden Oval zusammen, Mom und Dad saßen am schmalen Ende des Ovals. Die Studenten hatten alle Notizbücher herausgeholt und schauten eifrig.

Als ich so leise wie möglich die Pizzen und die anderen Sachen auf den Tisch stellte, sah Pete auf und zwinkerte mir zu. Ich winkte unauffällig. Dann verzog ich mich in der Gewissheit, dass ich nicht gebraucht würde, ins Obergeschoss.

Nyx folgte mir. Sie schien ihre Zeit überall dort zu verbringen, wo meine Eltern nicht waren, und sie hatte sogar aufgehört, in meinem Schaufenster zu posieren. Zurzeit war sie die meiste Zeit unterwegs. Ich dachte, der Zauberspiegel machte ihr Angst, und ich konnte es ihr nicht verdenken. Trotzdem vermisste ich ihre tröstende Wärme und war froh, dass sie sich entschlossen hatte, ein Weilchen ins Haus zu kommen. Sobald wir oben angekommen waren, fütterte ich sie mit einer Dose Thunfisch und gab ihr frisches Wasser.

Ich hätte auch etwas essen sollen, aber ich war zu aufgedreht. Sie folgte mir die Treppe hinauf in mein Schlafzimmer. Ich schloss die Tür und holte den Lederbeutel mit dem Spiegel aus meiner Nachttischschublade, wo ich ihn hinter einem Roman versteckt hatte. Darauf hatte ich eine Taschenlampe gelegt, die ich für den Fall aufbewahrte, dass der Strom ausfiel, außerdem einen Stift und Papier und eine Packung Taschentücher. Nyx beäugte den Beutel misstrauisch, und als ich den Spiegel herauszog, machte sie einen Buckel, fauchte, sprang auf die Fensterbank und schoss aus dem Fenster.

Ich hatte das Fenster nur ein paar Zentimeter offengelassen, aber sie war so erpicht darauf, draußen zu sein, dass sie ihren Körper durch die Öffnung zwängte und sich dabei flachdrückte, als sei sie eine Zahnpastatube in Katzenform. Sie spürte offensichtlich, dass es mit diesem Spiegel nichts Gutes auf sich hatte. Ich wünschte, ich könnte auch Reißaus davor nehmen. Ich wollte nicht in seiner Nähe sein. Und ein sehr starkes Gefühl sagte mir, dass es etwas war, wovor ich nicht weglaufen konnte. Es war eine jener Herausforderungen, denen ich mich stellen musste.

Ich holte tief Luft und versuchte, meine Mitte zu finden, aber mein Herz schlug so schnell, dass ich atemlos war. Ich rezitierte die Beschwörungsformel auf dem Spiegel. Wie zuvor begann das blaue Licht zu strahlen und das junge Mädchen erschien in der gewellten Oberfläche des Spiegels, wie eine Erscheinung auf dem Meer.

„Du bist noch am Leben", sagte sie und klang erstaunt.

„Ja. Und ich habe vor, es so lange wie möglich so zu bleiben. Meritamun, du warst lange Zeit in diesem Spiegel. Meinst du, man könnte ihn zerstören?"

Sie sagte: „Ich denke, das könnte möglich sein. Man bräuchte dazu ein sehr heißes Feuer und den richtigen Zauberspruch." Sie sah sehr traurig aus, als sie das sagte, aber sie hob ihr Kinn und zeigte so etwas wie Tapferkeit.

„Meritamun, wenn ich den Spiegel zerstöre, was passiert dann mit dir?"

„Ich werde das gleiche Schicksal erleiden."

Entsetzen erfüllte mich. „Du meinst, wenn es mir gelingt, diesen Spiegel zu zerstören, vielleicht indem ich ihn verbrenne und die Bronze schmelze, würdest du mit ihm verglühen?"

Sie nickte. Und eine einzelne Träne lief ihr die Wange hinunter. „Zögere nicht. Das ist mein Schicksal. Ich bin ein Werkzeug des Bösen gewesen, es ist nur gerecht, dass ich untergehe."

„Aber es war nicht deine Schuld. Du bist ein unfreiwilliges Opfer des Bösen. Nein, es muss einen anderen Weg geben."

Sie sagte: „Ich kenne ihn nicht. Besser, ich werde vernichtet, als dass ich meinesgleichen weiterhin den Tod bringe."

Sie begann zu verblassen. „Aber warte, es muss doch irgendeinen anderen Weg geben. Können wir den ursprünglichen Bann nicht brechen? Der, mit dem du eingesperrt wurdest?"

„Um den bösen Zauber zu zerstören, müsstest du meinen Meister vernichten." Zumindest dachte ich, dass sie das sagte, denn bei den letzten Worten verblasste sie.

Ich fühlte mich, als würde ich eine kleine Rolle in einem Horrorfilm spielen. Böse Hexenmeister und gefangene Jungfrauen? Im Ernst? Und wie ein Kleindarsteller im Film war ich nicht mächtig genug, um gegen einen von ihnen zu kämpfen. Ich machte mir ernsthaft Sorgen, dass ich in diesem Film das Mädchen war, das das Geräusch im Keller hört und im Nachthemd nachsehen geht, was es ist. Ich war sogar blond.

Ich wollte nicht nur keines grausamen Todes sterben, ich wollte das arme Mädchen auch nicht länger verflucht zurücklassen.

Ich holte das Grimoire meiner Familie aus seinem Versteck hinten in meinem Schrank. Okay, es war kein großartiges Versteck, aber das Buch war mit einem Bann belegt, sodass jeder, der es stehlen wollte, einen mächtigen Zauber brechen musste, um Zugang dazu zu erhalten. Ich schlug das Buch auf und suchte nach Zaubersprüchen, mit denen man eine gefangene Hexe würde befreien können.

Es gab eine interessante Geschichte, handgeschrieben in verblasster Tinte, über eine Hexe, die im neunzehnten Jahrhundert in einer Flasche gefangen gewesen war. Das schien mir nahe daran, in einem Spiegel gefangen zu sein, und ich fragte mich, ob ich die Hexe mit der gleichen Methode befreien könnte. Ich las eifrig den Artikel und entdeckte, dass die Flasche mit der Hexe im Pitt-Rivers-Museum ausgestellt war, genau hier in Oxford. Auf einem Zettel stand in der Handschrift meiner Großmutter: „Vermutlich ist die arme Hexe immer noch darin gefangen."

Tja, war das nicht einfach großartig? Wenn die örtlichen Hexen ihre alte Freundin nicht befreien konnten, welche Chance hätte ich dann wohl, eine Hexe aus einem dreitausend Jahre alten Spiegel zu befreien?

Rafe hatte Recht. Ich würde seine Freundin, die Superhexe, aufsuchen müssen.

Ich schrieb Rafe eine Nachricht und bat ihn, mich so schnell wie möglich seiner Freundin vorzustellen. Er schrieb nur ein Wort zurück. „Verstanden."

Wenig später schrieb er noch eine Kurznachricht. Morgen früh in der Morgendämmerung, dabei stand eine Adresse. Ich googelte die Adresse. Der Ort lag gut zehn Meilen außerhalb der Stadt, in einer Gemeinde namens Moreton-Under-Wychwood, was nach einem hübschen englischen Dorf klang. Aber ich hatte schon von diesem Dorf gehört. Dort lebten meine Großcousine und ihre Großmutter, die Hexen Violet und Lavinia Weeks. Ich würde das Hauptquartier der Hexen besuchen müssen. In der Morgendämmerung.

Ich blätterte in meinem Grimoire und suchte nach einem Zauber, der mich vor Schaden bewahren würde. Wer auch immer dieses Grimoire zusammengestellt hatte, war kein Archivar. Es war ein Durcheinander von Zaubersprüchen und Geschichten, ohne Sinn und Verstand. Kein Wunder, dass ich nichts daraus lernte. Ich fühlte mich, als ob mir jemand gesagt hätte, ich solle Latein lernen, und mir dann die kompletten Werke von Vergil und Horaz einfach vor die Füße geworfen hätte. Ich wusste einfach nicht, wo ich anfangen sollte.

Ich freute mich nicht darauf, in Grannys altem Auto im Morgengrauen zu dem zehn Meilen entfernten Haus dieser

Hexe zu fahren. Ich hasste es, in Großbritannien Auto zu fahren. Mit dem Fahren auf der anderen Straßenseite konnte ich mich nicht anfreunden.

Während ich nervös wurde, traf eine weitere Kurznachricht ein. Schon wieder Rafe. Er schrieb, er würde mich um sechs Uhr morgens mit seinem Auto abholen. Seine Arroganz gefiel mir zwar nicht besonders, aber einem Mann, der bereit war, mich vor dem Morgengrauen zu chauffieren, konnte ich vieles verzeihen.

Der Vorteil daran, so früh aus dem Haus zu gehen, war, dass ich mein Vorhaben meinen Eltern nicht erklären musste. Sie würden hoffentlich meine ganze Begegnung mit der Superhexe verschlafen.

Das würde ich auch gern.

KAPITEL 8

Ich ging früh zu Bett, aber natürlich konnte ich nicht schlafen. In meinen Träumen wurde ich von Feuer- und Todesvisionen und von einem dunklen schattenhaften Wesen heimgesucht. Dieses hätte eine Ausgeburt meiner Phantasie gewesen sein können, aber die Furcht, die ich empfand, sagte mir, dass es der böse Dämon war.

Als mich mein Wecker um fünf Uhr weckte, war ich wie betäubt. Ich brauchte einen Moment, um zu begreifen, warum sich meine Augen in völliger Dunkelheit öffneten. Ich knipste das Licht an und stellte fest, dass Nyx irgendwann in der Nacht hereingekommen war und zusammengerollt neben mir lag. Ich streichelte sie ein wenig und sagte ihr dann, sie solle wieder schlafen gehen.

Das tat sie aber nicht. Vielmehr beobachtete sie mich durch ihre geschlitzten grüne Augen, während ich mir eine schwarze Jeans und eine locker sitzende schwarze Leinenbluse anzog. Ich schlüpfte in dunkle Socken und dann in schwarze Halbstiefel und fragte mich, warum ich das Bedürfnis hatte, mich ganz in Schwarz zu kleiden, nur weil ich eine Hexe besuchen wollte. Wenn ich einen spitzen Hut gehabt hätte, hätte ich den wahrscheinlich auch aufgesetzt, und wenn ich auf einem Besen hätte reiten können, wäre das auch praktisch gewesen.

Fast trotzig zog ich mir die rote Stola über, die Theodore mir gestrickt hatte. Dann schlich ich mich nach unten und machte Kaffee. Starken Kaffee. Ich musste mich zwar mit einer gruseligen Hexe treffen, aber das würde ich nicht ohne eine Menge Koffein im Blut machen.

Als ich mich anschickte, aus dem Haus zu gehen, bemerkte ich, dass Nyx mir folgen wollte.

„Nein, Nyx", flüsterte ich, denn ich wollte sie nicht an einen Ort mitnehmen, an den ich selbst nicht wollte. Sie schlich wie ein leiser, kriechender Schatten hinter mir her. Schließlich zog ich den Spiegel aus der Tasche und die Katze wich zurück. Ich schlich mich aus der Wohnung und konnte meinen Vater schnarchen hören.

Als ich zu unserem Treffpunkt in der hinteren Gasse kam, war Rafe schon da, in seinem schnittigen, schwarzen Tesla. Ich setzte mich auf den Beifahrersitz, legte den Sicherheitsgurt an und er fuhr praktisch sofort los. Er schaute mich an. „Nervös?"

Natürlich war er hellwach. Ich hingegen war müde und groggy nach einer unruhigen Nacht voller schlimmer Träume. Allerdings war ich nicht zu müde, um nervös zu sein, also nickte ich kurz.

„Lass dich von ihr nicht einschüchtern", war sein Rat. Großartig, sehr hilfreich. Das half sofort gegen meine Nervosität.

„Wer ist diese Superhexe?", fragte ich.

„Sie heißt Margaret Twig. Sie ist in Ontario, in Kanada,

geboren. Ihr Vater war Botaniker, glaube ich, und die Familie lebte in der Wildnis, wo er seine Studien betrieb und Bücher schrieb. Von ihm lernte sie viel über Pflanzen und von ihrer Mutter lernte sie Naturheilmittel kennen, von denen viele von den Ureinwohnern der Gegend gesammelt wurden."

„Sie ist also Nordamerikanerin, wie ich."

„Ja. Aber, sie ist schon seit Jahrzehnten hier. Sie kam nach England, um Naturmedizin zu studieren und die Familie ihrer Mutter kennenzulernen."

„Die Hexen in der Familie."

„Ja. Sie ist die inoffizielle Oberhexe von Oxfordshire."

Die zehn Meilen Autofahrt vor Sonnenaufgang dauerten selbst auf den winzigen Landstraßen in der Nähe von Oxford nicht sehr lange. Die Scheinwerfer des geräuschlosen Autos beleuchteten die kurvenreiche Straße vor uns und Massen dunkler Bäume auf beiden Seiten, die die Überreste des ursprünglichen Wychwood-Waldes sein mussten. Ihre Baumkronen berührten sich über der Straße, so dass man das Gefühl hatte, durch einen dunklen Tunnel zu fahren.

Rafe fuhr, als ob er diese Straßen sehr gut kennen würde, was er wohl auch tat. Sein Zuhause lag in derselben Richtung. Meine Geografiekenntnisse waren, besonders im Dunkeln, etwas vage, aber sein Zuhause lag in der Nähe von Woodstock und durch dieses Dorf waren wir bereits gefahren. Jetzt fuhren wir übers Land, wo nur die wenigen Lichter der verstreuten Bauernhäuser zu sehen waren. Ein hölzerner Wegweiser zeigte nach Shipton-Under-Wychwood, also wusste ich, dass wir uns Moreton-Under-Wychwood näherten, wo meine Familie mütterlicherseits herkam und wo die Hexe Margaret Twig lebte.

Rosa und violettes Licht begann den Himmel zu streifen,

als wir an einem niedrigen Cotswold-Steinhäuschen ankamen, das mitten auf einem großen Feld stand. Aus dem Schornstein stieg Rauch. Ich stieg aus dem Auto, umklammerte den Lederbeutel mit dem Spiegel, und Rafe kam um das Auto herum und nahm zu meiner Überraschung meine Hand. Auch wenn seine Hand kühl war, war es eine sehr tröstliche Geste. Es ging mir gleich besser, weil ich wusste, dass er bei mir war.

Wir gingen einen Steinpfad entlang und stiegen dann zwei Steinstufen hoch. An einer alten Eichentür befand sich ein schwarzer, schmiedeeiserner Türklopfer in Form eines Kobolds. Rafe klopfte entschlossen an die Tür und bald öffnete eine Frau.

„Guten Morgen", sagte sie. „Ich bin Margaret Twig. Und du bist sicher Lucy?" Ich bejahte und mit einer Geste forderte sie uns auf, einzutreten. Sie und Rafe begrüßten sich auf die französische Art mit Wangenküsschen.

Margaret Twig wirkte auf eine verwirrende Art sowohl exzentrisch als auch kultiviert. Sie war klein und drahtig und hatte graues Haar, das sich in Korkenzieherlocken über ihren Kopf verteilte. Ihre hellblauen Augen bogen sich an den Augenwinkeln nach oben wie bei einer Katze. Sie hatte eine spitze Nase und ein sehr markantes Kinn.

„Habt ihr in der Dunkelheit gut hergefunden?" Ihre Stimme war tief und sie sprach schnell, mit leichtem nordamerikanischen Akzent.

„Überhaupt kein Problem", antwortete Rafe.

Sie trug einen türkisfarbenen, geblümten Overall, der eher auf Hawaii oder in die Karibik gepasst hätte als in eine ländliche Gegend in England. Um ihren Hals trug sie eine

Menge bunter Perlen. Ich fand sie faszinierend und definitiv einschüchternd.

Die Lichter waren an und sie führte uns durch einen Korridor mit Steinplatten. Die Decken waren von dunklen Holzbalken durchzogen und so niedrig, dass Rafe sich durch die Türöffnungen ducken musste. Wir betraten eine große Küche auf der Rückseite des Hauses. Die Küche war eine Kombination aus neu und alt. An einer Wand stand ein Aga-Herd, von dem wohlige Wärme ausging. An der gegenüberliegenden Wand befand sich ein großer offener Kamin, in dem man einen Ochsen hätte braten können und an dem verschiedene gusseiserne Gerätschaften hingen.

In der Mitte hing ein großer, schwarzer Kessel. An der Seite des Kamins hing ein Strohbesen, der aussah, als könnte man damit gleich losfliegen. In einer Zeitschrift für Wohnungsdekoration würden die gusseisernen Töpfe stilvoll aussehen, passend zum Alter des Steinhäuschens. Aber ich vermutete, dass sie regelmäßig benutzt wurden.

Sie erwischte mich beim Starren und ich fragte naiv: „Ist das ein Hexenkessel?"

Ihre Augen funkelten beunruhigend, so als würde sie mich auslachen. „Ja, das ist es." Sie zeigte auf eine offene Speisekammer, die mit Gläsern voller Kräuter bestückt war. „Die Salamanderaugen und die Fledermausflügel bewahre ich in der Speisekammer auf."

Ich blinzelte sie schockiert an, und sie wandte sich an Rafe. „Viel Sinn für Humor hat sie nicht, was?"

Er sagte: „Sei nett, Margaret. Lucy versucht, einen Fluch zu brechen."

Sie rieb sich die Hände und sah recht zufrieden aus. „Ja,

sehen wir uns diesen verzauberten Gegenstand einmal an, von dem ich so viel gehört habe."

Ich holte den Spiegel heraus und reichte ihn ihr. Sie ging in die Küche, holte eine schildpattgerahmte Brille von einem Regal und setzte sie auf. Im grellen Schein des Küchenlichts untersuchte sie den Spiegel.

„Der ist wunderschön", sagte sie. „Wie alt sagtest du, ist er, Rafe?"

„Etwa 1500 vor unserer Zeitrechnung. Herrlich, nicht wahr?"

Ich fühlte mich, als wären wir mitten in einer Folge von Antiques Roadshow und ich bekäme gleich gesagt, wie viel ich bei einer Auktion für den Spiegel bekommen könnte. Ein bisschen schroff sagte ich: „Er ist außerdem verflucht und anscheinend wird jetzt, wo sich dieses Ding in meinem Besitz befindet, irgendein schrecklicher Dämon kommen und mich umbringen."

„Hm", sagte Margaret, „das mindert seinen Wert ein wenig."

Ich konnte nicht glauben, dass sie darüber Witze machte. Rafe sagte: „Kannst du Altägyptisch lesen?"

Sie schüttelte den Kopf. Er sagte: „Lucy, gib ihr die Worte der Beschwörung, während sie den Spiegel hält, und lass sie sie selbst aufsagen."

„Warum?"

„Ich bin gespannt, ob die Beschwörung in den Händen einer anderen Hexe den Zauber aktiviert." Zu Margaret sagte er: „Als ich die Worte rezitiert habe, während ich den Spiegel hielt, ist nichts passiert. Aber jedes Mal, wenn Lucy sie sagt ... nun, du wirst schon sehen."

Ich muss Margaret zugutehalten, dass sie nicht im Geringsten zauderte, obwohl sie möglicherweise einen Todesfluch heraufbeschwören würde. Sie hielt den Griff des Spiegels recht fest in der Hand und sagte: „Sag mir die Worte und ich werde sie wiederholen." Ich ging zu ihr und stellte mich hinter sie, aber nicht so nah, dass ich mit im Spiegelbild war.

Obwohl ich die Beschwörungsformel inzwischen auswendig kannte, wollte ich nicht den geringsten Fehler machen. Ich sprach ihr die Worte vor, Satz für Satz, und sie wiederholte sie. Als sie zum letzten Wort kam, hielten wir, glaube ich, alle den Atem an.

Es passierte nichts.

„Interessant", sagte Margaret. „Er verflucht nicht jede Hexe, die ihn berührt, sondern vermutlich nur die, für die er bestimmt war."

Rafe lehnte an der Arbeitsplatte aus Granit und beobachtete uns. „Ist dir ein solcher Zauber schon einmal untergekommen?"

„Ich möchte mich nicht dazu äußern, solange ich ihn nicht in Aktion gesehen habe." Sie reichte mir den Spiegel. „Lucy? Würdest du es tun?"

Ich hatte die völlig lächerliche Befürchtung, dass ich jetzt, wo wir hierhergekommen waren, den Text vorlesen könnte, ohne dass etwas passieren würde. Dann würde ich mich vor dieser exzentrischen, aber ziemlich beeindruckenden Frau ziemlich blamieren. Die Befürchtung war absurd, denn das Beste, was mir hätte passieren können, war ja, dass der Fluch verpufft oder weitergezogen wäre oder dass es sich die ganze Zeit nur ein Hirngespinst gehandelt hätte.

Ich holte tief Luft, doch bevor ich sprechen konnte, berührte Margaret meine Schulter. Als ich aufblickte, sah sie mir tief in die Augen und hielt meinem Blick stand. „Finde deine Mitte. Ich kann regelrecht hören, wie deine Nerven zittern, sie klingen wie Windspiele in einem Sturm. Du darfst dir deine Angst nicht anmerken lassen, sonst werden die Mächte des Bösen sie gegen dich verwenden."

Ich schluckte und nickte und versuchte, meine Angst zu bezähmen.

„So ist es richtig", sagte sie mit ihrer leisen, tiefen Stimme. „Einatmen", sagte sie, „und ausatmen." Ich tat, was sie anordnete, und folgte ihrem Atem, der viel gleichmäßiger war als meiner. Dann sagte sie: „Sei gesegnet."

Als sie zurücktrat, fühlte ich mich ruhiger und war fest entschlossen, meine Angst nicht gegen mich verwenden zu lassen.

Langsam und deutlich sprach ich die Beschwörungsformel. Ich spürte, wie sich der Spiegelgriff erwärmte und meine Handfläche erfasste, und dann begann das Licht zu strahlen, blau und gespenstisch. Margaret stand hinter mir, als die junge Frau auftauchte, schwächer als zuvor, und ich sagte: „Meritamun. Wir wollen dir helfen. Das ist Margaret, kannst du sie sehen?"

Ich drehte den Spiegel etwas, aber das Mädchen sagte: „Nein. Ich sehe nur dich."

Margaret sagte mit leiser Stimme: „Und ich sehe nichts als eine Bronzeplatte, die einmal ordentlich poliert werden müsste."

Margaret sagte: „Frag sie, ob ihr Herr einen Namen hat."

Natürlich, warum hatte ich bloß nicht daran gedacht? Ich wiederholte die Frage und das Mädchen blickte hinter sich, als ob er bei ihr sein könnte. „Man nennt ihn Athu-ba, den Seelenräuber. Er ist ein schrecklicher Dämon, aber er nimmt viele Formen an. Er hat mich hereingelegt, indem er in der Gestalt meiner Königin zu mir kam."

„Sucht er die Hexen nur, um sie zu vernichten?", fragte Margaret. Eine weitere ausgezeichnete Frage, die ich gehorsamst wiederholte.

Die Hexe im Spiegel schien über die Frage nachzudenken und antwortete langsam, als ob sie noch nie daran gedacht hätte. „Nein. Ich glaube, er nimmt ihre Energie für sich selbst."

Er ernährte sich von uns Hexen, saugte unsere Energie ab, um sie gegen uns zu verwenden. Es war furchtbar und mir wurde schlecht. Bevor wir noch etwas fragen konnten, verschwamm das Bild und Meritamun war weg.

Margaret nahm mir den Spiegel ab und betrachtete ihn genauer. „Es tut mir leid, dass sie so hereingelegt wurde. Unsere einzige Hoffnung ist es, den Spiegel zu zerstören, was sie natürlich töten wird." Sie erwähnte den Tod einer anderen Hexe in ganz sachlichem Ton. Aber ich hatte die arme junge Hexe seltsam liebgewonnen und wollte nicht dabei helfen, sie zu zerstören. Zumindest nicht, bevor wir überhaupt versucht hatten, den bösen Dämon auszuschalten.

„Wenn wir den Spiegel zerstören und Meritamun töten, wird ihn das nicht aufhalten", überlegte ich.

Sie sah mich an, den Kopf zur Seite geneigt, als würde sie überlegen. „Nein. Das wird es nicht. Aber es könnte dich retten. Willst du damit sagen, du opferst dich, um andere Hexen zu retten?"

Nicht unbedingt. Ich wollte Meritamun retten, aber nicht am Ende mich selbst zerstören. Aber ich sah auch, dass es schwierig war. „Ich will diesen Dämon vernichten, nur das will ich." Ich sah Rafe an. „Hattest du schon von diesem Athu-ba gehört?"

Rafe war besser als die meisten Suchmaschinen und schneller. Er nickte. „Athu-ba ist eine etwas obskure Figur in der ägyptischen Mythologie. Er hat den Kopf einer Ziege, die Arme sind Schlangen, und der Körper ist menschlich. Er wurde der Seelenräuber genannt." Hier schaute Rafe nachdenklich. „Er war der Sohn von Heka, dem Gott der Magie, aber er versuchte, seinen Vater zu töten und wurde aus dessen Haus verbannt. Er war dafür bekannt, dass er die Seelen der Ägypter stahl, bevor sie das Jenseits erreichen konnten."

Margaret sah nachdenklich aus. „Wer genau war diese Hexe?"

„Meritamun. Sie sagte, sie sei die Tochter von Amenem-hat, dem Hohepriester des Amun."

„Er mag also mächtige Frauen."

Es schockte mich, dass sie so etwas sagte. Hielt sie mich etwa für mächtig?

Margaret sagte: „Meritamun hat gesagt, er nähme viele Formen an. Er ist als ihre Königin zu ihr gekommen, also als jemand, den sie gut kannte." Sie blickte aus ihrem Küchenfenster und ihre Augen wurden schmal. „Eine andere Identität anzunehmen, kostet viel Energie. Ich mache dir einen Enthüllungstrank. Jeder, der ihn trinkt, wird als das entlarvt, was er wirklich ist."

Das klang ja spaßig, jemandem die Maske abzunehmen und dann einem seelensaugenden Dämon gegenüberzustehen. Wie schön, dass wir uns bei Margaret Rat geholt hatten! Ich sah sie an. „Und was dann?"

„Dann musst du ihn natürlich töten."

Das wurde ja immer besser. „Also ich enthülle diesen Dämon in seiner ganzen furchterregenden Pracht und dann töte ich ihn." Ich stemmte die Hände in die Hüften. „Und wie?"

„Hast du viel Erfahrung darin, den Tod herbeizuführen?"

„Nein!"

„Schade." Sie wandte sich an Rafe: „Sie ist so eine Anfängerin. Ich weiß nicht, wie wir ihn daran hindern können, sie zu töten."

Rafe sah sie ruhig an, während er sagte: „Du bist die mächtigste Hexe, die ich kenne. Wenn irgendjemand diesen Hexenmeister oder Dämon oder was auch immer aufhalten kann, dann du."

Sie lächelte, ein angespanntes, selbstgefälliges Lächeln. „Nun, da hast du Recht. Schmeichelei funktioniert immer noch. Und natürlich geht es bei so viel Zauber nur um Illusion. Lass mich nachdenken."

Sie ging zu einem Regal mit Kochbüchern und verschiedenen Bänden und wählte ein uraltes, in Leder gebundenes Buch aus, das so ähnlich aussah wie mein Familien-Grimoire. Sie sagte einen kurzen Zauberspruch auf und öffnete das Buch. Als sie es durchblätterte, wurde mir klar, dass es ihr Grimoire war. Sie blätterte hin und her, las ein paar Seiten und nickte.

Dann ging sie zu einer Schublade und zog eine blau-weiß gestreifte Küchenschürze aus schwerer Baumwolle heraus, wie sie auch eine Köchin tragen mochte. Sie zeigte mit dem Finger auf den Kessel und sagte: „Feuer brenn, Feuer hell", und die Holzscheite unter dem Kessel, von denen ich dachte, sie seien nur Dekoration, erwachten zum Leben. Während der Kessel heiß wurde, ging sie in ihre Speisekammer und begann, getrocknete Kräuter- und Rindenstücke, Gläser mit Pulver und einige winzige, verschlossene Fläschchen mit Flüssigkeit herauszusuchen. Sie baute alles auf dem Tresen auf und ging noch eine ganz gewöhnliche Flasche destilliertes Wasser holen, die aussah, als käme sie aus einer Drogerie.

Sie schüttete etwas von dem Wasser in den Kessel und begann nun, verschiedene Zutaten hinzuzufügen, während sie ab und zu in ihrem Rezept nachsah. Sie sagte uns nicht, was sie tat, und ich war zu nervös, um zu fragen. Ich roch etwas Holziges, wie feuchte Pilze, als das Gebräu zu kochen begann. Sie beugte sich über den blubbernden Topf und rührte ihn um, dann wedelte sie etwas von dem Dampf in Richtung ihrer Nase, schloss die Augen und atmete tief ein. Sie beugte sich über den Trank und sagte einen Zauberspruch auf, aber ihre Worte waren leise und schnell, absichtlich, glaubte ich, damit wir sie nicht verstehen würden.

Ich sah Rafe an und er lächelte mich an. Es war ein Lächeln, das sagte ‚Mach dir keine Sorgen. Wir haben alles unter Kontrolle.‘ Und es half.

Sie atmete noch einmal den Dampf ein. „Ja", sagte sie, „ja, das ist es." Sie blickte hinter sich zu der Stelle, an der ich stand. „Komm, rühr du mal."

„Wird das seine Kraft auf mich übertragen?", überlegte ich laut.

„Nein. Ich bin es bloß leid, hier zu stehen und in einem Topf zu rühren."

Also übernahm ich das Rühren und sah zu, wie der dunkle Trank vor sich hin blubberte.

„Dies ist der Trank für einen Enthüllungszauber. Athu-ba wird höchstwahrscheinlich in anderer Gestalt zu dir kommen. Er könnte eine deiner Kundinnen sein, ein Fremder, dem du auf der Straße begegnest; er könnte die Gestalt einer alten Freundin annehmen. Wenn du ihn dazu bringen kannst, ein wenig von dieser Flüssigkeit zu trinken, wirst du die Maskerade sofort durchschauen."

Die Vorstellung, dass dieser Seelenräuber und Hexenzerstörer so tun könnte, als wäre er jemand, den ich kenne, machte mir ernsthaft Angst. Ich dachte an meine Mutter und daran, wie stark sie aussah, aber sie war diejenige, die mir den Spiegel gebracht hatte. Ein schrecklich kaltes Gefühl packte mein Herz und ich fragte: „Könnte er sich als meine Mutter verkleidet haben?"

Margaret dachte einen Moment darüber nach. „Theoretisch, aber nicht lange. Du kennst deine Mutter so gut und es besteht eine starke Blutsverwandtschaft, so dass es ihn enorm viel Energie kosten würde, ihre Gestalt beizubehalten. Man müsste schon sehr abgelenkt sein, um es nicht zu durchschauen. Achte auf leicht verschwommene Konturen."

Ich war erleichtert. Es konnte nicht meine Mutter sein, wir hatten gestern den ganzen Tag zusammen verbracht und sie war ganz sie selbst, meine Mom, gewesen. Ihre Konturen waren stets klar und deutlich gewesen. Genau wie ihre Überzeugung, dass ich hier in Oxford meine Zeit verschwendete.

Aber irgendjemand, dem ich begegnet war oder begegnen würde, würde sich als der Böse herausstellen. „Und wenn ich Athu-ba enthüllt habe, was dann?" Schon beim Aussprechen des Namens bekam ich eine Gänsehaut.

Sie sah jetzt nicht mehr so zuversichtlich aus, wie vorhin, als sie den Enthüllungszauber ausgesucht hatte, aber sie sagte: „Benutze den Spiegel. So, dass er das Böse auf ihn selbst zurückreflektiert. Und während du das tust, sag den Zauberspruch auf, den ich dir mitgeben werde."

„Das ist alles? Ich bringe dieses schreckliche Monster dazu, sich selbst im Spiegel zu sehen? Soll ich ihm auch noch die Haare kämmen? Ihm eine Rasur anbieten?"

„Lucy!", fuhr Rafe mich an. Ich konnte einfach nicht anders. Mein Angst-Sarkasmus-Reflex war tief in mir verwurzelt.

KAPITEL 9

$\mathcal{E}$s wurde langsam heller Tag und draußen sangen die Vögel. Ich schaute aus dem Küchenfenster und sah draußen eine schwarze Katze auf dem Fenstersims sitzen. Sie starrte hinein, ihre grünen Augen blinzelten. Ich sagte: „Deine Katze sieht ja genauso aus wie meine."

Margarets blaue Auge verengten sich zu Schlitzen und richteten sich auf mich wie die von Nyx. Dann drehte sie sich um und folgte meinem Blick aus dem Fenster. „So, so. Da hast du ja eine sehr ergebene Vertraute." Rasch ging sie über den Steinboden, öffnete das Mehrscheibenfenster, und Nyx kam herein.

Ich war überrascht, dass meine Katze die zehn Meilen irgendwie geschafft hatte, die zehn Meilen zurückzulegen, ohne überhaupt zu wissen, wohin ich wollte, aber natürlich hatte Nyx ihre eigenen Kräfte. Es war allerdings seltsam, dass sie mir gefolgt war, obwohl ich den Spiegel bei mir hatte. Ich dachte, sie hätte Angst davor.

Margaret hob sie auf und sah in ihr kleines Gesicht. „Ich glaube, ich kannte deine Mutter."

Von Nyx war ein unverbindliches Rülpsen zu hören und Margaret hielt die Katze weiterhin in ihren Armen und streichelte sie nachdenklich. „Wir sprachen gerade vom Reflektieren", sagte sie. „Ja, Spiegel reflektieren uns selbst auf uns zurück. Wir verwenden das Wort „Reflexion", wenn wir über die Vergangenheit nachdenken. Wir reflektieren über unser Leben, unser Tun. Eine Reflexion ist nur ein Bild. Sie ist kein Wesen."

Ich blickte zu Rafe, um zu sehen, ob er diesem lückenhaften Bewusstseinsstrom folgte, aber er hob nur die Schultern und deutete damit an, dass er genauso wenig Ahnung hatte wie ich, wovon Margaret sprach.

„Ich kann nicht versprechen, dass es funktioniert, aber in diesem Spiegel steckt mächtige Magie und der Trick ist, ihn auf Athu-ba zu richten und ihn dazu zu bringen, darüber nachzudenken, wer er ist und was er getan hat."

Ich muss wohl etwas durcheinander gewirkt haben, denn sie sagte: „Es ist wie Judo. Nutze die Stärke deines Gegners gegen ihn."

Ich hatte das Gefühl, dass mein Kampf mit Athu-ba ein wenig intensiver sein würde als ein Judokampf, aber ich bestätigte mit einem Nicken, dass ich ihrem Gedankengang folgte.

„Der Spiegel ist bereits verzaubert, aber wir fügen einen zusätzlichen Zauber hinzu. Wenn du Athu-ba enthüllst, musst du ihn nur dazu bringen, in diesen Spiegel zu schauen, während du selbst einen Zauberspruch sprichst. So einfach ist das."

Irgendwie hatte ich das Gefühl, dass es gar nicht einfach sein würde. „Und wenn es nicht funktioniert?", fragte ich.

„Dann stirbst du."

Mangelnde Ehrlichkeit konnte ich ihr nicht vorwerfen. „Was ist mit Meritamun?"

„Wer?"

„Die Frau, die im Spiegel gefangen ist. Sie ist nur eine junge Hexe und ohne eigenes Verschulden seit Jahrhunderten gefangen, als Instrument seiner Bosheit."

Sie schüttelte den Kopf. „Sie war zur falschen Zeit am falschen Ort und war unvorsichtig, als sie es nicht hätte sein dürfen."

Der Trank blubberte vor sich hin, und entweder verlor ich meinen Geruchssinn, oder der Duft wurde schwächer. „Ich möchte sie nicht verletzen. Gibt es nicht eine Möglichkeit, sie zu befreien?"

Sie blinzelte mich an, und ich bekam ein ganz seltsames Gefühl, als sowohl sie als auch Nyx mich mit halb geschlossenen, schräg geschnittenen Augen ansahen. Grüne und blaue Katzenaugen. Margaret sagte: „Ein Teil unseres Kodex lautet: ‚Tu, was du willst, solange es keinen Schaden bringt.' Nun gut. Wir werden den Zauberspruch ein wenig abändern." Sie schrieb den Zauberspruch auf und sah dazu ein paarmal im Grimoire nach. Dann nickte sie. „Das dürfte genügen."

Sie reichte mir ein ganz gewöhnliches Blatt Papier. Ihre Handschrift war klein und präzise. Ich betrachtete die unbekannten Worte. „Welche Sprache ist das?" Da meine Eltern so sind, wie sie sind, konnte ich fließend Altägyptisch. Außerdem konnte ich griechische und lateinische Wörter und Sätze erkennen, wenn ich sie sah. Das hier war keine dieser Sprachen.

Sie sagte: „Das ist Altenglisch. Na ja, eigentlich Mittelenglisch." Jetzt erkannte ich, dass die Wörter englische Wurzeln hatten. „Du sagst dem Zauber, dass er mit voller Kraft zu seinem Schöpfer zurückkehren und das unschuldge Gefäß freigeben soll."

„Danke. Glaubst du, dass es funktionieren wird?"

Ihr Gesicht verriet nichts. Sie schwieg und ich konnte den Sud im Topf blubbern hören. „Das weiß ich ehrlich gesagt nicht. Aber es ist das Beste, was ich tun kann. Wenn ich du wäre, würde ich mich darauf konzentrieren, ordentlich zu essen, möglichst viel Schlaf zu bekommen und jeden Tag deine Hexenkunst zu üben. Je stärker du bist, desto stärker wird der Zauber sein."

Es war so schwer, zaubern zu üben, während ich Hausgäste hatte, aber ich glaubte nicht, dass sie meine lahmen Entschuldigungen hören wollte, also nickte ich nur. Ich würde einen Ort und eine Zeit zum Üben finden, ich hatte keine andere Wahl.

Zu Rafe sagte sie: „Lass mich wissen, wie es ausgeht."

Das erfüllte mich nicht gerade mit Zuversicht. Sie glaubte also nicht, dass ich lange genug leben würde, um ihr selbst den Ausgang zu berichten. Ich packte den Spiegel zurück in den Lederbeutel. Sie hielt Nyx immer noch im Arm, und als ich sah, wie ähnlich sich ihre Gesichter waren, fragte ich: „Nimmst du manchmal eine andere Gestalt an?"

Sie lachte. „So etwas ist Spielerei für junge Hexen. Mein Rücken hält das nicht mehr aus."

Ich brauchte nicht zu fragen, ob sie sich einmal in eine Katze verwandelt hatte; es stand ihr buchstäblich im Gesicht geschrieben.

Sie wies mich an, die Flüssigkeit aus dem Kessel mit einer Schöpfkelle in ein mit Korken verschließbares Fläschchen zu füllen. Sie sagte mir, ich solle zwei davon füllen, falls mir eines herunterfallen würde. Als ich zwei Fläschchen mit einer mittlerweile klaren und fast geruchlosen Flüssigkeit hatte, war ich mehr als bereit zu gehen.

Ich bedankte mich bei Margaret Twig und sie wünschte mir Glück.

Ich streckte meine Arme aus. „Komm schon, Nyx, ab nach Hause."

Margarets Arme legten sich um das Tier. Sie schüttelte den Kopf und sagte tadelnd: „Weißt du nicht, dass ein guter Zauber immer seinen Preis hat?"

Ich trat einen Schritt zurück und kam mir ziemlich töricht vor. „Das tut mir leid. Daran hatte ich nicht gedacht. Ich habe nicht sehr viel Geld bei mir, aber sag mir bitte, was es kostet."

Sie schüttelte den Kopf. „Ich will kein Geld, Lucy. Ich behalte deine Katze als Bezahlung."

Ich starrte Nyx an, aber genau wie Margret verriet der Blick der Katze nichts. Nyx zu verlieren wäre mir unerträglich, vor allem jetzt, wo ich in Gefahr war und ihre Zauberkräfte eindeutig mächtiger waren als meine. „Aber ... aber wir habe doch bisher kaum Zeit miteinander verbringen können. Ich dachte, das Band zwischen einer Hexe und ihrer Vertrauten sei eine tiefe, persönliche Beziehung, wie eine Ehe."

„Nun, dann kannst du dich als getrennt lebend betrachten, und demnächst als geschieden." Sie lächelte und ich sah, dass ihre Zähne klein, weiß und gleichmäßig waren. Wie Nagezähne. Ich hoffte, sie würde sich in eine Maus verwandeln und Nyx sie in ein Loch jagen.

Ich stand da und versuchte, mir ein vernünftiges Argument zu überlegen, um meine Katze irgendwie zurückzubekommen. Ich erwog sogar, Margaret Twig ihren

Zauberspruch und den Trank zurückzugeben, aber Rafe nahm meinen Arm und begann, mich daran aus dem Raum zu ziehen. Er sagte: „Danke, Margaret. Wir hören uns."

Dann bugsierte mich der Vampir aus der Hütte hinaus und zurück zu seinem Auto. Ich kochte vor Wut. Ich bemerkte kaum, dass dunkle Wolken den Himmel bedeckten und es zu regnen begann. „Lass mich los! Ich gehe Nyx holen. Sie hatte kein Recht dazu!"

„Es regnet. Steig ein", befahl er, öffnete die Beifahrertür und stand da und wartete darauf, dass ich einstieg. Einen Moment lang starrten wir einander wortlos an. Der Regen durchnässte sein Haar und klatschte auf die Schultern seiner Jacke, aber er bewegte sich nicht. Sein Blick hielt meinem stand, er war sowohl befehlend als auch bittend. Ich wusste, wenn ich zurückzugehen versuchte, würde er mich aufhalten, und das machte mich noch wütender.

Mit einem zornigen Schnauben stieg ich ein und ließ mich auf den Beifahrersitz fallen. Als wir beide im Tesla saßen und die Türen geschlossen waren, drehte ich mich zu ihm um. Ich war wütend und fühlte mich verraten. „Wie konntest du zulassen, dass sie mir Nyx stiehlt?"

Er hatte seinen kalten, unnachgiebigen Blick aufgesetzt. „Lucy, das ist eine sehr mächtige Hexe. Und sie hat ihre Launen. Sie hat sich entschlossen, dir zu helfen, aber wenn du sie verärgerst, könnte sie den Zauber verderben und dich in noch größere Gefahr bringen."

Und das sagte er mir jetzt erst. „Aber Nyx gehört mir."

„Nyx gehört dir nicht, wenn du umgebracht wirst", sagte er kurz. „Wir sollten uns darum kümmern, dass du diese Sache sicher überstehst, und dann bemühen wir uns, deine Katze zurückzubekommen."

135

Es tröstete mich ein bisschen, dass er es für möglich hielt, Nyx zurückzubekommen. Trotzdem wusste ich, dass ich meine Vertraute vermissen würde. Besonders jetzt, wo ich unter diesem Todesfluch stand.

Es war noch früh am Tag und zu meiner Überraschung sagte Rafe: „Hast du Lust auf Frühstück?"

„Frühstück?"

Seine frostigen Augen blitzten. „Es ist ein weit verbreitetes Ritual, bei dem die Leute nach dem Aufwachen etwas essen, bevor sie mit ihrer täglichen Arbeit beginnen."

Auf seinen Charme reagierte ich wie immer. Ich war noch wütend, aber nicht mehr auf ihn. „Frühstückst du?"

Er bewegte seinen Kopf hin und her. „Ich habe vorhin etwas gegessen."

Bestimmt meinte er, dass er sich bei der Blutbank eine Portion Blut geholt hatte und nicht, dass er in der Nacht auf der Jagd gewesen war. Aber das zugleich Anziehende wie Abstoßende an Rafe war, dass ich mir nie ganz sicher war. Ich war mir immer bewusst, dass sich unter der weltmännischen Oberfläche des antiquarischen Bücherexperten ein blutrünstiges Tier befand.

Er führte mich in ein kleines Café in Woodstock, dem Marktstädtchen im Cotswolds-Hügelland in der Nähe von Blenheim Palace. Im Café waren Schüler, die auf dem Schulweg dort vorbeikamen, ein paar ältere Damen an einem Tisch, die aussahen, als seien sie gerade von einem flotten Spaziergang gekommen, und ein junger, verträumter Typ hatte eine Tasse Kaffee und seinen aufgeklappten Laptop vor sich. Zu den Füßen der Spaziergängerinnen dösten zwei Hunde.

Das Café war gemütlich und fröhlich, genau das, was ich nach der grauenvollen Tortur von heute Morgen brauchte.

Ich war erstaunlich hungrig, und im Gedenken an Margarets Rat, gut zu essen, um bei Kräften zu bleiben, bestellte ich ein komplettes englisches Frühstück. Zwei Spiegeleier, Speck, Würstchen, gebratene Champignons, Tomaten und Toast. Oh, und noch ein winziges Auflaufförmchen mit Bohnen als Beilage. Dazu bestellte ich Kaffee.

Ich hätte geschworen, dass ich so einen Teller niemals leer bekomme, aber ich stürzte mich mit großem Appetit auf das Essen. Es kam mir etwas seltsam vor, zu essen, während Rafe nur an einer Tasse Kaffee nippte, aber ich konnte sehen, dass er es genoss, mir beim Essen zuzuschauen.

Ich glaubte, Hexen seien besonders sensibel für die Gefühle anderer, und ich empfand wieder dieses Gefühl von Traurigkeit oder Wehmut, als er mir beim Essen zusah. Ich stellte mir vor, wie er sich an all die Geschmacksnoten von Lebensmitteln erinnerte, die er für seine Ernährung nicht mehr brauchte.

Nachdem ich den ersten großen Hunger gestillt hatte und mich etwas beruhigen konnte, fragte ich ihn: „Glaubst du, sie hat recht? Glaubst du, dass dieser Athu-ba in der Gestalt einer vertrauten alten Freundin oder eines neuen Bekannten auftauchen wird?"

Einer der Hunde wachte auf. Es war ein schwarzer Spaniel und er kam herüber, um Rafe zu beschnuppern. Er beugte sich hinunter, um den Hund zu streicheln, während dieser seine Zunge herausstreckte und ihn bewundernd anschaute. „Nun, ich glaube kaum, dass er als furchterregendes Ungeheuer mit Hörnern erscheinen wird. Das wäre doch ein bisschen zu offensichtlich, meinst du nicht?"

„Okay, du musst ja nicht gleich sarkastisch werden. Das Problem ist nur, dass es in meinem Leben so viele neue Leute gibt. Ich weiß überhaupt nicht, wo ich anfangen soll, mit dem Überprüfen."

„Ich würde heute damit anfangen. Es hat keinen Sinn darauf zu warten, dass er etwas unternimmt."

Genau das irritierte mich. „Warum hat er noch nichts unternommen? Ich habe den Spiegel doch schon seit Tagen."

Er spielte mit seiner Kaffeetasse und drehte sie auf der Untertasse um. „Vielleicht macht er sich einen Spaß daraus, dir zuerst Angst einzujagen. Wie Katz und Maus."

Ich wünschte, er hätte nicht von einer Katze gesprochen. Das erinnerte mich wieder an Nyx, die in den Armen dieser kalten kanadischen Hexe festsaß.

„Vielleicht sondiert er erst einmal das Terrain. Wie stark du als Hexe bist. Ob du mächtige Freunde hast? Ob du einem Hexenzirkel angehörst?"

Ich runzelte die Stirn. „Also, herauszufinden, dass ich eine Junghexe ohne mächtige Freunde und ohne Hexenzirkel bin, wird den Seelenfresser freuen, der darauf aus ist, mich zu töten."

Er ergriff meine Hand. „Du hast doch Freunde. Das darfst du nie vergessen."

Ich fühlte, wie sich in meiner Brust alles zusammenzog. „Danke", brachte ich heraus.

Er schien zu zögern. „Außerdem glaube ich, dass du viel mächtiger bist, als es dir bewusst ist", sagte er dann.

Fast hätte ich mich an meinem Kaffee verschluckt. „Hast du gesehen, was ich mit den einfachsten Zaubersprüchen alles vermurksen kann?"

Er winkte ab. „Zaubersprüche sind nicht alles. Jeder kann

ein Buch mit Zaubersprüchen auswendig lernen. In dir steckt eine Kraft. Was glaubst du, warum Meritamun dich gespürt hat? Und warum Athu-ba dich loswerden will? Er beseitigt nicht jedes frustrierte Hippiemädchen, das sich einen Kristall um den Hals hängt und sich Hexe schimpft. Er hat dich aus einem bestimmten Grund ins Visier genommen."

„Vielleicht eine Personenverwechslung?", fragte ich hoffnungsvoll.

Er schüttelte den Kopf. „Du entstammst einem sehr mächtigen Hexengeschlecht. Margaret hat es erkannt."

Ich machte ein unhöfliches Geräusch wie ein ungläubiges Schnauben.

Er hob eine Braue. „Was meinst du, warum sie sich deine Katze genommen hat?"

„Wenn ich damit erst anfange ... Wer stiehlt wohl einer anderen Person die Katze?"

„Nyx ist viel, viel mehr als nur ein Haustier." Sie ist deine Begleiterin, und zwar eine mächtige. Margaret ist ja daran gewöhnt, die mächtigste und am meisten verehrte Hexe in Oxfordshire zu sein. Vielleicht hat sie deine Katze konfisziert, um deine Macht einzuschränken."

„Nun, dann war es ein mieser Schachzug, besonders da ich unter einem Todesfluch stehe."

„Du solltest das Kompliment annehmen. Sie glaubt offenbar, dass du diesen Fluch auch ohne deine Katze besiegen kannst."

„Na danke, ich würde es jedenfalls lieber mit meiner Katze tun."

„Verlier nicht den Blick für das Wesentliche. Wir sollten erst Athu-ba loswerden und uns danach um deine Vertraute kümmern."

Er hatte wieder „wir" gesagt, und das gefiel mir sehr. Rafe war auch sehr mächtig. Und ich hatte keinen Zweifel daran, dass er auf meiner Seite stand.

Ich schaute ihn an und bestimmt kniff ich die Augen so zusammen, wie es Nyx und Margaret taten, wenn sie intensiv über etwas nachdachten.

„Was führst du denn jetzt im Schilde?", fragte er, als er meinen Gesichtsausdruck sah.

„Du sagst ständig, dass du auf meiner Seite bist, aber du hast nichts darüber gesagt, wie du mir helfen willst."

„Weil es eine Hexenangelegenheit ist."

Ich glaubte ihm nicht. „Du beobachtest mich nachts, stimmt's?"

Er schaute auf und schien bestürzt. Ich wusste, dass ich Recht hatte. Wenn ein Vampir überhaupt in Verlegenheit kommen konnte, dann war er es jetzt. Schließlich antwortete er. „Sagen wir mal so, da ich sowieso nachts in Oxford herumlaufe, habe ich deine Wohnung auf meine Route gesetzt."

Irgendwie hatte ich das wohl gewusst. Trotzdem war mir der Gedanke, dass er mich beschützte, ein Trost. „Also, wenn ich schreie, kommst du mir zu Hilfe?"

Er sagte nur ein Wort. „Ja." Mannomann, in diesem einen Wort schwang eine ganz schöne Menge Selbstsicherheit mit.

KAPITEL 10

Nach dem Frühstück fühlte ich mich in jeder Hinsicht besser. Einmal abgesehen davon, dass ich Nyx vermisste, hatte ich zumindest das Gefühl, dass ich so etwas wie einen Plan, Schutz und Waffen hatte. Margaret Twig hatte zwar eine sehr hohe Bezahlung für ihre Dienste verlangt, aber mein Instinkt sagte mir, dass sie mir den mächtigsten Zauber gegeben hatte, den sie konnte.

Ich schaute auf meine Uhr und sah, dass es halb neun war. Ich war angenehm satt und mit vollem Magen erschien mir die Welt weniger beängstigend. Ich konnte mich sogar so banalen Dingen wie meinem Strickladen zuwenden.

„Ich sollte jetzt nach Hause. Ich will mir die Zähne putzen, bevor ich den Laden aufmache.“

„Natürlich“, sagte er und stand auf. Ich griff nach meiner Geldbörse, um das Frühstück zu bezahlen, und er hielt mich auf. „Das übernehme ich.“

Ich hätte ihm widersprechen können, da er weder etwas gegessen noch getrunken hatte, aber Rafe war altmodisch, ritterlich und sehr reich. Also überließ ich ihm das Bezahlen.

Er setzte mich am Ende der Harrington Street ab, was ich zu schätzen wusste, da ich nicht wollte, dass meine Eltern oder andere Leute sahen, wie ein Mann mich morgens an meinem Haus absetzte.

Ich wollte gerade zum Eingang der Wohnung gehen, als ich bemerkte, dass im Laden Licht brannte. Ich konnte kaum glauben, dass Mom und Dad gestern Abend nach ihrem Treffen vergessen hatten, das Licht auszumachen. Ich ging hinein, um es auszuschalten und erschrak fürchterlich, als eine fröhliche Stimme „Guten Morgen" sagte.

Ich legte meine Hand auf die Brust. „Eileen! Sie haben mich aber erschreckt!"

„Ich hatte doch gesagt, ich würde früher kommen, wissen Sie noch? Mein Bus kommt um zwanzig nach acht hier an." Sie saß auf dem Besucherstuhl und häkelte eine kleine Puppe.

„Richtig, ich erinnere mich." Ich sah ihr zu, wie sie mit der Häkelnadel zauberte. „Die ist aber hübsch", sagte ich und kam näher.

„Die sind zum Spielen. Ich mache sie für meine Enkelkinder. Sie spielen nur zu gern mit diesen kleinen Püppchen. Manchmal mache ich auch kleine Tiere. Es ist eine super Methode, um Wollreste aufzubrauchen."

Die Puppe hatte einen molligen kleinen Körper aus blauer Wolle, mit gelber Wolle als Haare, winzigen Knopfaugen, und Mund und Nase waren aufgenäht. Eileen hatte der Puppe ein kleines Kleidchen genäht. Vor meinem inneren Auge sah ich schon einen Korb mit diesen kleinen Püppchen und Mustern, den wir in unser Schaufenster stellen könnten. Ich würde etwas Hübsches brauchen, um Besucher anzulocken, jetzt, da Nyx nicht mehr im Fenster sitzen würde. Plötzlich überkamen mich Trauer und Wut über das, was dieser böse Seelenräuber und Margaret Twig mir genommen hatten.

Ich musste den Todesspiegel verstecken, mir die Zähne putzen und außerdem musste ich duschen, nachdem ich heute Morgen den Zaubertrank angerührt hatte. „Ich gehe nur rasch nach oben. Ich bin gleich wieder da."

„Sie waren ja heute Morgen früh unterwegs." Sie ließ ihren Blick meinem Körper auf- und abwandern, so als wollte sie sagen: „Aha, Sie haben die Nacht in einem fremden Bett verbracht."

Ich wollte ihr sagen, dass es nicht das war, wonach es aussah, auch wenn ich um halb neun morgens hier aufgetaucht war, aber erstens war sie nicht meine Mutter, und zweitens würde mich eine Ausrede in noch schlechteres Licht rücken. „Ja, ich hatte einen frühen Termin", sagte ich also. Was ja auch stimmte.

Sie legte ihre Häkelarbeit ab und stand auf. Heute trug sie einen blauen Rock, eine frische weiße Bluse mit einer am Hals befestigten Kameenbrosche, und darüber eine blaue Strickjacke mit gestrickten Rosen. Sie ging zur Kasse und holte eine schwer aussehende Stofftasche, die sie mir hinhielt. „Wenn Sie nach oben gehen, können Sie vielleicht das Essen mitnehmen?"

Richtig. Wir hatten heute Abend die Schwestern Watt zum Essen eingeladen und Eileen hatte sich freundlicherweise bereit erklärt, zu kochen. Ich ging hinüber und spähte in die Tasche. Darin befanden sich eine große, mit Folie bedeckte, rechteckige Auflaufform, eine Kristallschale mit Trifle, eine Tüte Salat und zwei Baguettes, die noch warm waren, also ofenfrisch.

„Ich kann kaum glauben, dass Sie sich so viel Mühe gemacht haben. Es ist unglaublich und viel zu viel Essen für fünf Personen. Haben Sie vielleicht Lust, heute Abend mitzuessen?" Ich vermutete insgeheim, dass sie absichtlich ein extra großes Essen vorbereitet hatte, damit ich sie zu uns einladen würde. Ich fragte mich, ob Eileen einsam war, nachdem ihr Mann verstorben war und ihre Enkelkinder jetzt größer wurden.

„Nun, das ist wirklich lieb, dass Sie mir das anbieten. Aber ich koche immer zu viel. Ich finde es immer schön, wenn etwas übrigbleibt und manchmal möchte man ja auch spontan noch jemand anderen dazu einladen." Sie schaute mich von der Seite an. „Vielleicht Ihren jungen Mann?"

In diese Falle würde ich nicht tappen. Ich war nicht bereit, mit meiner neuen Assistentin über mein – zurzeit nicht vorhandenes – Liebesleben zu sprechen. „Nun, wenn Sie Ihre Meinung ändern", sagte ich, „dann wissen Sie, dass reichlich Essen da ist und Sie sich uns gerne anschließen können."

„Vielen Dank, mein Kind, aber ich habe meiner Tochter versprochen, dass ich heute Abend auf ihre Kleinen aufpasse."

Ich brachte das Essen nach oben und stellte es auf den Kühlschrank. Meine Eltern waren anscheinend bereits aufgestanden, hatten gefrühstückt und vor meiner Rückkehr das Haus verlassen. Sie hatten mir einen Zettel hinterlassen.

„Liebe Lucy, wir hatten heute Morgen einen frühen Termin zum Frühstück. Wir haben Pete, Logan und Priya für heute Abend zum Essen eingeladen. Ich hoffe, es stört dich nicht, wenn noch ein paar Gäste mehr am Tisch sitzen. Alles Liebe, Mom und Dad."

Wie hatte ich bloß vergessen können, dass meine Eltern immer hergelaufene Archäologen und Doktoranden zu unseren gemeinsamen Mahlzeiten einluden? Im Stillen dankte ich Eileen dafür, dass sie doppelt so viel Essen gekocht hatte, wie ich zu brauchen geglaubt hatte. Es war ihr Verdienst, dass ich jetzt nicht in Panik geriet und losrennen musste, um mehr zu kaufen.

Ich benutzte den Esstisch meiner Oma nur selten und hatte sogar schon daran gedacht, das Esszimmer in ein Arbeitszimmer umzufunktionieren, aber jetzt war ich doch froh, es zu haben. Der Tisch würde sechs Personen bequem Platz bieten und wenn man ihn auszog, sogar acht, was genau der Anzahl bei unserem Abendessen entsprach. Perfekt.

Da meine Verkäuferin bereits unten war, beeilte ich mich mit dem Duschen und Umziehen. Um fünf Minuten vor neun ging ich zurück in meinen Laden, diesmal in einem handgestrickten Pullover, den Hester mir gemacht hatte. Hester war ein ewig nervender, spöttelnder Teenager, aber stricken konnte sie. Ob aus purer Langeweile oder weil die anderen Vampire sie dazu ermuntert hatten, weiß ich nicht, aber sie hatte mir einen wunderschönen schwarz-weißen Pullover mit weich fallendem Kragen gestrickt, der gut zu einem Jeansrock, einer schwarzen Strumpfhose und kurzen Stiefeln passte.

Als ich hereinkam und den Laden öffnen wollte, bemerkte ich, dass die Vase mit den Gerbera, dem Lavendel und den Hagebutten weg war. An ihrer Stelle stand eine wunderschöne Kristallvase mit drei perfekten Rosen. Ich ging hin und schnupperte an ihnen, und der Duft war göttlich. „Was für schöne Rosen."

„Danke, Lucy. Ich bin stolz auf mein Talent als Hobby-gärtnerin."

Ich schaute mich um. „Aber was ist mit dem Lavendel und den Gerbera passiert?"

Eileens Nase war schon halb gerümpft, bevor sie sich dessen bewusstwurde und ihren Gesichtsausdruck korri-gierte. „Diese Dinger wachsen in Straßengräben, Kind", sagte sie mit ihrem sanften Lächeln. „Die Rose ist eine richtige Blume, die von zivilisierten Menschen gepflegt wird. Wenn der liebe Gott gewollt hätte, dass wir unsere Nasen in Wild-blumen vergraben, hätte er uns alle zu Bienen gemacht."

Es war eine eigenartige Logik, aber ich wollte nicht über perfekte Blüten streiten, die aussahen, als kämen sie von einem teuren Floristen.

Stattdessen drehte ich das „Geschlossen"-Schild auf „Geöffnet" und entriegelte die Eingangstür. Auf der Wolle, die im Schaufenster in der Schale gelegen hatte, konnte man immer noch den Abdruck sehen, wo Nyx geschlafen hatte. Die Katze hatte es so genossen, sich im Schaufenster in den verschiedensten Stellungen zu sonnen, als posierte sie für Instagram-Videos. Eine Welle der Traurigkeit überkam mich und ich hoffte, dass Margaret sich gut um sie kümmern würde.

Ich griff in die Schale und ordnete die Wollknäuel neu, damit sie mich nicht mehr so sehr an Nyx erinnerten.

Plötzlich hob ich den Kopf, weil ich etwas hörte. Es war verrückt, aber ich dachte, ich könnte ihr Miauen hören. Das Geräusch war so deutlich, dass ich sogar nach draußen ging und die Straße rauf und runter schaute. Von meinem Kätz-chen keine Spur. Es war eine akustische Täuschung.

Zum Glück waren wir an diesem Tag so beschäftigt, dass

ich keine Zeit mehr hatte, mein Kätzchen zu vermissen. Zumindest nicht zu sehr. Eileen war weiterhin eine vorbildliche Mitarbeiterin und förderte die Kauflust meiner Kundinnen wie ein Profi. Eine arme Frau kam wegen größerer Stricknadeln und verließ den Laden mit Wolle, Mustern und Stricknadeln in verschiedenen Größen im Wert von mehr als 100 Pfund.

Es war erst Eileens zweiter Tag und ich dachte schon darüber nach, ihr eine Gehaltserhöhung zu geben.

Abgesehen von meinen Vampiren hatte ich noch nie eine so versierte Strickerin gesehen. Als ich ihr ein Kompliment für ihren blauen Pullover machte, sagte sie: „Ich hatte im Krankenhaus viel Zeit zum Stricken, als mein Mann krank war.“

Ich nickte verständnisvoll. Es ist schon seltsam mit dem Stricken, die Leute fangen aus den verschiedensten Anlässen damit an, aber wenn ein geliebter Mensch krank ist, ist es ein bewährtes Mittel, um die Hände zu beschäftigen und den Geist zu beruhigen.

Um fünf Uhr ging Eileen wieder, nachdem ich ihr meinen tief empfundenen Dank für ihre Hilfe im Laden und das Essen, das sie uns gekocht hatte, ausgesprochen hatte.

Ich rannte nach oben und deckte den Tisch. Dann ging ich wieder nach unten und holte die Rosen aus dem Laden. Sie würden eine schöne Tischdekoration auf dem alten Eichentisch meiner Großmutter abgeben. Ich zog den Tisch aus und holte eine ihrer alten Tischdecken. Sie war aus Häkelspitze, und mir kam der Gedanke, dass sie wahrscheinlich von einer ihrer untoten Freundinnen gehäkelt worden war.

Die Form mit dem Shepherd's Pie stellte ich zum

Aufwärmen in den Ofen. Dann kippte ich den Salat in eine hölzerne Salatschüssel und gab das selbstgemachte Dressing dazu, das Eileen ebenfalls mitgebracht hatte. Die beiden Schwestern Watt kamen genau um sechs Uhr an. Ich war froh, dass sie die ersten waren, denn so konnte ich ihnen erklären, dass meine Mutter und mein Vater noch drei Archäologie-Doktoranden zu unserem Fest eingeladen hatten.

Anstatt beleidigt zu sein, kamen mir beide erleichtert vor. Im Umgang miteinander waren sie steif und förmlich. Sie dachten wohl, inmitten mehrerer Personen fiele es weniger auf, wie wenig sie miteinander redeten. Es stimmte mich traurig, aber ich hatte keine Ahnung, wie ich ihnen helfen könnte. Sobald sie wieder weg waren, wollte ich als Erstes in meinem Grimoire nach einem Versöhnungszauber suchen.

Als nächster erschien Pete, der Australier. Er hatte sich gekämmt und trug ein sauberes blaues Hemd. Die hochgekrempelten Ärmel brachten seine gebräunten und sehr attraktiven Unterarme zur Geltung. Er hatte zwei Flaschen australischen Wein dabei, die er mir schwungvoll überreichte. „Ich habe mich sehr über die Einladung gefreut. Sonst hätte ich einen weiteren Abend im Pub verbracht."

Ich war überrascht. „Isst du nicht in deinem College in der Mensa?"

„Oh, ja, aber nicht jeden Abend. Das wird auf die Dauer etwas langweilig."

Nun, wenn er Aufregung suchte, dann war er hier nicht am richtigen Platz. Ich erklärte ihm leise, dass wir zwei ältere Fräuleins zum Abendessen eingeladen hatten, und er antwortete, ebenfalls mit gesenkter Stimme: „Mach dir keine Sorgen. Mit älteren Ladies komme ich gut klar."

Zu meiner Überraschung hatte er nicht gelogen. Er gesellte sich zu den beiden Schwestern Watt ins Wohnzimmer und stellte sich vor.

„Und aus welchem Teil Australiens kommen Sie?", fragte Mary Watt, eindeutig, damit er sich wohlfühlte.

„Ich komme aus Sydney, kennen Sie die Stadt?"

Florence Watt sagte: „Ein lieber Freund von mir hat eine Zeitlang in Australien gelebt." Und dann verzog sich ihr Gesicht und sie begann zu weinen.

Mary und ich sahen uns an. Der tote Verlobte von Florence hatte einige Jahre in Australien verbracht. Ich fühlte mich plötzlich persönlich dafür verantwortlich, dass meine Eltern diesen Mann vom anderen Ende der Welt eingeladen hatten, um uns den Abend zu verderben, bevor er überhaupt begonnen hatte.

Aber Pete wusste sich zu helfen. „Es tut mir leid. Es ist schwer, einen geliebten Menschen zu verlieren. Ich habe letztes Jahr meine beiden Großeltern verloren." Ich dachte, er würde vielleicht auch in Tränen ausbrechen und Florence Gesellschaft leisten, aber er schaffte es, tapfer dreinzuschauen.

Florence streckte die Hand aus und ergriff seine, und ich dachte, dass es ihr seltsamerweise guttat zu erkennen, dass sie nicht als einzige in Trauer war. Sie begannen leise miteinander zu reden und Mary stand auf und winkte mich in die Küche.

Sie seufzte und schien mit den Nerven am Ende zu sein. „Es war so grauenhaft. Die arme Florence. Ich weiß nicht, was schlimmer für sie war: den Mann zu verlieren, den sie liebte, oder von ihm betrogen worden zu sein. Sie hat sich in ein Fantasiebild verliebt."

„Ich weiß. Ich denke, es wird einige Zeit dauern."

Mary nahm ein Geschirrtuch in die Hand und legte es ordentlicher zusammen. „Sie gibt mir immer noch die Schuld, wissen Sie."

Nachdem ich die beiden Schwestern zusammen gesehen und ihre Gefühle wahrgenommen hatte, war ich mir einer Sache sicher. „Nein. Sie macht Ihnen keine Vorwürfe. Die Spannung zwischen Ihnen beiden rührt daher, dass sie einige Dinge gesagt hat, die sie bereut und die sie niemals zurücknehmen kann. Sie weiß nicht, wie sie Ihnen sagen soll, dass es ihr leidtut. Sie denkt, was sie getan hat, sei unverzeihlich."

Jetzt sah Mary aus, als würde sie gleich weinen. „Natürlich vergebe ich ihr. Ich wusste, dass sie die schrecklichen Dinge, die sie gesagt hat, nicht so meinte."

„Dann glaube ich, Sie sollten jetzt den ersten Schritt machen. Sagen Sie ihr, dass Sie kein Wort davon ernst genommen haben und dass Ihnen das, was passiert ist, sehr leidtut."

„Es tut mir ja auch leid. Ich wünschte mir von ganzem Herzen, er wäre der Mann gewesen, den sie sich wünschte."

„Ich weiß."

Sie breitete dasselbe Geschirrtuch noch einmal aus und legte es erneut zusammen. „Aber vielleicht weiß sie es nicht. Sie sind sehr weise für jemanden, der so jung ist, Lucy."

Die Klingel, die die nächsten Gäste ankündigte, bewahrte mich davor, antworten zu müssen. Ich rannte die Treppe hinunter und ließ Logan und Priya herein. Logan hatte eine Kiste Bier mitgebracht und Priya übergab mir noch eine Flasche Wein. Ich führte die beiden nach oben und fragte mich, ob meine Eltern sich wohl daran erinnerten, dass sie zum Abendessen Gäste eingeladen hatten. Wenn nicht, wäre es heute nicht das erste Mal, dass ich in ihrer Abwesenheit und in ihrem Namen Gäste unterhalte.

Aber gerade als ich wirklich zu glauben begann, sie hätten uns versetzt, kamen sie reumütig herein und baten vielmals um Entschuldigung. Sie hatten eine Vorlesung eines guten Freundes besucht, mit dem sie zusammen studiert hatten, und waren danach mit ihm in sein Büro gegangen, wo sie sich in seine neueste Studie über die Steigerung der Zuverlässigkeit der Radiocarbondatierung vertieft hatten. Natürlich hatten sie dabei völlig das Zeitgefühl verloren.

Und natürlich hatten sie Professor Hamish Ogilvie zum Essen mitgebracht. Der Professor war ein hagerer Schotte mit rotem Haar, der leicht errötete. „Tut mir furchtbar leid, dass ich so hereinplatze", sagte er, „aber Susan hat darauf bestanden."

Einmal mehr segnete ich Eileen im Stillen. Ich konnte wahrheitsgemäß sagen: „Sie sind uns sehr willkommen. Es ist jede Menge Essen da."

Ziemlich verlegen gestand er: „Ich hatte keine Zeit, unterwegs Wein zu kaufen. Diese hier ist aus meinem Privatbestand. Er überreichte mir eine Flasche Scotch, die er unter seiner Tweedjacke hervorzog und die viel älter war als ich.

Als ich den Whisky entgegennahm, hörte ich die Stimme von Margaret Twig in meinem Kopf. *„Athu-ba wird höchstwahrscheinlich in anderer Gestalt zu dir kommen. Er könnte eine deiner Kundinnen sein, ein Fremder, dem du auf der Straße begegnest; er könnte die Gestalt einer alten Freundin annehmen."*

Ich stellte mir vor, dass er auch die Gestalt des alten Freundes meiner Eltern annehmen könnte. Ihn hätte ich jetzt gerne mit radioaktivem Kohlenstoff datiert.

Stattdessen brachte ich den Whisky in die Küche, und während Mom und Dad ihren Freund den anderen Gästen vorstellten, schlich ich in mein Schlafzimmer, holte eines der Fläschchen mit dem Enthüllungstrank und steckte es in meine Tasche.

KAPITEL 11

*L*ogan und Priya machten sich über das Bier her, und Pete hatte eine der Flaschen mit australischem Rotwein geöffnet. Wir waren bereits eine fröhliche Gesellschaft, als meine Mutter und mein Vater und Hamish dazukamen. Hamish bestand darauf, den Scotch zu öffnen, von dem ich wusste, dass mein Vater eine Schwäche dafür hatte, und sogar meine Mutter willigte ein, ein kleines Glas zu trinken.

Ich freute mich, dass alle ihren Spaß hatten. Ich ging in die Küche, um dem Abendessen den letzten Schliff zu geben. Dann gab ich ein bisschen von dem Enthüllungstrank in das Essen.

All diese Menschen waren neu in meinem Leben. Und jetzt waren sie hier, in meinem Haus, beim Abendessen. Jeder von ihnen könnte Athu-ba sein. Ich nahm den Stopfen aus der Flasche und schnupperte. Es roch nach Wasser. Ich kostete davon und außer einem Hauch von Zimt konnte ich keinen Geschmack feststellen. Nachdem ich mich vergewissert hatte, dass niemand hereinkam, ließ ich ein paar Tropfen über den Shepherd's Pie rieseln.

Ich hatte ein fürchterlich schlechtes Gewissen dabei, aber Margaret hatte mir ja versichert, dass der Trank für jeden harmlos sei, außer für einen verwunschenen Dämon, und selbst dann würde die Flüssigkeit nur dazu führen, dass seine wahre Natur offenbart würde.

Und wenn jemand in mein Haus kam, um mich umzubringen, dann sollte ich mir wohl um sein Wohl die wenigsten Sorgen machen.

Pete erschien plötzlich in der Küche und fragte: „Kann ich mit irgendetwas helfen?"

„Danke", sagte ich. „Könntest du vielleicht irgendwie einen neunten Stuhl am Esstisch platzieren?" Ich gab ihm ein weiteres Besteckset, er nahm es und ging wieder hinaus.

Als er wiederkam, richtete ich gerade den Salat an. Ich zeigte auf die beiden Baguettes. „Du könntest das Brot schneiden und in diesen Korb legen."

Ich war erfreut zu sehen, dass er sich zuerst die Hände wusch und dann das Brotmesser nahm und begann, Brot zu schneiden. „Da hat dich ja jemand richtig gut erzogen", sagte ich.

„Bei fünf Kindern in der Familie und einer berufstätigen Mutter haben wir alle gelernt, uns in der Küche nützlich zu machen." Er schaute in die Richtung, wo die Party in vollem Gange war, und dann wieder zu mir. „Ich nehme an, du hast auch gelernt, in der Küche zurechtzukommen."

Ich lächelte. „Meine Eltern sind nicht absichtlich so unmöglich, aber sie haben so riesige Gehirne, dass in ihren Köpfen für praktische Dinge kein Platz mehr ist. Es war ein Glück, dass ich mich nicht auch als Intellektuelle entpuppt habe, sonst hätten wir nie etwas zu essen bekommen."

Er lachte. „Du bist nicht wie andere Frauen."

Glücklicherweise hatte ich die Flüssigkeit bereits vorher über den Auflauf gespritzt, und als ich die Oberfläche betrachtete, waren keine Spuren davon mehr zu sehen. Pete ahnte nicht einmal, wie anders als andere Mädchen ich war. „Wie soll ich das jetzt verstehen?"

Unser Wortwechsel grenzte schon an einen Flirt, das konnte ich nicht leugnen. Mir war auch sehr bewusst, dass es einem so umwerfenden Typen nicht an weiblicher Gesellschaft mangeln würde. Er lachte. „Ich habe es als Kompliment gemeint. Ich finde dich sehr interessant."

„Danke", sagte ich. „Du bist auch ziemlich interessant. Für einen Archäologen."

Er verzog das Gesicht. „Ich weiß. Ich sollte Profifußballer werden. So kriegt man die Miezen."

Jetzt musste ich lachen. „Ich nehme an, damit hast du kein Problem."

„Vielleicht. Ich kriege nicht immer die, die ich will."

Ich hatte keine Ahnung, was ich darauf erwidern sollte, meine Flirtbegabung war leider eingerostet, falls ich je eine gehabt hatte. Zum Glück kam genau in diesen Moment Priya herein, um zu fragen, wo die Toilette war. Ich zeigte es ihr und schlug Pete dann vor, dass wir anfangen könnten, das Essen zu servieren. Im Wohnzimmer nahmen alle ihre Gläser und begaben sich zum Esstisch.

Der Shepherd's Pie ergab reichlich Essen für alle. Und keiner war Vegetarier oder allergisch auf Kartoffeln oder sonst irgendetwas, über das ich mir Sorgen gemacht hatte. Eileen war wirklich eine so gute Köchin, wie ich geglaubt hatte, das stellte ich bei meinem ersten Bissen fest. Der Shepherd's Pie war köstlich, der Wein floss in Strömen, und trotz der ungewöhnlichen Zusammenstellung der Gäste flaute die Unterhaltung erstaunlicherweise nie ab.

Ich versuchte mitzuhalten, aber eigentlich war ich viel mehr daran interessiert, ob sich einer meiner Dinnergäste vor meinen Augen in ein Ungeheuer verwandeln würde. Ich hatte den Lederbeutel mit dem Spiegel unter meinen Stuhl geschoben und war nervös. Falls sich der Archäologieprofessor, einer der Doktoranden oder gar eine der Schwestern Watt plötzlich als der mörderische Athu-ba entpuppen sollte, wäre ich bereit.

Ich war mir sicher, dass der Trank geschmacklos war, aber nach er ein paar Bissen Auflauf gegessen hatte, schien Pete innezuhalten und den Geschmack dessen, was er im Mund hatte, bewusst wahrzunehmen. Dann schaute er mit einem sehr forschenden Blick zu mir auf. Ich lächelte unschuldig und senkte den Blick auf meinen Teller. Bitte, nicht er, ging es mir durch den Kopf. Aber trotzdem wäre ich bereit, wenn er ein Dämon im australischen Schafspelz wäre.

Aber Pete wurde zu nichts anderem als einem charmanten, leicht sonnenverbrannten Australier. Priya war ruhiger als die anderen, aber ich dachte, sie sei einfach zurückhaltender. Logan wurde immer redseliger, je mehr er trank, und Hamishs Sommersprossen traten immer deutlicher hervor, je mehr der Inhalt der Whiskyflasche abnahm.

Die Schwestern Watt waren immer noch die Schwestern Watt.

Meine Eltern waren immer noch meine Eltern.

Ich war natürlich erleichtert, aber auch ein wenig enttäuscht. Ich hatte mich auf diese Konfrontation vorbereitet, und je länger ich warten musste, desto mehr würden meine Nerven zum Zerreißen gespannt sein.

Nachdem das Abendessen fertig war, gingen wir zum Nachtisch über. Das Trifle war köstlich, und Hamish erzählte eine amüsante Geschichte über sein Kindermädchen in Schottland, die alles Englische verdammt hatte, außer dem Trifle, das, wie sie sagte, das Einzige sei, was die Engländer richtig hinbekamen.

Mary und Florence Watt wechselten einen Blick und Mary sagte: „Erzähl du es, Florence." „Nein, Mary", erwiderte Florence, „du erzählst es doch viel besser als ich." Und mir wurde klar, dass ich keinen Versöhnungszauber brauchen würde. Alles, was diese lieben Damen brauchten, war ein Abend in angenehmer Gesellschaft, um zu erkennen, wie gern sie sich hatten.

Am Ende erzählten Florence und Mary gemeinsam die Geschichte, wie sie beide gelernt hatten, Pudding zu kochen, und all die Katastrophen mit Klumpen und angebrannten Töpfen, wobei sie Zeilen einstreuten wie: „Und vergiss nicht, als du unserer armen Mutter versprechen musstest, weiter im Topf zu rühren, während sie zur Post ging, und du hast es vergessen, und als sie nach Hause kam, war der ganze Herd voll mit verbranntem Pudding."

Da lachten wir alle herzlich. Und dann servierte ich Kaffee und Tee, auch jetzt mit Hilfe von Pete. Als wir zusammen in der Küche waren, fragte ich: „War mit deinem Shepherd's Pie alles in Ordnung? Du hast so seltsam dreingeschaut."

Er sah mich wieder an, auf dieselbe forschende Art. „Nein. Da war ein seltsamer Geschmack, den ich nicht erkennen konnte. Wahrscheinlich ein Gewürz, das es bei uns zu Hause nicht gibt."

Ich nickte. „Das wird es gewesen sein."

PRIYA UND LOGAN GINGEN KURZ NACH DEM ESSEN, und Logan fragte: „Kommst du, Pete?"

Pete sagte: „Geht ihr nur schon. Ich helfe Lucy noch beim Abwasch."

Logan warf uns beiden einen wissenden Blick zu und nickte. „Dann sehen wir uns morgen."

Die Schwestern Watt gingen als Nächstes, und ich konnte sehen, dass sie beide viel glücklicher waren als bei ihrer Ankunft. Florence sagte: „Danke für den schönen Abend, Lucy."

Als Florence ging, um sich von meinen Eltern zu verabschieden, nahm Mary meine beiden Hände in ihre. „Danke. Ich werde Ihrem Rat folgen und mich mit Flo unterhalten." Sie schaute zu ihrer Schwester. „Die Zeit dafür ist gekommen."

Mom und Dad waren in ein Gespräch mit Hamish vertieft, während Pete und ich den Abwasch erledigten. Ich fühlte mich wohl in seiner Gesellschaft, und ich war froh über die Hilfe. Als wir alles fertig weggeräumt hatten, drehte er sich zu mir um. „Bringst du mich nach Hause?"

Ich hob die Brauen hoch. „Ist es nicht normalerweise der Junge, der das Mädchen nach Hause begleitet?"

Er hob die Augenbrauen und sah mich an. „Ein bisschen sexistisch, oder? Wie auch immer, wir sind bei dir zu Hause. Ich würde dich gerne in dein Schlafzimmer begleiten, aber deine Mom und dein Dad sind schon da. Ich möchte mich ungern um die Reise nach Ägypten bringen."

Ich unterdrückte ein Kichern und sagte: „In Ordnung. Ich bring dich nach Hause. Dann komme ich noch ein bisschen an die frische Luft."

Ich teilte Mom und Dad mit, dass ich noch einen Spaziergang machen würde, aber sie waren so in ihr Gespräch vertieft, dass sie mich wohl nicht hörten. Ich zog einen Mantel an, vergewisserte mich, dass ich meinen Schlüssel hatte, um wieder ins Haus zu kommen, und dann gingen Pete und ich hinaus in die Nacht.

Es war kalt und still in der Gasse. Das Laub und die Straßen waren vom Regen noch nass, aber jetzt regnete es nicht mehr. Ich schaute zum Himmel. Es waren keine Sterne zu sehen und der Mond war teilweise von Wolken verdeckt. Er sah gespenstisch aus, so als ob schwarze Spinnweben über sein Gesicht gezogen wären, wie ein Halloween-Mond.

Pete fragte: „Wenn ich mit deinen Eltern auf die Ausgrabung gehe, besteht die Chance, dass du dabei bist?"

Ich schüttelte den Kopf. „Ich bin keine Archäologin. Ich betreibe diesen Strickladen. Das ist mein Beruf."

„Ah. Also ... selbst wenn deine Eltern mich in ihr Team aufnehmen, geht es ja erst in ein paar Wochen los. Kann ich dich wiedersehen?"

Attraktive Typen fragten mich normalerweise nicht nach einem Date. Mein nicht ganz so spektakulärer Freund von zwei Jahren hatte mich betrogen, also war ich, was Dates anging, nicht übermäßig selbstbewusst. Ich wollte absolut keine Missverständnisse. „Du willst ein Date mit mir?"

Er lachte und seine weißen Zähne schimmerten in der Nacht. „Das ist etwas altmodisch ausgedrückt, aber ja. Ich möchte ein Date mit dir. Wie wäre es zum Abendessen, morgen?"

Okay, also lud mich wohl gelegentlich doch mal ein attraktiver Typ auf ein Date ein. In Petes Gesellschaft fühlte ich mich wohl und er kam auch in der Küche zurecht. Und wer wusste schon, wie viel Zeit mir blieb, bevor ich dem Todesdämon gegenüberstehen würde? Einen Abend mit jemandem auszugehen klang da ganz gut. „Gerne."

Wir gingen die Ship Street hoch und bogen links in die Turl Street, in Richtung Broad Street, ein. Ich hatte Pete nicht gefragt, welches College er besuchte, aber wir waren in Richtung Balliol und Trinity unterwegs. Die Nacht war still und kalt und kaum jemand war draußen. Ich hatte ein gutes Gefühl dabei, mich ein bisschen zu öffnen. Pete hatte sich nicht in ein rasendes Monster verwandelt, nachdem er den Zaubertrank geschluckt hatte, also wusste ich, dass ich ihm vertrauen konnte. Wir bogen rechts in die Broad Street ein und gingen am Sheldonian-Theater vorbei, dessen Ring aus steinernen Köpfen hier in der Dunkelheit unheimlich aussah.

„Die werden ‚die Kaiser' genannt", sagte er und lachte. „Das habe ich mal gehört, als ich bei einer Stadtführung gelauscht habe." Wir liefen an der Bodleian Bibliothek vorbei und bogen an der Catte Street rechts ab. Es stellte sich heraus, dass er auf eines der kleineren Colleges ging: das Barnaby College, an dem auch Mom studiert hatte. „Hast du Lust, noch auf einen Drink reinzukommen?"

Sein Blick war sehr verführerisch und vielversprechend, aber ich schüttelte den Kopf. „Ich sollte zurückgehen. Aber ich freue mich auf unser Date morgen."

Falls er enttäuscht war, zeigte er es nicht. Stattdessen legte er mir seine Hand unters Kinn und sagte: „Ich freue mich auch schon darauf. Du bist ein sehr interessantes Mädchen, Lucy Swift." Und dann küsste er mich.

„Sehr interessant." Er schaute die ruhige Straße auf und ab. „Soll ich dich nach Hause begleiten?"

Ich lachte. „Oxford ist eine ziemlich ruhige Stadt. Ich glaube, ich komme schon klar."

„Dann also gute Nacht. Bis morgen."

„Gute Nacht."

Er winkte, als er durch das Eingangstor ging und ich winkte zurück. Dann drehte ich mich um, in die Richtung, aus der wir gekommen waren. Ich war noch gar nicht weit gegangen, da hatte ich einen anderen Mann an meiner Seite. Dieser hier war nicht warm und sexy; er war kalt und wütend.

„Was machst du so spät nachts draußen, ganz allein? Hast du nichts von all dem gehört, was ich dir gesagt habe?"

„Wann war ich allein?" Ich forderte ihn heraus, blieb stehen und drehte mich zu ihm um. „Ich konnte spüren, dass du uns auf Schritt und Tritt folgst, von der Sekunde an, als wir aus meinem Haus kamen. In der Tat hätte ich gerne ein wenig Privatsphäre gehabt."

„Damit du einen völlig Fremden küssen kannst?"

Ich war so verärgert, dass ich mit meinem Gesicht ganz nah an seines herankam. „Hast du damit ein Problem?"

In seinen Augen kämpfte Feuer mit Eis. Ich sah, wie seine Leidenschaft mit dem Erkennen unserer tatsächlichen Situation kämpfte. Ich war sterblich und er ein Vampir. Wie könnte das jemals gut gehen? Schließlich sagte er: „Für eine Frau, deren Leben in Gefahr ist, hast du die falsche Einstellung."

Wir gingen weiter. „Zu deiner Information, ich habe den Enthüllungstrank in ihr Abendessen gemischt. Und, rate mal! Keiner von ihnen ist Athu-ba."

„Oder der Trank hat nicht gewirkt."

Daran hatte ich gar nicht gedacht. „Was willst du damit sagen?"

Er legte einen Arm um mich und zog mich einem betrunkenen Radfahrer aus dem Weg. „Hast du ihn in etwas Heißes getan?"

„Margaret hat nicht gesagt, dass ich das nicht darf." Ich war so frustriert von diesen angeblichen Regeln, von denen ich erst erfuhr, nachdem ich dagegen verstoßen hatte. „Ich habe den Trank über ein Gericht verteilt, das gerade aus dem Ofen gekommen war. Ich habe es nicht wieder reingestellt."

Er zuckte die Achseln. „Vielleicht ist der Trank ja hitzeempfindlich. Oder er könnte durch die Kartoffeln neutralisiert worden sein."

Ich starrte ihn wutentbrannt an. Ich meine, so richtig wutentbrannt. Ich blieb stehen und trat einen Schritt zurück. Ich stemmte die Hände in die Hüften. Also, ich meinte es ernst mit meinem wutentbrannten Anstarren, und er wusste es. „Ich habe dir nie gesagt, was wir zu Abend gegessen haben. Woher weißt du von den Kartoffeln?" Es stimmte, ich hatte den Zaubertrank auf die gekochten Kartoffeln tropfen lassen, das ist die oberste Schicht eines Shepherd's Pie. Aber ich war mir sicher, dass ich Rafe nie gesagt hatte, was es heute zum Abendessen hatte geben sollen.

Auf einmal wirkte er verlegen und schuldbewusst. „Ich könnte einen Blick durch das Fenster geworfen haben."

Ich fügte meinem Starren Empörung hinzu. „Du solltest

es dir nicht zur Gewohnheit machen, heimlich bei mir durchs Fenster zu spähen."

Er reagierte entsetzt auf meine nicht gerade subtile Andeutung. „Ich bin kein Spanner, falls du das andeuten wolltest. Ich wusste, dass du Gäste hattest und wollte sichergehen, dass du in Sicherheit warst."

Ich wusste, dass es dumm wäre, einen Zwist mit dem Einzigen zu stiften, bei dem ich mich darauf verlassen konnte, dass er ein Auge auf mich hatte. Außerdem glaubte ich nicht wirklich, dass er nachts heimlich in mein Schlafzimmerfenster spähte. Nur für den Fall, dass er es tun würde, beschloss ich, darauf zu achten, dass die Jalousien vollständig geschlossen waren und dass ich im Bett meinen sittsamsten Pyjama trug.

„Entschuldige bitte", sagte ich. „Es war ein wirklich langer und stressiger Tag."

Er sah nicht besonders mitleidig aus. „Daran solltest du dich lieber gewöhnen. Bis dieser Dämon beseitigt ist, sollte jeder Tag für dich stressig sein."

Glücklicherweise hatten wir zu diesem Zeitpunkt mein Haus erreicht. „Danke, dass du mich nach Hause begleitet hast. Von hier aus komme ich klar."

Seine Hand berührte flüchtig mein Gesicht. „Gute Nacht, Lucy. Pass auf dich auf."

KAPITEL 12

$\mathcal{M}$eine Eltern und ich saßen gerade beim Frühstück, als der Anruf kam.

Sie sahen schläfrig und, offen gesagt, verkatert aus. Als ich ins Bett gegangen war, hatten sie immer noch mit Hamish mit der Flasche Scotch im Wohnzimmer gesessen. Das Auf und Ab ihrer Stimmen hatte mich in den Schlaf gelullt. Ich war nicht sicher, wann Hamish schließlich gegangen war, denn ich war schon lange vorher eingeschlafen.

Sie tranken dankbar die zusätzliche Kanne Kaffee, die ich gekocht hatte, und wir waren alle mit unseren verschiedenen elektronischen Geräten beschäftigt. Jeder checkte die Nachrichten, die sozialen Netzwerke oder was er sonst so las, als das Handy meines Vaters klingelte. Bei dem Geräusch zuckte er erst zusammen und antwortete dann. Er hörte einen Moment lang zu, seine Verwunderung schlug in Entsetzen um, und dann sagte er: „Ich bin gleich da."

Sein Gesicht war leichenblass und seine Augen weit aufgerissen, als er Mom und dann mich ansah. „Logan Douglas hatte letzte Nacht einen Herzinfarkt."

„Was?", sagten meine Mutter und ich beide gleichzeitig. „Geht es ihm jetzt besser?"

Dad schüttelte den Kopf. „Tödlich."

Ich konnte es nicht glauben. Ich hatte ihn erst vor ein paar Stunden gesehen, lachend und auf dem Weg nach Hause, seinen Arm um Priya gelegt. „Du meinst, er ist tot?"

„Leider ja, Lucy."

Meine Mutter fasste sich an den Kopf. „Aber er war gestern Abend doch völlig in Ordnung. Gesund und eindeutig guter Laune."

Dad zuckte mit den Schultern und sah hilflos aus. „Manchmal trifft es einen jungen Menschen einfach so. Eine bis dahin nicht bekannte Herz- oder Kreislaufschwäche. So etwas ist immer tragisch."

Natürlich rasten meine Gedanken wie wild. Ich dachte an den Zaubertrank, den ich all meinen Gästen verabreicht hatte, einen Trank, den Margaret Twig zusammengebraut hatte. Sie war eine mächtige Hexe, von der ich nichts wusste. Hatte sie mir vielleicht keinen Enthüllungstrank gegeben, sondern etwas, das giftig sein konnte? Mir wurde heiß und kalt. Abgesehen von meiner Trauer über den Tod des armen Logan fragte ich mich, ob eine Autopsie ergeben würde, was auch immer in diesem mysteriösen Trank war.

Meine Mutter sprach aus, was mir im Kopf herum-schwirrte. „Könnte es etwas gewesen sein, was er gegessen hat?" Sie sah mich mit großen Augen an. „Seine letzte Mahl-zeit muss hier bei uns gewesen sein."

Meine Gedanken rasten wie wild in meinem Kopf herum. Selbst wenn Margarets Zaubertrank einwandfrei war, hatte ich den Shepherd's Pie nicht selbst gekocht. Ich hatte einer

Mitarbeiterin, die ich kaum kannte, erlaubt, für meine Eltern und deren Kollegen zu kochen.

Ich fühlte mich elend. Hundeelend. Hatte ich versehentlich jemanden getötet? Das Einzige, was mir in den Sinn kam, war, Margaret aufzusuchen und herauszufinden, was genau sie in diesen Trank getan hatte. Ich verfluchte mich für meine eigene Dummheit. Warum hatte ich ihr geglaubt, ohne irgendwelche Nachforschungen anzustellen?

Ich musste in weniger als einer Stunde im Laden sein, aber trotzdem schrieb ich Rafe eine SMS und sagte ihm, dass ich zurückgehen und Margaret noch einmal sehen müsse. Natürlich wusste ich nicht einmal, wie ich sie erreichen konnte. Sie hatte wahrscheinlich E-Mail-Adressen und Telefonnummern, aber natürlich hatte ich nichts davon.

Zu meiner großen Erleichterung meldete er sich fast sofort bei mir. Er war bis zehn Uhr in der Bodleian Library beschäftigt und sagte, er würde mich danach abholen.

Als ich in den Laden kam, war Eileen schon da. Allein sie in ihrer friedlichen Gelassenheit zu sehen, beruhigte mich enorm. Der Laden war so ordentlich, wie ich ihn noch nie gesehen hatte, und sie saß auf dem Besucherstuhl und häkelte eine weitere Puppe. Sie schaute auf, als ich aus meiner Wohnung durch die Tür kam. „Guten Morgen, Lucy. Wie war Ihr Abendessen gestern?"

Ich muss sichtlich gezittert haben, denn sie schaute genauer hin. „Meine Güte, was ist denn passiert? Sie sehen ja aus, als hätten Sie ein Gespenst gesehen."

Oh je, wie nah sie an der Wahrheit war. Ich hatte Logan gestern Abend gesehen. Heute Morgen war er wahrscheinlich ein Gespenst. Ich sagte: „Das Abendessen war wunderbar. Was Sie gekocht hatten war köstlich, ich kann Ihnen gar nicht genug danken. Aber leider ist einer der Studenten, die zum Essen gekommen waren, in der Nacht gestorben."

Sie wirkte sehr besorgt. Natürlich, denn sie hatte das Essen ja selbst gekocht. „Wissen Sie, wie er gestorben ist?"

„Nein. Ich kann mir vorstellen, dass es eine Autopsie und eine Untersuchung geben wird, aber Dad denkt, dass es vielleicht ein Aneurysma oder so etwas war. Eines dieser plötzlichen Ereignisse, die junge, gesunde Menschen töten."

Sorgenfalten zeichneten ihr Gesicht. „Ich bin sicher, es kann nicht an meinem Essen gelegen haben. Natürlich, wenn etwas nicht in Ordnung gewesen wäre, wären Sie ja alle krank geworden. Und niemand stirbt so schnell an einer Lebensmittelvergiftung. Zumindest glaube ich das nicht."

Als Laie in Sachen Tod oder Lebensmittelvergiftung konnte ich mich dazu nicht äußern.

Ich ging auf die Eingangstür zu, konnte mich aber nicht überwinden, das „Geöffnet"-Schild anzubringen. „Ich bin völlig durcheinander. Würde es Ihnen etwas ausmachen, heute Morgen für eine Stunde allein auf den Laden aufzupassen? Ich muss hier raus und versuchen, den Kopf freizubekommen."

„Natürlich", sagte sie in ihrer mütterlichen Art. „Ich habe einen kleinen Wasserkocher von zu Hause mitgebracht und ihn im Hinterzimmer aufgestellt. Was halten Sie von einer schönen Tasse Tee?"

Es war so nett von ihr, wo sie doch wissen musste, dass ich oben alles zum Teekochen hatte. Aber es war eine nette Geste. „Nein danke. Ich habe heute Morgen schon zu viel Kaffee getrunken. Trotzdem vielen Dank."

Für mehr war keine Zeit, denn nun war es an der Zeit, den Laden zu öffnen, was Eileen tat, da ich dazu nicht in der

Lage war. Sie war so effizient, dass ich ziemlich sicher war, dass der Laden auch ohne mich laufen würde.

Irgendwie überstand ich die erste Stunde des Tages. Alles zog irgendwie verschwommen an mir vorbei. Ich bezweifle, auch nur eine einzige Kundin bedient zu haben. Ich glaube, ich saß hinter dem Tresen und tat so, als würde ich Inventur machen oder sonst irgendetwas Wichtiges, während ich nur auf den leeren Bildschirm meines Computers starrte. Wir hatten nicht viel zu tun, und Eileen kümmerte sich effizient um die wenigen Kunden, die wir hatten.

Um zehn Uhr entschuldigte ich mich und ging. Rafe holte mich in der Gasse hinter der Wohnung ab. Wie Eileen es getan hatte, warf er einen Blick auf mein Gesicht und fragte: „Lucy, was ist denn los?"

Ich war überrascht, dass er es noch nicht wusste. Rafe schien immer alles zu wissen. Aber die Nachricht von Logans Tod überraschte und schockierte ihn eindeutig. „Und du verdächtigst Margaret?"

„Ich weiß nicht. Ich weiß nur, dass ich ihren Trank auf das Essen getropft habe und innerhalb von Stunden war einer der Leute, die es gegessen haben, tot."

Er nickte. Dann startete er seinen Wagen und wir fuhren aus der Gasse. „Ich bin sicher, dass ich dich nicht daran erinnern muss, dass acht weitere Personen den Trank konsumiert haben, die vollkommen gesund sind."

„Aber was ist, wenn er irgendeine Schwäche hat, eine Art allergische Reaktion auf das, was auch immer sie in dieses Zeug getan hat? Und was ist, wenn es in einer toxikologischen Untersuchung auftaucht? Dann wäre ich eine Mörderin."

„Ich kann mir nicht vorstellen, dass Margaret irgendetwas

Gefährliches oder Giftiges in den Trank getan hat. Aber ich denke, du hast Recht: Es wäre das Beste, ihr zu sagen, was passiert ist, und vielleicht ihren Rat einzuholen."

Was fand er nur immer an Margaret? „Sie um Rat fragen? Erst stiehlt sie mir meine Katze, dann tötet sie meinen Gast beim Abendessen. Der einzige Rat, den ich von Margaret möchte, ist, was ich tun muss, um sie aus meinem Leben fernzuhalten."

Er schaute mich von der Seite an. „Und doch sind wir gerade auf dem Weg zu ihr."

„Nur weil ich ein paar Antworten haben will. Außerdem vermisse ich Nyx."

Die Fahrt zu Margarets kleinem Dorf dauerte etwas länger, da jetzt auf der Straße wesentlich mehr Verkehr war, aber wir schafften es trotzdem, in ihre Kieseinfahrt einzubiegen, während die Morgensonne wunderschön auf die verblassenden Hortensien schien.

Als wir den Weg hinaufgingen, stand Margaret schon in der offenen Tür. Diesmal trug sie rote Seide, gemustert mit großen schwarzen Blumen. „Ich habe es gerade gehört. Der arme Junge."

„Margaret", sagte ich und nahm einen starken Minzgeruch wahr, als ich den kühlen Flur mit den Fliesen betrat. „Was war in diesem Trank?"

Sie schaute ein wenig verblüfft bei dieser Frage. „Ein bisschen dies, ein bisschen das. Ich verrate meine Rezepte nicht."

Mit Mühe behielt ich die Fassung. „War in dem Trank etwas, das Logan hätte töten können?"

Sie schaute immer noch verwirrt und ich sagte: „Er hat gestern Abend bei mir zu Abend gegessen. Ich habe etwas von dem Zaubertrank auf den Shepherd's Pie geträpfelt und ihn ihm zu essen gegeben. Und heute Morgen war er tot."

„Gütiger Himmel. Dann warst du eine der letzten, die ihn lebend gesehen hat?"

„Ja. Und er schien wohlauf. Vollkommen gesund. Er war Doktorand in Archäologie. Er wollte mit meinen Eltern auf eine Ausgrabung gehen. Er war sechsundzwanzig Jahre alt. Und jetzt ist er tot."

Sie führte uns in ihre Küche, und ich sah, dass in ihrem Kessel eine Mischung brodelte, die stark nach Minze und, jetzt, wo ich näherkam, nach anderen duftenden Kräutern roch. Ich identifizierte Kamille, Lavendel und Ingwer und der Rest war für meine Sinne nicht klar zu erkennen.

„Logan war ein Zauberer", sagte sie.

Ich fühlte mich, als wäre mir ein elektrischer Schlag den ganzen Arm hinaufgefahren. „Nein, war er nicht. Er hat Archäologie studiert."

„Und er war ein Zauberer", sagte sie geduldig. „Wirklich, Lucy, du wüsstest das alles, wenn du zu unseren Buffet-Partys kämst, oder zumindest einer unserer privaten Facebook-Gruppen beitreten würdest. So habe ich heute Morgen nämlich von Logans Tod erfahren."

Rafe hatte nichts gesagt und unseren Wortwechsel beobachtet. Jetzt meldete er sich zu Wort. „Was hast du noch gehört?"

Sie schüttelte den Kopf. „Dieser junge Mann ist keines natürlichen Todes gestorben."

„Was?" Ich stellte mir vor, ich säße im Gefängnis und erklärte, dass ich eine geheimnisvolle Flüssigkeit, die mir eine bekannte örtliche Hexe gegeben hatte, über Logans Essen geträufelt hatte. Und dass ich mir nicht die Mühe gemacht hatte, vorher herauszufinden, was in dem Trank war.

Während meine Gedanken immer wieder zu dem Teil zurückkehrten, in dem man mich für den Todesfall verantwortlich machte, gingen Rafes Gedanken eindeutig in eine andere Richtung. Er fragte: „Was glaubst du, ist mit ihm passiert?"

Sie schaute mich durchdringend an. Dann wandte sie sich ab und begann, den Inhalt des blubbernden Kessels mit einem sehr langstieligen Holzlöffel umzurühren. „Sein Hexenzirkel in Glastonbury hat eines seiner ältesten und mächtigsten Mitglieder verloren. Ich vermute, dass es Atuba war, der ihn getötet hat. Logan war zwar jung, aber ein ziemlich mächtiger Hellseher. Ich glaube, er hatte eine Vision, dass dieser Dämon in Oxford war und vielleicht war er gekommen, um zu versuchen, ihn aufzuhalten."

Mein Herz fühlte sich an wie ein Eisblock. Ich wollte mich hinsetzen, aber es war kein Stuhl da, also lehnte ich mich an die kalte Granittheke, um mich abzustützen. „Sie meinen, dieser gruselige Typ, der hinter mir her ist, hat Logan getötet?"

Sie sah vom Rühren auf. Der Dampf hatte ihr die Röte in die Wangen getrieben. „Als Theorie ergibt das für mich mehr Sinn als ein Aneurysma."

Sie rührte noch einen Moment weiter in dem brodelnden Topf. Gegen meinen Willen fühlte ich mich angezogen von dem, was sie da tat. Ich atmete ein. „Das riecht wunderbar."

Sie lächelte, und ihre Wangen rundeten sich wie Äpfel. „Es ist ein Stärkungsmittel für schwangere Frauen. Es lindert die morgendliche Übelkeit und die Schmerzen, die in der Schwangerschaft auftreten können. Natürlich habe ich ein bisschen extra Magie hineingetan, um den schwangeren Frauen auch die Ängste zu nehmen, die sie immer haben."

Ich sah mich immer wieder um und hielt Ausschau nach meiner Katze. Schließlich fragte ich: „Wo ist Nyx?"

Sie nahm den Löffel heraus und drehte dem Trank den Rücken zu, bevor sie antwortete. „Sie ist in Ungnade gefallen. Sie hat mich im Gesicht und am Hals gekratzt, als ich sie heute Morgen auf den Arm nehmen wollte." Sie löste den rot-schwarzen Seidenschal, den sie um den Hals gewickelt trug, und ich konnte schwache Kratzspuren erkennen. Ich dachte, dass Margaret ziemlich allergisch auf die Kratzer sein musste, denn an ihnen entlang schienen kleine Bläschen zu verlaufen. „Nyx hat mich nie gekratzt", sagt ich.

Margaret legte sich den Schal wieder um und sagte ziemlich kalt: „Sie ist nicht mehr deine Katze. Und sie sollte lernen, dass ich jetzt ihre Herrin bin."

Als wir Margarets Häuschen verließen, schaute ich zurück, und in einem oberen Fenster sah ich Nyx. Als unsere Blicke sich trafen, streckte die Katze ihre Pfote aus und fing an, gegen das Fenster zu klopfen, als wolle sie befreit werden. Ich lenkte Rafes Aufmerksamkeit auf meine eingesperrte Vertraute. „Diese schreckliche, alte Hexe hat Nyx eingesperrt. Wir müssen sie da herausholen."

Rafe ergriff die Hand, mit der ich aufgeregt auf Nyx zeigte, und umschloss sie mit seiner. „Im Moment brauchst du Margaret, du brauchst ihre Kraft, ihre Magie und ihre Zusammenarbeit. Sobald diese Konfrontation vorbei ist, können wir darüber nachdenken, wie wir deine Katze zurückbekommen. Verstanden?"

Es war ziemlich genau das, was er am Tag zuvor gesagt hatte. Er wusste nicht, wie sehr ich meine Katze vermisste, aber ich räumte ein, dass er Recht haben könnte. Dank Margaret wusste ich, dass Logan ein Zauberer gewesen war.

Außerdem tröstete ich damit, dass sie an den Kratzern meiner Katze Blasen bekam. Es sah sehr danach aus, als reagiere Margaret allergisch auf ihre geraubte Katze.

Als wir wegfuhren, sagte Rafe: „Die gute Nachricht ist, dass Margarets Zaubertrank deinen Freund nicht getötet hat."

Ich antwortete: „Und die schlechte Nachricht ist, dass derselbe Dämon, der hinter mir her ist, Logan kampflos töten konnte."

KAPITEL 13

E r erinnerte mich daran, dass er nie weit weg war, und fügte noch hinzu, dass er einige der anderen Mitglieder des Vampir-Strickclubs rekrutiert hatte, um ein Auge auf mich zu haben. „Zu keiner Zeit, Tag oder Nacht, wirst du allein sein. Ein Schrei und es ist sofort jemand zur Stelle."

Es war beruhigend, wenn auch etwas nervig, zu wissen, dass ein ganzes Nest von Vampiren so auf mich fokussiert war. Aber ich bedankte mich bei ihm und ging zurück an die Arbeit. Ich wünschte, ich hätte gewusst, dass Logan ein Zauberer war, der möglicherweise hinter genau dem Wesen her war, das mich im Moment verfolgte. Es wäre so schön gewesen, mit jemandem wie ihm im Vertrauen reden und vielleicht Informationen austauschen zu können. Ich fragte mich, woher Logan von dem Dämon gewusst hatte und ob Meritamun irgendwie an der Verursachung seines Todes beteiligt gewesen war.

Als ich zurück in den Laden kam, stellte ich fest, dass der Vampir-Strickclub die Überwachungspflichten ernst nahm.

Ich blinzelte erstaunt, als ich Clara mit Eileen ins Gespräch vertieft vorfand. Es ging um ihr neuestes Projekt, einen Strickmantel. Anscheinend hatte sie Schwierigkeiten mit dem Stricken des Kragens.

Als ich hereinkam, starrte sie mich an, als hätte sie Mühe, mich einzuordnen, und sagte dann: „Lucy, nicht wahr? Die neue Besitzerin des Ladens? Ich habe Eileen gerade erzählt, wie gerne ich immer zu Cardinal Woolsey's kam, als deine Großmutter es führte." Sie sah sich um, als hätte sie das Haus seit Jahren nicht mehr gesehen, wo sie doch mindestens zweimal in der Woche für Meetings hier oben war und nur unten wohnte.

Jetzt seufzte sie, mit einer Mischung aus Nostalgie und Nettigkeit. „Cardinal Woolsey's ändert sich nie. Jetzt liegt es an Ihnen, Lucy, die schöne Tradition fortzusetzen."

Ich blinzelte und sagte: „Ja. Ich meine, meine Großmutter war eine wunderbare Frau. An ihr Vorbild werde ich niemals heranreichen können."

„Nein. Aber Sie werden Ihr Bestes tun, das weiß ich." Dann lächelte sie meine Assistentin freundlich an. „Eileen hat mir geholfen, dieses teuflisch schwierige Muster zu verstehen. Ich wäre fast verrückt geworden, weil ich dachte, ich würde meinen Mantel vor Weihnachten nicht mehr fertigbekommen. Ich möchte ihn dann nämlich tragen."

Clara strickte selten nach Muster, also war es ein richtiggehendes Opfer für sie, so zu tun, als sei sie verwirrt, und sich von einer gewöhnlichen Sterblichen führen zu lassen. Sie schaffte es, ihren Besuch noch ein wenig hinauszuzögern, dann ging sie. Es schienen kaum ein paar Augenblicke vergangen zu sein, als Alfred, einer der männlichen Strickvampire, hereinkam. Es gelang ihm leicht, ein bisschen verwirrt auszusehen, so als hätte er noch nie in seinem Leben ein Paar Stricknadeln in der Hand gehabt. Dabei hatte ich persönlich gesehen, wie er an einem Abend ein Paar exquisite Strickhandschuhe in einem komplizierten Muschelmuster gefertigt hatte. Er lächelte uns beide vage an und ließ sich nicht im Geringsten anmerken, dass er mich kannte.

Eileen ging nach vorne. „Kann ich Ihnen behilflich sein?"

Ich hörte recht amüsiert zu, wie er beschrieb, dass es seiner Frau nicht gut ging und sie ihn zum Wolle kaufen geschickt hatte, da sie ihr ausgegangen war. Es gelang ihm hervorragend, seinen Besuch lange hinzuziehen, da er sich nicht erinnern konnte, welche Art von Wolle sie brauchte, an welcher Art von Pullover sie arbeitete, ja noch nicht einmal, welche Farbe sie brauchte. Eileen zog sehr zuvorkommend fast alle Prospekte heraus, die wir im Laden hatten, und zeigte ihm eine Vielzahl verschiedener Wollsorten. Am Ende entschied er sich für ein völlig neues Muster und genügend Wolle, um das ganze Teil zu stricken. Da ich den Verdacht hatte, dass es sich um eines seiner eigenen Strickvorhaben handelte, war die ganze Aktion für mich sehr unterhaltsam.

Und so ging es für den Rest des Tages weiter. Kaum war ein Vampir weg, kam ein anderer herein. Sie kamen, um herumzustöbern, oder sie vertrieben sich die Zeit mit Fragen und dehnten das Einkaufserlebnis und Eileens Geduld so lange wie möglich aus.

Obwohl ich nicht das Gefühl hatte, mitten am Tag in einem öffentlichen Geschäft in Gefahr zu sein, war ich von ihrer Freundlichkeit begeistert. Zumal die meisten von ihnen ihren Schlaf unterbrochen hatten, um die Schicht zu übernehmen.

Meine Mutter machte sich Sorgen, dass ich nicht sehr

viele Freunde hätte, aber da lag sie falsch. Sie mochten vielleicht etwas ungewöhnlich sein, aber diese strickenden Vampire benahmen sich auf jeden Fall wie Freunde.

Gegen drei Uhr blickte ich auf, als die Tür aufging, aber es kam nicht etwa ein weiterer meiner untoten Strickfreunde herein, sondern DI Ian Chisholm, der etwas ernster dreinblickte als sonst.

Mir sank das Herz in die Hose, als er geradewegs auf mich zukam und in seinem scharfen, polizeilichen Ton „Lucy" sagte.

„Ian", sagte ich, dann stockte ich. Ich konnte nicht sagen: „Wie schön, Sie zu sehen", oder fragen, ob ich ihm helfen könnte, denn er wusste, dass ich wusste, warum er hier war. Also versiegten meine Worte und ich sah ihn an.

Zuvorkommend nahm er den Gesprächsfaden wieder auf, den ich ihm praktisch achtlos vor die Füße hatte fallen lassen. „Ich muss Ihnen von Amtswegen einige Fragen stellen."

Ich nickte, fühlte mich elend und ausgelaugt. Obwohl Margaret mir versichert hatte, dass es der Dämon und nicht ihr Trank war, der Logan getötet hatte, war ich nicht hundertprozentig davon überzeugt. Ich fragte Eileen, ob ich ihr den Laden eine Weile allein überlassen könnte, was sie natürlich bejahte. Ihr fielen fast die Augen aus dem Kopf, als sie begriff, dass ich gleich von der Polizei befragt werden würde. Ich hoffte nur, dass die Verbindung zu einem Verbrechen sie nicht dazu bringen würde, ihre Anstellung bei mir noch einmal zu überdenken. Bei allem, was gerade in meinem Leben vor sich ging, dachte ich, die größte Katastrophe wäre es, Eileen zu verlieren.

Iᴄʜ ɴᴀʜᴍ Iᴀɴ ᴍɪᴛ ɴᴀᴄʜ ᴏʙᴇɴ ᴜɴᴅ ʙᴏᴛ ɪʜᴍ ᴇᴛᴡᴀs ᴢᴜ ᴛʀɪɴᴋᴇɴ ᴀɴ, aber er lehnte ab. Meine Eltern waren nicht da und auch Nyx fehlte, also war es merkwürdig still und ruhig.

Er sagte: „Ich habe gehört, gestern Abend hat bei Ihnen eine Dinnerparty stattgefunden."

Ich zuckte zusammen. „So würde ich es nicht unbedingt nennen. Meine Mutter hatte erst die beiden Schwestern Watt zum Abendessen eingeladen und dann dazu noch drei der Doktoranden, die sich für die Mithilfe bei einer archäologischen Ausgrabung in Ägypten beworben haben. Und dann haben sie und Dad noch einen ihrer Kollegen mitgebracht."

„Sie haben gehört, was passiert ist?"

Ich nickte. „Mein Vater erhielt heute Morgen einen Anruf, dass einer der drei Doktoranden tot sei."

Er sagte nichts, sah mich nur an. Ich wusste, dass es ein Trick der Polizei war, um mich zum Reden zu bringen, und bei mir hat es immer funktioniert. „Ich fühle mich einfach schrecklich. Ich nehme an, dass das gestrige Abendessen bei mir seine letzte Mahlzeit gewesen ist."

Er nickte. „Können Sie mir sagen, was es zum Abendessen gab?"

Natürlich sagte ich es ihm, und auch, dass wir alle das Gleiche gegessen hätten. Er holte tief Luft. „Wie ist er gestorben?"

Er schüttelte den Kopf. „Das wissen wir nicht. An der Leiche ist äußerlich nichts zu erkennen. Keine offensichtlichen körperlichen Anzeichen einer Krankheit oder Verletzungen. Wir müssen diesen Tod als verdächtig behandeln, bis wir etwas anderes herausfinden."

„Ich verstehe." Ich mochte Ian. Ich wünschte, ich könnte ihm alles erzählen, was ich wusste, aber er war ein praktisch denkender Mensch. Bei ihm ging es um Schwarz und Weiß, Verbrechen und Opfer, Schuld und Unschuld. Wie hätte ich ihm sagen können, dass hier Wesen aus der Antike ihr Unwesen trieben? Dass ich eine Hexe war und Logan ein Zauberer gewesen war?

Ich konnte es nicht. Es war hoffnungslos.

Er fragte: „Wie hat er gestern Abend auf Sie gewirkt?"

Ich rief mir den gestrigen Abend in Erinnerung. „Er war fröhlich. Wie alle anderen. Er hatte Bier mitgebracht und einige der anderen Wein und Scotch, und es wurde zu einem erstaunlich unterhaltsamen Abend, wenn man bedenkt, was für eine seltsame Ansammlung von Leuten wir waren." Ich ging mit Ian zum Esstisch, an dem immer noch neun Stühle eng zusammengerückt standen. „Da hat er gesessen", sagte ich und zeigte auf den Platz, an dem Logan gestern Abend noch Geschichten erzählt und mit uns anderen gelacht hatte.

„Würden Sie mich bitte wissen lassen, was Sie über Logan herausfinden? Es ist mir fürchterlich unangenehm, dass er genau in der Nacht gestorben ist, nachdem er bei mir zu Abend gegessen hatte."

„Wenn es Ihnen ein Trost sein kann: Alle, mit denen ich gesprochen habe, haben erwähnt, was für einen netten Abend sie hier hatten. Wenigstens haben Sie ihm seinen letzten Abend versüßt."

Ich fühlte mich nicht sehr getröstet, aber es war nett von ihm, das zu sagen.

„Sagen Sie mir bitte, wer alles hier war und wo sie saßen."

Das tat ich. Und sah alles noch einmal, durch seine Augen.

Er zögerte. Dann fragte er: „Gab es gestern Abend irgendwelche Feindseligkeiten zwischen Logan und jemand anderem?"

„Ganz im Gegenteil. Er und Priya sind zusammen weggegangen. Ich weiß nicht, ob etwas zwischen ihnen lief, oder ob sie nur Freunde waren, aber sie schienen sich nahezustehen."

„Hatte er irgendjemanden der Anwesenden schon vorher gekannt?"

„Ich weiß nicht. Ich glaube, er hatte Pete, den Australier, schon irgendwo kennengelernt. Aber eigentlich weiß ich es nicht."

Er nickte und fragte: „Das ist reine Routine, aber wo waren Sie gestern Abend sonst noch? Nach dem Essen?"

„Nun", sagte ich, „Logan und Priya sind nach dem Essen gegangen. Gegen neun Uhr, glaube ich. Danach sind die Schwestern Watt gegangen. So gegen halb zehn, oder zehn."

„Und der andere Doktorand? Pete, sagten Sie, glaube ich, war sein Name."

Es war lächerlich, aber ich spürte, wie meine Wangen heiß wurden. Ich wollte nicht vor Ian erröten. Er und ich hatten noch nie ein Date gehabt. Es wäre also lächerlich, wenn es mir peinlich wäre, ihm zu sagen, dass ich einige Zeit allein mit einem anderen Mann verbracht hatte. Aber das konnte ich mir einreden, solange ich wollte, und doch spürte ich, wie die Hitze in meine errötenden Wangen stieg.

„Pete ist länger dageblieben. Er hat mir beim Abwasch geholfen. Meine Eltern und ihr Freund, Hamish Ogilvie, waren im anderen Zimmer und unterhielten sich weiter."

„Und um wie viel Uhr ist Pete gegangen?"

„Es war fast elf."

„Und was haben Sie dann getan?"

„Ich habe ihn bis zu seinem College, dem Barnaby College, begleitet."

Er sah mich an. „Das gleiche College, in dem Logan untergebracht war?"

„Ich glaube ja. Aber natürlich habe ich Logan nicht gesehen. Er war ja früher gegangen."

„Und sind Sie mit Pete hineingegangen?" Seine Stimme war ruhig, nur mit einem leicht fragenden Tonfall, aber ich spürte sein reges Interesse an meiner Antwort. Ich war froh, dass ich ihm sagen konnte, dass ich nicht reingegangen war. „Ich bin wieder nach Hause gegangen."

„Damit ich das richtig verstehe: Sie haben Ihr Haus verlassen, sind mit Pete zu seinem College gelaufen und sind dann wieder zurückgegangen?"

Es klang sehr merkwürdig, wenn er es so sagte. Ich hob hilflos die Arme. „Wir hatten alle getrunken, es schien mir zu dem Zeitpunkt eine gute Idee zu sein. Ich dachte, etwas frische Luft würde mir guttun. Es war ein sehr angenehmer Abend für einen Spaziergang. Also, ja, ich bin runter zum College und wieder zurück gegangen."

„Und sonst haben Sie nichts getan?"

Nun, wenn er jedes Detail meines Abends haben wollte, konnte er es wohl haben. Ich sagte: „Pete hat mich geküsst."

Ich war mir nicht sicher, ob meine Antwort ihn ärgerte oder amüsierte. Wenn er auf den richtigen Detektivmodus geschaltet hatte, war das schwer zu beurteilen. „Ich verstehe", sagte er. „Und das geschah außerhalb des College-Gebäudes?"

„Ja. Wie ich schon sagte, bin ich nicht hineingegangen."

„Und dann sind Sie nach Hause gegangen."

„Ja."

„Haben Sie jemanden gesehen?"

Ich zögerte. Einen Moment zu lang. Ich wollte ihm sagen, ich sei ganz allein nach Hause gegangen, aber das stimmte nicht. Also sagte ich: „Rafe war gestern Abend auch unterwegs. Wir sind uns über den Weg gelaufen und sind dann zusammen hierhergekommen."

„Ich verstehe. Sie hatten also einen zuverlässigen Begleiter."

„Ja."

Dann sah er mich an. Er hatte eine Art, mich anzusehen, die mich dazu brachte, ihm alle meine Geheimnisse zu erzählen. Deshalb war er auch so gut in seinem Job. Seine moosgrünen Augen blickten aufmerksam. „Gibt es sonst irgendetwas, was Sie mir sagen können, das uns bei unseren Ermittlungen helfen könnte?"

Außer, dass Logan offenbar ein Zauberer war und ein sehr böses übernatürliches Wesen verfolgte, hatte ich keine Informationen. Und irgendwie glaubte ich nicht, dass es für irgendjemanden von uns besonders hilfreich sein würde, wenn Ian Chisholm sich mit Hexen und Zauberern befasste. Also blieb ich bei: „Nein. Es tut mir leid."

Er schüttelte den Kopf und blickte verwirrt. „Ich weiß nicht, was es mit Ihnen auf sich hat, Lucy, aber Sie scheinen das Unglück anzuziehen."

Er hatte ja keine Ahnung.

Plötzlich kam mir ein Gedanke. „Haben Sie heute auch mit Pete gesprochen?"

„Ja. Warum fragen Sie?"

„Ich wollte nur sicher sein, dass bei ihm alles in Ordnung ist. Das ist alles."

„Er sah gut aus, als ich mit ihm gesprochen habe", sagte

er, „aber Sie können ihn ja selbst fragen, wie es ihm geht. Er hat mir erzählt, dass Sie beide heute Abend zum Essen verabredet sind."

Ich schlug mir die Hand vor den Mund. „Ach du meine Güte, ja! Es war ein so verrückter Tag, dass ich es fast vergessen hätte."

Wenn ein Lächeln sarkastisch sein kann, dann war seines jetzt sarkastisch. „Ich glaube nicht, dass er es vergessen hat."

Dann ging er. Und ich fragte mich, was er damit wohl gemeint hatte.

WENN DER BÖSE ÄGYPTISCHE DÄMON LOGAN GETÖTET HATTE, dann war er dabei, sich mir zu nähern, das war mir klar. Also hielt ich den Spiegel und den Trank, den Margaret für mich gemacht hatte, für den Rest des Tages griffbereit. Aber zum Glück erschien niemand, der versuchte, mich zu töten.

Das und die Tatsache, dass die Umsätze enorm stiegen, war meines Erachtens schon ein Erfolg. Jeder einzelne Vampir, der ins Cardinal Woolsey's kam, um sich dort die Zeit zu vertreiben, wurde von Eileen, der Superverkäuferin, unter Druck gesetzt, etwas zu kaufen. In der Regel mehr, als er oder sie zu kaufen beabsichtigte. Ich war froh, dass sie alle so reich waren, sonst hätte ich vielleicht noch ein schlechtes Gewissen bekommen.

Ich vermisste meine Großmutter. Sie hätte zu keinem ungünstigeren Zeitpunkt weg sein können. Ich brauchte ihre Ruhe, ihren gesunden Menschenverstand und ihren Rat. Sie war eine Hexe, sie würde wissen, was ich gerade durchmachte, und mir vielleicht mit Zaubersprüchen helfen, mich zu schützen. Meine Eltern waren großartig und ich hatte sie sehr lieb, aber ich konnte ihnen über das, was hier lief, nicht die Wahrheit sagen. Und außerdem gab mir niemand so gute Ratschläge wie meine Großmutter.

Ihre Anwesenheit hätte mir gutgetan. Ich hatte immer gedacht, dass meine Eltern mir mehr Aufmerksamkeit geschenkt hätten, wenn ich etwa zweitausend Jahre alt und in ein Leinentuch gewickelt gewesen wäre, und sie mich ausgegraben hätten, anstatt mich auf die Welt zu bringen. Ich wollte ihnen ja nicht die Schuld geben. Sie waren wunderbare Menschen, nur etwas besessen von Archäologie.

Neben Oma vermisste ich auch Nyx. Obwohl ich wusste, dass alle meine Vampirfreunde ein wachsames Auge auf mich hatten, war ich doch so sehr Hexe, dass ich meine Vertraute vermisste. Sie mochte zwar nur eine junge und unerfahrene Vertraute sein, aber ich war eine junge und unerfahrene Hexe, also passten wir zusammen. Der Gedanke daran, dass sie oben in Margaret Twigs steinernem Cottage gefangen war, war mir unerträglich. Ich wette, Margaret fütterte sie nicht mit dem speziellen Thunfisch, den sie gern mochte.

Sobald ich mit diesem Dämon fertig war, müsste ich eine Katzenentführung einplanen.

ALS IAN WIEDER WEG WAR, ging ich runter ins Cardinal Woolsey's. Dort war Eileen gerade dabei, Silence Buggins zu versichern, dass Lucy bald zurück sein würde. Es war ein sehr merkwürdiges Bild, das die beiden abgaben. Eileen sah aus wie eine gemütliche, rosa gekleidete Matrone und

Silence sah aus, als wäre sie einem viktorianischen Foto entsprungen. Ich konnte nur vermuten, dass man sie in Oxford entweder für eine Schauspielerin hielt oder vielleicht für ein Mitglied einer religiösen Sekte, in der sich die Frauen vom Hals bis zum Boden in Naturfaser zu hüllen hatten.

Wie immer redete Silence wie ein Wasserfall. Eileen wirkte leicht benommen und es kam mir so vor, als würde sogar ihre normalerweise endlose Geduld im Moment überstrapaziert.

Eileen sah mich zuerst. „Da ist sie", sagte sie voller Erleichterung. „Unsere Lucy ist wieder da."

Silence drehte sich um und sah sichtlich erleichtert aus. Ich weiß nicht, welches Signal meine Leibwächter-Vampire benutzten, um Hilfe zu rufen, aber ich hatte das Gefühl, dass sie kurz davor gewesen war, jedwede Alarmglocke zu läuten, auf die sie sich auch immer geeinigt hatten.

„Guten Tag", sagte sie. „Ich freue mich so, Sie zu sehen." Sie legte ihre kleine, weiße Hand an ihre Brust. „Ich habe solche Probleme mit dieser Strickarbeit. Aber Ihre Verkäuferin hat mir netterweise geholfen, alles zu klären."

„Das freut mich sehr", sagte ich. „Und Sie sind in guten Händen, denn sie ist eine viel bessere Strickerin als ich."

Das wollte natürlich nicht viel heißen. Fast jeder, der einmal ein paar Stricknadeln oder ein Wollknäuel in die Hand genommen hatte, konnte besser stricken als ich.

In diesem Moment kamen zwei etwa zwölfjährige junge Mädchen mit ihren Müttern herein. Silence beäugte sie mit tiefem Misstrauen, so als ob sie sich plötzlich in Mörderinnen verwandeln könnten. Als stattdessen eine der Mütter erklärte, dass die Mädchen stricken lernen wollten, sagte Silence: „Ich denke, ich werde mich einfach auf diesen schönen Stuhl hier setzen und an meinem Strickzeug arbeiten. Wenn ich dann wieder in Schwierigkeiten gerate, sind die Damen vielleicht so freundlich, mir zu helfen."

Ich sagte, das sei in Ordnung und schlug Eileen vor, kurz hinauszugehen und sich eine Pause zu genehmigen, während ich mich um die Strickanfängerinnen kümmerte. Sie warf einen Blick auf Silence. „Vielleicht gehe ich mal raus und schnappe ein bisschen Luft." Als sie ging, warf sie einen Blick zurück durch das Fenster, so als hoffe sie inständig, dass Silence bei ihrer Rückkehr nicht mehr da sein würde.

Silence schien sich wirklich für die jungen Mädchen zu interessieren. Sie sagte: „Oh, was für reizende junge Damen. Sie müssen sehr stolz sein. Und Stricken ist ein so schöner Zeitvertreib. Sehr damenhaft."

Die Mütter nickten und bedankten sich und schickten dann ihre Töchter hinüber zu mir, während ich einige der leichteren Strickmuster heraussuchte. Dank Eileen konnte ich ihnen vorschlagen, mit einem einfachen Quadrat zu beginnen, denn sobald sie das getan hätten, wäre es nur ein kleiner Schritt zu einem Schal.

Silence, die zugehört hatte, sagte: „Ja, ein Schal ist sehr wichtig, vor allem, wenn das Wetter kühl wird. Schauen Sie, wie fein ihre Haut ist. Und die Kehlen immer noch unversehrt, keine einzige Falte zu sehen."

Es gefiel mir nicht, wie diese viktorianische Vampirin diese süßen jungen Kehlen beäugte und wahrscheinlich daran dachte, wie köstlich ihr süßes, junges Blut schmecken würde. Ich hatte immer einen guten Vorrat an soliden hölzernen Stricknadeln parat, und auch zwei besonders dicke, die ich damals angespitzt hatte, als ich wegen der

Vampire besonders besorgt war. Um für alles gewappnet zu sein, sorgte ich dafür, dass sie in Reichweite lagen.

Ich war mir nicht sicher, ob er einen sechsten Sinn hatte oder ob er der Meinung war, dass er uns Silence lange genug zugemutet hatte, aber gerade als sie sich von ihrem Stuhl erhob, um den Mädchen bei der Auswahl eines einfachen Musters zu „helfen", erschien Rafe. Ich seufzte erleichtert auf und lockerte meinen Griff um die angespitzten Holznadeln.

Als sie Rafe erblickte, packte Silence ihr Strickzeug zusammen. „Nun, ich mache mich wohl besser jetzt auf den Weg." Sein Erscheinen musste sie verwirrt haben, denn statt zur Vordertür hinauszugehen, ging sie in Richtung Hinterzimmer, das zur Falltür in die Tunnel führte.

Ich rannte hinter ihr her und sagte: „Miss, die Tür ist da drüben."

Sie schaute erschrocken und lachte dann. Es klang hoch und künstlich. „Oh, wie dumm von mir. An manchen Tagen weiß ich nicht mehr, wo rechts und links ist."

Als sie gegangen war, atmete ich erleichtert auf.

Die Mädchen und ihre Mütter brüteten fröhlich über Strickmustern und stritten sich über die Farben für einen Schal. Zumindest eine der Mütter schien eine recht erfahrene Strickerin zu sein, also ließ ich sie gewähren und sagte zu Rafe: „Ich glaube, Silence wurde langsam hungrig."

Er schaute aus dem Fenster, wo sie schnellen Schrittes in Richtung Rook Lane ging. Ich wusste, dass es dort einen Eingang zu den Tunneln gab. Hoffentlich würde sie ihre private Blutbank besuchen, bevor sie das nächste Mal hierherkam.

„Ich hätte ihr nicht erlauben sollen, eine Schicht zu übernehmen, aber sie wollte sich nützlich machen. Du weißt ja, wie sie ist."

„Ja. Und ich erkenne ihr das auch an, aber sie hat die beiden Mädchen beäugt, als wären sie ein besonders leckerer Mitternachtssnack."

„Ich werde mit ihr reden."

Er fragte mich, wie es mir ging, und ich sagte ihm ganz ehrlich, dass meine Nerven zum Zerreißen gespannt waren. Oder zum Platzen, wie zu stark gefüllte Luftballons.

Leise sagte er: „Ich möchte, dass du heute Abend im Haus bleibst. Ich versuche, mehr über den Mord an Logan herauszufinden. Der erste Autopsiebericht ist nicht schlüssig. Sie können keine Spuren finden. Das ist irgendein sehr starker Zauber."

„Ich kann heute Abend nicht im Haus bleiben. Ich bin verabredet."

Er verdrehte die Augen. „Meinst du wirklich, dies sei ein guter Zeitpunkt, um eine Beziehung zu beginnen?"

Ich verdrehte ebenfalls die Augen. „Glaubst du wirklich, du hast das Recht, mir Ratschläge in Bezug auf Beziehungen zu geben?"

Er starrte mich lange an und sein Blick war stahlhart. „Wohin geht ihr?"

„Ich weiß es nicht."

„In Ordnung. Ich werde jemanden finden, der dich im Auge behält."

„Oh toll, genau das, was ich brauche. Einen Anstandswauwau. Ich komme mir vor wie in den Fünfzigern."

Er sah mich verwirrt an. „In den Fünfzigern?"

„Ja. Die Jahre nach 1850."

Ich war versucht, das Abendessen abzusagen. Die Vorstellung, von Untoten ausspioniert zu werden, konnte jedem den Spaß am Essen verderben. Vor allem, falls er Silence Buggins schickte. Aber dann dachte ich an Pete und wie traurig er jetzt sein musste. Wir sollten wenigstens über den Trauerfall reden. Ich hatte das Gefühl, ich sei ihm das schuldig.

Rafe nahm eine Strickzeitschrift in die Hand und tat so, als blättere er darin. „Wo ist eigentlich deine Verkäuferin?", fragte er.

„Ich glaube, bei Silences Gequatsche sind Eileen buchstäblich die Ohren abgefallen. Ich habe ihr gesagt, sie solle eine kurze Kaffeepause einlegen. Sie sollte bald zurück sein."

Er nickte und begann, sich in den Regalen umzuschauen, als würde er über eine neue Strickarbeit nachdenken. Es war ja eigentlich ganz lieb, dass er so gut auf mich aufpassen wollte, aber ich fühlte mich auch etwas kontrolliert. Die Türglocke ertönte und ich drehte mich um, um den nächsten Kunden zu begrüßen. Da erblickte ich zu meiner Überraschung den älteren Herrn, der sich vor nicht allzu vielen Tagen als Verkäufer beworben hatte. Angesichts seiner Allergien gegen Wolle und Katzen war ich überrascht, ihn wieder im Cardinal Woolsey's zu sehen. Er selbst sah auch ein bisschen überrascht aus. „Mr. Cruikshank. Wie geht es Ihnen?"

Er sah genauso gestresst und wehleidig aus wie zuvor. Er war ordentlich gekleidet, wie ein Buchhalter auf dem Weg zur Arbeit, und trug immer noch den Aktenkoffer. „Ich habe mir erlaubt, ein Schnupfenmittel zu nehmen, bevor ich hereinkam", sagte er. Er schaute sich im Laden um, zweifellos auf der Suche nach meiner Katze, die aber zu meinem Leidwesen nicht da war.

„Kann ich Ihnen mit irgendetwas behilflich sein?", fragte ich.

„Ja. Meine Frau sagte, ich hätte mir bei unserem Vorstellungsgespräch nicht genug Mühe gegeben. Sie meint, ich sollte lernen, mich zu verkaufen." Bei den Worten „mich zu verkaufen" hob er die Fäuste und machte eine Bewegung, als ob er gegen eine schwere Tür hämmern würde. Ich konnte mir vorstellen, dass er gezwungen worden war, diese Geste vor seiner zweifellos schrecklichen Frau zu üben.

Rafe drehte sich zu ihm um und seine Augen wurden schmal. Bevor ich dem Mann sagen konnte, dass ich bereits eine Verkäuferin eingestellt hatte, fragte Rafe: „Warum machst du Mr. Cruikshank nicht eine Tasse Tee, Lucy? Ich werde solange auf den Laden aufpassen. Dann kann er mit dir üben, wie man Vorstellungsgespräche führt."

Ich drehte mich zu Rafe um, um ihn vorwurfsvoll anzusehen, da sah ich, wie er seinen Blick ganz kurz auf die Tasche richtete, in der ich den Spiegel und Margarets Fläschchen mit dem Zaubertrank aufbewahrte. Glaubte er ernsthaft, dieser jämmerlich aussehende Pantoffelheld wäre Athu-ba, der Seelenräuber? Aber natürlich, wenn das Böse sich eine Form aussuchen könnte, welche wäre besser geeignet als jemand so Harmloses wie der arme Ned Cruikshank?

Dieser wurde plötzlich hellhörig. „Eine Tasse Tee wäre wunderbar. Die Arbeitssuche ist sehr anstrengend. Besonders in meinem Alter."

Ich setzte den Wasserkocher auf und kochte Tee. Eileen hatte nicht nur einen Wasserkocher mitgebracht, sondern auch zwei Teebecher aus Porzellan für uns, beide mit Rosenmuster, sowie einige Teebeutel, Zucker und einige Portionsdöschen H-Milch.

Herr Cruikshank ging seinen Lebenslauf Zeile für Zeile mit mir durch und erläuterte die zusätzlichen Verantwortungsbereiche, mit denen er betraut worden war, als er sich vom Junior-Buchhalter bis ins Management hochgearbeitet hatte. Ich streute ein paar Fragen ein, um ihm zu ermöglichen, seine Antworten noch ausführlicher zu gestalten. Durch meine Ermutigung wurde er zusehends selbstbewusster.

Ich träufelte etwas von dem Enthüllungstrank in seinen Tee, legte den Beutel mit dem Spiegel auf meinen Schoß und übte den Zauberspruch, den Margaret mir gegeben hatte. Ich war froh, dass Rafe im Laden war, denn der Gedanke, einem bösen Dämon gegenüberzustehen, der erst letzte Nacht einen Mann getötet hatte, war erschreckend.

Aber, Mr. Cruikshank verwandelte sich beim Teetrinken nicht in eine Art Monster. Wenn es eine Veränderung gab, dann die hin zu einem selbstbewussteren Menschen. Nach etwa fünfzehn Minuten sagte ich: „Ich würde Sie sofort einstellen, wenn ich eine Buchhaltungsfirma wäre, die einen erfahrenen Fachmann sucht."

Während er mit mir gesprochen hatte, war Ned Cruikshanks Stimme zunehmend nasaler geworden, so als hätte er sich eine Erkältung zugezogen. Jetzt nieste er, stellte seine Teetasse beiseite und sagte: „Danke, Lucy. Ich fühle mich jetzt sehr viel besser. Ich weiß genau, was ich tun werde."

Ich lächelte ihn an. „Ich vermute, es hat nichts mit der Arbeit in einem Wollgeschäft zu tun."

Er lachte in sich hinein. „Nein, das wird es sicher nicht. Sie haben mir sehr geholfen. Ich sehe jetzt, wie kompetent ich bin. Was ich tun werde, ist, ehrenamtlich für eine Wohltätigkeitsorganisation zu arbeiten, die meine Buchhaltungskenntnisse zu schätzen weiß. Ich brauche das Geld nicht; ich bekomme eine gute Rente. Meine Frau will mich einfach aus dem Haus haben."

„Ich denke, das ist eine ausgezeichnete Idee", sagte ich. „Sie werden damit Menschen, die Hilfe brauchen, wirklich helfen und dabei Ihre Fähigkeiten und Erfahrungen einsetzen."

Er schien so zufrieden mit sich selbst über diesen Ausbruch von Tapferkeit, dass er wie ein neuer Mensch wirkte, als er den Laden verließ.

Ich schüttelte den Kopf in Rafes Richtung, obwohl er bereits deutlich sehen konnte, dass Mr. Cruikshank kein Monster war.

Rafe ging, als Eileen zurückkam, und der Rest des Tages verlief ereignislos, abgesehen von dem ständigen Strom von Vampiren, die hereinkamen, um nach mir zu sehen.

Bei Ladenschluss rechnete ich im Geiste nach und stellte fest, dass ich mehr Vampire im Laden gehabt hatte als normale Menschen.

KAPITEL 14

*A*ls ich wieder nach oben ging, war meine Mutter
dort allein und arbeitete eifrig an ihrem Computer.
Sie schaute auf, blinzelte ein paar Mal, bis sie merkte, dass sie
ihre Lesebrille trug und sich diese oben auf den Kopf schob.

„Lucy, dein Vater hat eine Besprechung zum Abendessen,
die wahrscheinlich länger dauern wird. Ich dachte, wir
könnten auch ausgehen. Es ist zu traurig, hier zu Abend zu
essen, wo der arme Junge doch gestern Abend hier mit uns
seine letzte Mahlzeit eingenommen hat."

„Das würde ich gerne, Mom, aber ich habe heute Abend
schon etwas vor." Dann fiel mir ein, dass sie hier oben ganz
allein wäre und hatte ein schlechtes Gewissen. „Aber ich
könnte absagen, wenn du willst."

Als ich ihr erzählte, dass Pete mich zum Essen eingeladen
hatte, hellte sich ihre Miene auf. „Er ist so charmant, und
Archäologe ist er auch noch."

Dass er Archäologe war, schien in den Augen meiner
Mutter wesentlich mehr Gewicht zu haben als sein Charme.
Ich betonte nochmals, dass ich absagen könnte, wenn sie

nicht allein sein wollte, aber sie versicherte mir, dass sie viel Arbeit nachzuholen habe. Es war genug Essen im Kühlschrank, also sei alles in Ordnung.

Sie wandte sich wieder ihrem Computer zu und ich ging nach oben, um zu duschen und mich für den Abend fertig zu machen.

Ich zog meine besten Jeans an und wählte nach einigem Zögern den edlen mitternachtsblauen Seidenstrickpulli mit V-Ausschnitt und Glockenärmeln, den Sylvia mir gestrickt hatte. Sie hatte mir gesagt, ich solle ihn bei einem Date tragen, und jetzt hatte ich ein Date. Ich legte die Diamantkette an. Sie war das perfekte Accessoire, was sie zweifellos gewusst hatte. Um es ihr nach ihrer Rückkehr aus Dublin zu zeigen, machte ich ein Selfie.

Ich stylte mein Haar so, wie es die Friseurin mir gezeigt hatte, trug ein wenig Make-up auf und überlegte dann, ob ich die Fläschchen und den Spiegel mitnehmen sollte. Ich wusste bereits, dass Pete nicht der böse Dämon war, da er gestern Abend das mit Zaubertrank versetzte Essen gegessen hatte und es ihm gut ging. Außerdem waren der Spiegel und der Trank sperrig, so dass ich eine größere Tasche mitnehmen müsste, was lästig war. Allerdings würde ich mich in der Öffentlichkeit bewegen. Ich wäre verletzlich.

Also war ich gezwungen, statt der viel niedlicheren kleinen Tasche eine große mitzunehmen. Ich würde aussehen wie eine Studentin, die ihre Bücher mit sich herumschleppte.

Wenigstens würde ich dazugehören.

Pete hatte mir gesagt, dass er mich zu unserem Date abholen würde, und da ich die strikte Anweisung hatte, nicht allein auszugehen, hatte ich zugestimmt. Als es klingelte, verabschiedete ich mich von Mom, die so sehr in ihre Forschung vertieft war, dass sie es kaum registrierte, als ich sie ansprach. Ich sah sie in liebevoller Verzweiflung an.

„Mom. Vergiss nicht, etwas zu essen."

„Werde ich nicht", sagte sie geistesabwesend und hob winkend eine Hand.

Ich rannte die Treppe hinunter, und als ich die Tür öffnete, kam von Pete ein leiser Pfiff der Anerkennung. „Du bist wirklich eine Schönheit."

„Und du bist ein Schmeichler." Doch welche Frau möchte nicht gesagt bekommen, dass sie schön ist, selbst wenn es eine etwas großzügige Interpretation der Wahrheit ist?

Pete sah so gut aus wie immer, obwohl ich den Eindruck hatte, er hätte sich die Haare schneiden lassen. Und er war definitiv rasiert. Er trug ein frisches, blaues Hemd zu seiner Jeans und einer abgetragenen Lederjacke. „Wohin möchtest du gehen? Ich habe ein paar Lokale online gefunden, aber ich würde sagen, das ist deine Stadt."

Ich dachte rasch nach. Wenn ein oder zwei Vampire auf mich aufpassen müssten, könnte ich es ihnen leichter machen, indem ich einen Ort vorschlug, an dem sie nicht ganz so offensichtlich aus ihrem Element waren. „Kennst du den Pub Eagle and Child?

„Der Vogel mit dem Baby?" Das war der umgangssprachliche, scherzhafte Name des Pubs. „Sicher."

„Die Atmosphäre dort ist toll und das Essen ist gut."

„Der Zuschlag geht an die Dame mit dem schönen blauen Pullover."

Während wir gingen, hielt ich eine Hand an meiner Tasche, bereit, den Spiegel herauszuziehen, so wie ein Revolverheld im wilden Westen bei Gefahr nach seiner Waffe greifen würde. Pete schlug einen leichten, flirtmäßigen Ton an, aber ich spürte eine Spannung in ihm. Oder vielleicht reagierte er auf die Anspannung, die ich in meinem ganzen Körper spüren konnte.

Wir wollten gerade die Beaumont Street überqueren und in Richtung Ashmolean Street gehen und warteten an der Fußgängerampel, da gab es plötzlich ein Gedränge und ein junger Mann schob sich an mir vorbei und rempelte mich an. Ich hatte meine Hand in der Tasche und umklammerte den Spiegel fast augenblicklich, als ich spürte, wie ich geschubst wurde. Ich schrie und stolperte zurück. Da erkannte ich, dass Pete mich hinter sich geschoben hatte und sich aggressiv vor mir aufbaute, um mich vor Schaden zu bewahren.

In der Sekunde Reaktionszeit wurde mir klar, dass wir nicht in Gefahr waren. Es war nur ein ziemlich betrunkener junger Kerl in einem T-Shirt mit der Aufschrift „zukünftiger Ehemann", der eine Kette mit einer Plastikkugel am Fuß trug. Mehrere seiner Kumpels kamen lachend hinter ihm hergerannt.

Dann drehte sich Pete zu mir um und grinste. „Verdammte Junggesellenabende. Alles in Ordnung mit dir?" Da war er wieder, der sorglose Australier.

„Du hast mich fast umgeworfen."

„Tut mir echt leid. Ich war schon zu oft an zwielichtigen Orten. Bin ein bisschen schreckhaft."

Ich rückte den Riemen meiner Tasche auf meiner Schulter wieder zurecht. „Es ist ja beruhigend zu wissen, dass ich sicher bin, für den Fall, dass einer dieser Junggesellenabschiede mal lebensgefährlich wird."

Er lachte und legte mir den Arm um die Schultern, und

den Rest des Weges zum Pub legten wir ohne Zwischenfälle zurück.

In das Eagle and Child gingen Studenten, Touristen und Stammgäste, so dass es normalerweise gut besucht war. J.R.R. Tolkien und C. S. Lewis hatten bekanntlich in diesem Pub gesessen und miteinander über Bücher gesprochen. Vielleicht hatte ich mir deshalb diese Kneipe ausgesucht. Die Geister von Gandalf und Bilbo Beutlin waren eine tröstliche Erinnerung daran, dass kleinere, schwächere Wesen gegen das ganz große Böse gewinnen können.

Wir gingen durch das ganze Lokal, bis wir auf ein Paar stießen, das gerade gehen wollte. Dankbar ließen wir uns in die noch warmen Sessel sinken und schoben die leeren Gläser und Teller zur Seite. Wir befanden uns in einer holzgetäfelten Nische, und als ich an die Wand sah, blickte Tolkien selbst von einer Fotografie ernst auf mich herab.

„Was möchtest du trinken?", fragte Pete. Ich entschied mich für ein Glas Weißwein und nahm mir vor, bei einem einzigen Glas zu bleiben, da ich meinen Verstand brauchte.

Er ging zur Bar, um die Getränke zu holen, und während er weg war, räumte eine junge Frau mit einer um ihren Oberarm tätowierten Schlange den Tisch ab und wischte ihn sauber.

Ich schaute mich in der Kneipe um, stets mit der Hand auf meiner Tasche. Niemand wirkte verdächtig und niemand schien mich zu beachten, abgesehen von einem einsamen Mann, der gerade hereinkam. Ich sah zu, wie Rafe die anderen Gäste musterte, wie ich es gerade getan hatte, und sich dann an der Bar anstellte.

Pete kam mit unseren Getränken zurück. „Mir gefällt es hier. Es ist genau das, was man sich unter einem alten englischen Pub vorstellt." Er hob sein Bierglas. „Und die Bierauswahl ist gut."

Er plauderte weiter, charmant und flirtend wie immer, aber sein Blick war unruhig, er schaute sich genauso oft um, wie er mich ansah. Ich hatte vielleicht noch nicht so viele Verabredungen gehabt wie andere Mädchen, aber ich wusste, wann Männer interessiert waren. Es lag eine gewisse Intensität in ihrem Blick, wenn sie einen ansahen. Ich spürte das, wenn Rafe mich ansah, und ich spürte es definitiv, wenn Ian Chisholm mich ansah – so wie der Held in einer TV-Serie die Frau ansieht, in die er verliebt ist, und die ihn entweder betrügen oder sterben wird. Pete sah aus, als würde er die Anziehung eher spielen, als sie zu spüren.

Wir sahen uns die Speisekarte an und Pete meinte, der Bratfisch mit Pommes sähe gut aus. Ich hatte schon Mühe, mich überhaupt auf die Karte zu konzentrieren, also bestätigte ich, dass das gut klang und ich dasselbe nehmen würde. Er ging wieder los, um unser Essen zu bestellen, und ich bemerkte, wie zwei weitere Mitglieder des Vampir-Strickclubs hereinkamen. Alfred, ganz schick in einem waldgrünen Pullover mit Zopfmuster, mit dem er erst letzte Woche begonnen hatte, und Christopher Weaver, in einer seiner unendlich vielen exotischen, handgestrickten Westen, die er unter einem schwarzen Jackett über einer Jeans trug.

Pete kam zurück, und während wir auf unser Essen warteten, sagte ich ihm, wie leid mir das mit Logan tat.

Seine unbeschwert charmante Fassade entglitt ihm einen Augenblick lang und ich sah echte Wut in seinen Augen. Dann war die Maske wieder da. Er sagte: „Schreckliche Sache. Ich habe gehört, man vermutet einen Herzinfarkt. Hast du mehr erfahren?"

Ich schüttelte den Kopf. „Die Polizei hat mich befragt, also ziehen sie alle Möglichkeiten in Betracht." Er nickte, nippte an seinem Bier und ließ seinen Blick durch den Raum wandern. Ich sagte: „Ich hatte den Eindruck, dass ihr beide euch bereits kanntet."

„Nicht wirklich. Wir sind uns zufällig begegnet, auf einem Musikfestival."

Er lenkte die Unterhaltung wieder auf meine Eltern und die Ausgrabung. Es war alles sehr nett und oberflächlich, aber ich wurde zunehmend gereizt, weil ich nicht wusste, wer Freund und wer Feind war. Unser Essen kam, und während wir uns den köstlichen Fisch in seiner knusprigen Panade schmecken ließen und er mir recht amüsant von seiner ersten Ausgrabung berichtete, verlor ich plötzlich die Geduld. Ich beugte mich vor und legte meine Hand auf seine.

Er war so erschrocken, dass er aufhörte zu reden und mich anstarrte. Gut. Ich hatte seine volle Aufmerksamkeit. „Was ist los, Pete? Wer bist du wirklich?"

Er sah mich forschend an. „Was meinst du damit?"

„Du hast heute Abend mehr Zeit damit verbracht, dich in der Kneipe umzusehen, als mich anzuschauen, was bei unserem ersten Date nicht besonders schmeichelhaft ist. Du hast den mysteriösen Tod deines Kollegen gestern Abend kaum angesprochen, und auf dem Weg hierher, als der Betrunkene vor mir stolperte, hast du dich benommen wie ein Sondereinsatzkommando. Also, was läuft hier?"

„Ich will dir nichts Böses", sagte er leise.

„Das weiß ich schon", sagte ich.

Er nickte. „Richtig. Was war das für Zeug, das du gestern Abend ins Essen getan hast?"

Ich erinnerte mich an seinen Blick, als er den ersten

Bissen Shepherd's Pie probiert hatte. Soweit ich das beurteilen konnte, war er der Einzige, dem etwas Merkwürdiges aufgefallen war.

Ich wollte ihm nicht zu viel sagen, denn ich wusste nicht, wer er war und wie viel er wusste. Ich hielt beide Hände seitlich hoch, sodass er meine offenen Handflächen sehen konnte. „Nur eine Kleinigkeit, die mir helfen soll, Freund von Feind zu unterscheiden."

Er beugte sich näher zu mir. „Du hast einen sehr mächtigen Gegner, aber das weißt du bereits, nicht wahr?"

Ich war sehr froh, dass noch jemand von Athu-ba zu wissen schien. Zumindest hoffte ich, dass er das meinte. „Was weißt du darüber?"

Er nippte an seinem Bier. Es war immer noch zu drei Vierteln gefüllt; er hatte genauso sparsam getrunken wie ich. „Das ist eine ziemlich lange Geschichte. Ich denke, ich werde dir einfach vertrauen."

Ich nickte. „Ich werde dir auch vertrauen."

„Okay. Alle Karten auf den Tisch. Ich habe Logan nicht auf dem Glastonbury-Musikfestival kennengelernt. Ich war bei seinem Hexenzirkel und habe nach Informationen gesucht."

„Hexenzirkel? Du bist also ein ..."

„Zauberer. Ja."

Ich verdaute das einen Moment lang, obwohl ich wohl schon so einen Verdacht gehabt hatte, nachdem er mich nach der Einnahme des Zaubertranks so seltsam angesehen hatte. „Und Logan?"

Er nickte. „Und Logan auch."

Ich bin vielleicht nicht sehr gut in Mathe, aber selbst ich konnte mir ausrechnen, dass es statistisch unwahrscheinlich ist und somit kaum ein Zufall sein kann, wenn bei einem Abendessen mit neun Teilnehmern drei Leute über magische Kräfte verfügen. „Habt ihr zusammengearbeitet?"

„Nein. Er konnte sich wirklich nicht erinnern, wo er mir begegnet war, sonst hätte er es nie erwähnt. Ich habe ihm das hinterher noch zu spüren gegeben." Er senkte den Blick auf seinen Teller. „Jetzt wünschte ich, ich hätte das nicht getan."

„Hast du eine Ahnung, woran er wirklich gestorben ist?" Ich beugte mich noch näher heran. „Wurde er ermordet?" Ich hatte mich an die Hoffnung geklammert, dass er einer dieser jungen Menschen gewesen sein könnte, die einfach das Pech hatten, eines natürlichen Todes zu sterben.

„Ich denke, wir müssen annehmen, dass er von dem getötet wurde, der auch dich töten will."

Ich war vom Spiegel gewarnt worden, aber er nicht. „Woher weißt du, dass mich jemand umbringen will?"

Seine Wangenpartie erstarrte und wieder sah ich einen wütenden, gefährlichen Mann. „Ich verfolge dieses mörderische Schwein nun schon seit ein paar Jahren. Er hat meine Mentorin ermordet, eine wunderbare, weise Frau, das Herz unserer Gemeinschaft. Ich konnte sie nicht retten, aber kurz bevor sie starb, sagte sie, dass sie befürchtete, er würde als nächstes nach Glastonbury gehen. Als ich dort ankam, war es zu spät. Hast du von dem mysteriösen Tod des Okkultismus-Anführers gelesen? Es wurde so dargestellt, als hätte der Typ nicht mehr alle Tassen im Schrank gehabt und Selbstmord begangen, aber das stimmt nicht. Dann bekam ein mächtiger Hellseher eine Vision von deiner Mutter in Ägypten."

„Meine Mutter", sagte ich.

„Ich musste an Dr. Susan Bartlett-Swift herankommen, um zu sehen, ob sie irgendwie damit in Verbindung steht."

„Also hast du so getan, als wärest du Archäologe?"

„Ich bin Archäologe, dieser Teil stimmt, aber ich musste einiges in die Wege leiten, um hier einen Platz zu bekommen. Ich plante, nach Ägypten zu gehen und dort als Freiwilliger zu arbeiten. Ich dachte, wenn ich einfach auftauche und mich nicht um eine Bezahlung schere, würden sie sich nicht die Mühe machen, mich wegzuschicken. Aber dann habe ich gehört, dass deine Eltern hierherkommen."

„Du bist also eigens nach Oxford gekommen, um meine Eltern kennenzulernen."

„Ja. Und Logan auch, obwohl wir zunächst nicht wussten, dass wir auf demselben Weg waren. Logan war gar kein Archäologiestudent; er hat sich seine Akkreditierung mit Hilfe seiner Magie besorgt. Ich frage mich, ob der Dämon so auf ihn aufmerksam geworden ist?"

„Also hat Logan versucht, den Tod von jemandem zu rächen?"

„Ja. Der Okkultismus-Anführer war sein Stiefvater, der ihn unterrichtet hat. Das Seltsame war, dass wir beide dachten, deine Mutter sei das Ziel. Aber, nichts gegen deine Mutter, aber man muss nicht viel Zeit mit ihr verbringen, um zu erkennen, dass sie vieles ist, nur keine Hexe. Erst gestern Abend, als ich wusste, dass du das Essen mit einem Zauber belegt hast, wurde mir klar, dass du die Hexe in der Familie bist. Du musst das eigentliche Ziel sein."

Ich schob meinen Teller zur Seite. „Meine Mutter hat Hexenblut in sich, sie ist aber voll und ganz von der Rationalität überzeugt und weigert sich, diesen Teil von sich zu akzeptieren."

„Weiß sie über dich Bescheid?"

Ich lachte. „Sie hat mir erst neulich einen Vortrag

darüber gehalten, dass es weder Geister noch Hexen noch Kobolde gibt.“

„Es ist schrecklich, ein Elternteil zu haben, das nicht anerkennt, wer man wirklich ist.“

Ich verrieb ein bisschen Salz, das auf der Tischplatte gelandet war. „Sie lieben mich und sie haben ihr Bestes getan.“

„Aber du kannst von ihnen keine Hilfe erwarten. Lucy, du kannst diesen Dämon nicht alleine bekämpfen, wen hast du noch?“

Ich dachte an die drei Vampire, die uns auch jetzt noch beobachten. Das sagte ich Pete allerdings nicht. Ich nahm an, dass er Vampiren gegenüber nicht so tolerant sein könnte, wie ich es gelernt hatte. Ich sagte: „Ich habe etwas Hilfe bekommen, und einen Zauberspruch von einer mächtigen Hexe, die in der Nähe von Oxford lebt.“ Ich ärgerte mich jedes Mal, wenn ich daran dachte, wie sie mir Nyx weggenommen hatte. „Aber sie hat mir den Zauber nicht gratis gegeben, sie hat mich dafür bezahlen lassen.“

Er sah keineswegs überrascht aus. „Manchmal macht das einen Zauber noch mächtiger. Vor allem, wenn der Preis hoch ist.“

Dann sollte der Spruch sehr mächtig sein.

Pete steckte sich eine weitere Pommes frites voll mit blutrotem Ketchup in den Mund. Mir jedoch war der Appetit vergangen. „Der arme Logan starb also bei dem Versuch, mich zu retten.“

Sein Blick wurde ernst. Ernster, als ich ihn je gesehen hatte. „Nein, Lucy. Er starb bei dem Versuch, den Tod seines Stiefvaters zu rächen. Du bist dafür in keiner Weise verantwortlich.“

Warum fühlte ich mich dann so beschissen?

Obwohl die Kneipe gut gefüllt und laut war, beugte ich mich näher heran und sprach noch leiser. „Hast du mal daran gedacht, dass du auch in Gefahr bist?"

Sein *Locker-vom-Hocker*-Gehabe war jetzt völlig verschwunden und ich sah einen viel ernsthafteren Mann vor mir. „Ja", sagte er. „Natürlich ist mir der Gedanke gekommen."

Ich hatte darüber nachgedacht. „Ich denke, du solltest nicht einmal im Studentenwohnheim wohnen bleiben", sagte ich. „Wenn er Logan erwischt hat, kann er auch dich erwischen."

„Und was soll ich deiner Meinung nach tun? Abhauen?" Er schüttelte den Kopf. „Kommt nicht in Frage."

„Wie wäre es, bei der mächtigen Hexe zu wohnen? Margaret Twig? Ich mag sie nicht, aber wenigstens wärst du dort sicher."

„Und meilenweit von dir entfernt. Nein. Denk daran, dass wir gemeinsam mächtiger sind als einzeln. Und wir haben einen kleinen Vorteil, weil wir wissen, dass er kommt."

Ein Paar kam und stellte sich zu dicht an unseren Tisch. Ich griff nach meiner Tasche und Pete stand schon auf, aber es waren nur ein paar Touristen, die gekommen waren, um sich die Fotos anzusehen.

„Schau, Ed. Das ist Tolkien, da. Und der Mann auf dem Bild da drüben ist C.S. Lewis. Ich weiß nicht, wer die anderen Typen sind, aber man nannte sie die „Inklings". Stell dir vor, du sitzt in einem Pub und erfindest Bücher über Zwerge. Manche Leute haben echt Glück." Dann gingen sie mit ihren vollen Gläsern in der Hand weiter und suchten nach einem Sitzplatz.

Ich sagte: „Aber der Dämon weiß, dass wir es wissen. Logan war kein mächtiger Zauberer, also warum sollte er ihn töten? Ich glaube, er spielt mit uns und will uns Angst machen."

„Ich glaube nicht, dass er über mich Bescheid weiß", sinnierte Pete. „Das ist ein Trumpf, den wir noch im Ärmel haben."

Ich war mir nicht sicher. Dieses böse Wesen, was auch immer es war, schien mir ungeheuer mächtig zu sein.

Ich hatte das Gefühl, dass ich ständig beobachtet wurde und dass es nur auf Zeit spielte. Die Spannung des Wartens und die Frage, wann der Angriff kommen würde, machte mir zu schaffen. „Weißt du etwas über Logans Tod?", fragte ich, immer noch mit gesenkter Stimme. „Irgendetwas, das uns helfen könnte?"

Er schüttelte den Kopf. „Ich habe erst davon erfahren, als seine Leiche fortgebracht worden war. Ich schaffte es, mich in sein Zimmer zu zaubern, aber dort war nichts. Seine Sachen sahen aus, als hätte sie niemand angerührt."

„Hatte er in seinem Bett geschlafen?", fragte ich.

Er kniff die Augen zusammen und ich konnte sehen, dass er sich konzentrierte. Er schüttelte den Kopf. „Nein. Das Bett war noch gemacht."

„Hast du mit Priya gesprochen?"

Er schüttelte den Kopf. „Ich wusste nicht, was ich sagen sollte."

„Hast du ihre Kontaktdaten?"

Er holte sein Handy hervor. „Ja."

„Logan ist mit Priya aus meiner Wohnung weggegangen. Vielleicht hat sie etwas gesehen oder gehört."

Er nickte. „Ich schreibe ihr sofort eine SMS."

Er schickte die Nachricht ab und wir schoben beide unsere halb leergegessenen Teller an den Tischrand. „Ich hole uns zwei Tassen Kaffee", sagte ich. Bevor er darauf bestehen konnte, diese zu holen, war ich schon aufgestanden. Ich machte mich auf den Weg zur Bar, um die sich eine Menschentraube gebildet hatte, die so groß war, dass ich mich unauffällig neben Rafe stellen konnte. Da ich wusste, dass er ein ausgezeichnetes Gehör hatte, sprach ich kaum lauter als ein Flüstern. Ich informierte ihn, dass Pete zu meinen Leuten gehörte und dass wir versuchen würden, Priya zu besuchen.

Er sagte: „Ich denke, du solltest direkt nach Hause gehen. Heute Abend liegt eine seltsame Energie in der Luft."

KAPITEL 15

Ich drehte mich um und starrte ihn an. Dabei vergaß ich völlig so zu tun, als wären wir völlig Fremde, die zufällig an der gleichen Bar standen. „Ich dachte, nur ich wäre so angespannt. Ich spüre das auch."

Rafe warf einen Blick über meinen Kopf hinweg und suchte die Bar ab, ähnlich wie Pete es den ganzen Abend über getan hatte. „Ich glaube, er wird zuschlagen, und zwar bald. Er hat es bereits geschafft, in ein College einzudringen und dort zu töten. Ich will nicht, dass du irgendwo hier in der Nähe bist. Es ist zu schwierig, für deine Sicherheit zu sorgen."

„Aber Priya könnte doch etwas wissen. Alles, was uns helfen könnte, dieses Böse zu besiegen, würde dazu beitragen, dass wir besser gewappnet sind."

Ich wusste, dass er weiter dagegen argumentieren wollte, aber in diesem Moment kam Pete auf mich zu und sagte: „Vergiss den Kaffee. Unsere Freundin hat geantwortet. Sie will sich mit uns treffen."

Er warf einen neugierigen und, wie ich fand, ziemlich

männlichen und besitzergreifenden Blick auf Rafe und dann gingen wir.

Als wir draußen waren, in der vergleichsweise ruhigen Giles Street, fragte er: „Wer war der Kerl?"

„Welcher Kerl?"

Er blieb stehen, drehte sich um, legte seine Hände auf meine Schultern und hielt mich fest. „Hör auf, Spielchen mit mir zu spielen. Der Kerl, mit dem du in der Kneipe gesprochen hast. Ihr zwei habt euch den ganzen Abend Blicke zugeworfen."

Falls ich jemals daran gezweifelt hatte, dass er die übersinnlichen Fähigkeiten eines Zauberers hatte, tat ich es jetzt nicht mehr. „Ein Freund von mir", sagte ich. „Wir können ihm vertrauen."

Petes Augen waren fest auf meine gerichtet. „Er ist kein Magier."

„Nein. Ist er nicht."

„Was ist dann mit ihm?"

Ich zögerte, aber ich hatte kein Recht, einem vergleichsweise Fremden zu sagen, dass er gerade mit Vampiren in derselben Kneipe gewesen war. Vielleicht waren die Hexen nach so vielen Jahrhunderten, in denen die Menschen ihnen misstraut hatten, gegenüber anderen Wesen, die sie nicht verstanden, ebenso misstrauisch geworden. Ich konnte nicht riskieren, dass er etwas über die Vampire hier in der Stadt ausplauderte und sie damit in Gefahr brachte. Also sagte ich nur: „Er ist ein Experte für alte Handschriften." Und seufzte, denn ich begriff, dass ich ihm mehr erzählen musste, wenn ich mich darauf verlassen wollte, dass er mir half.

Ich hatte die Existenz des Spiegels für mich behalten, aber er hatte recht, ich konnte dieses Wesen nicht alleine bekämpfen. Also erzählte ich Pete von dem Spiegel, wie meine Mutter dazu gedrängt worden war, ihn mir zu bringen, und dass ich Rafe um seine Meinung gebeten hatte, sowohl, was das Alter des Gegenstandes als auch die Bedeutung der altägyptischen Worte betraf. Ich hielt mich tatsächlich in allem an die Wahrheit. Nur eine bedeutsame Tatsache hielt ich zurück. Dass Rafe ein Vampir war.

Pete fragte: „Wo ist dieser Spiegel?"

Dieses Mal log ich. Einerseits hatte ich das Gefühl, dass ich ihm vertrauen konnte, aber andererseits war ich vorsichtig. „Ich habe ihn zu Hause gelassen."

Ich weiß nicht, ob er mir glaubte oder nicht. „Priya sagte, sie wollte sich mit uns in dem Café an der Ecke treffen. Ich glaube, sie hat zu viel Angst, um weiter weg zu gehen."

„Ich kann es ihr nicht verübeln."

Den Rest des Weges legten wir schweigend zurück, denn wir mussten jetzt beide nicht mehr so tun, als ob wir nicht besonders wachsam wären. Meine Ohren waren nicht so scharf wie die von Rafe, aber mein Gehör war ziemlich gut. Bei jedem Schritt, jedem Husten oder leisen Gespräch drehte ich mich um, um die Quelle auszumachen. Aber die einzigen Leute, die heute Abend unterwegs waren, waren Touristen, ein kichernder Haufen betrunkener Frauen in Stöckelschuhen, die einen Junggesellinnenabschied feierten, und Studenten.

Als wir am Café ankamen, blieben wir am Fenster stehen und sahen hinein. Da wir so nahe an einem der Colleges waren, saßen an den meisten Tische dicht gedrängt Studenten vor offenen Laptops, und daneben einige mit Notizblöcken oder Lehrbüchern. Priya war weiter hinten und starrte auf einen offenen Laptop. Obwohl sich ihre Finger auf den Tasten bewegten, sah es nicht so aus, als wäre ihre Aufmerksamkeit auf den Bildschirm gerichtet. Ich dachte, sie hätte den Computer nur geöffnet, damit sie sich auf irgendetwas konzentrieren konnte. Ihr Gesicht sah übermüdet und erschöpft aus.

Niemand sonst im Café schaute auch nur im Entferntesten misstrauisch oder interessiert nach uns, als wir hereinkamen. Nur Priya blickte auf, hob eine Hand und winkte halbherzig.

Wir gingen hinüber, und sie stand etwas unbeholfen auf, als wir uns näherten. Ich kannte sie nicht sehr gut, aber ich folgte meinem Instinkt und nahm sie in meine Arme. Sie klammerte sich einen Moment lang fest und ich konnte spüren, dass sie die Unterstützung brauchte. Danach umarmte auch Pete sie und wir setzten uns.

Ein bärtiger Kellner, dessen T-Shirt für eine Ruderregatta warb, kam herüber und Pete und ich bestellten beide Kaffee, Priya hingegen Kamillentee. Sie war eindeutig auf der Suche nach etwas, das ihr beim Einschlafen half oder sie zumindest nicht wachhalten würde.

Als die Bedienung gegangen war und wir nur noch zu dritt waren, sagte ich: „Priya, es tut mir so leid wegen Logan."

Sie nickte und blinzelte schnell, aber sie konnte die Tränen nicht aufhalten, die ihr in die Augen stiegen. „Ich kann es nicht glauben. Es ging ihm gut, als wir von deiner Wohnung zurückkamen. Er hatte ein bisschen zu viel getrunken, aber er war nicht betrunken oder so. Er machte Witze und freute sich auf die Ausgrabung. Und dann, heute Morgen, war er tot. Ich weiß nicht, was ich tun soll."

Sie stützte ihren Kopf in die Hände. „Die Polizei sagte, ich sei die letzte, die ihn lebend gesehen hat. Warum habe ich jetzt so ein schlechtes Gewissen?" Sie blickte auf, als ob wir die Antwort wüssten.

„Ich habe auch ein schlechtes Gewissen", sagte ich. „Weil er seine letzte Mahlzeit in meiner Wohnung gegessen hat."

„Er wollte, dass ich über Nacht bleibe, und ich habe nein gesagt." Sie begann zu weinen. „Vielleicht wäre alles gut, wenn ich bei ihm geblieben wäre. Vielleicht hätte ich gehört, dass er keine Luft bekam oder Probleme hatte, und ich hätte Hilfe rufen können. Ich bin sogar in Erster Hilfe ausgebildet."

Pete und ich tauschten Blicke aus. Wie konnten wir ihr sagen, dass wir nicht glaubten, dass sie die letzte war, die ihn lebend gesehen hatte? Dieses Privileg hatte nämlich sein Mörder.

Pete nahm ihre Hand und hielt sie fest. „Wenn er so schnell gestorben ist, hättest du wahrscheinlich gar nichts tun können."

Sie schniefte und benutzte eine der Servietten aus dem Spender auf dem Tisch, um sich die Nase zu putzen. „Genau das sagt die Polizei auch."

„Die Polizei?", fragte Pete, als wäre er überrascht, dass sie befragt worden war.

Sie nickte: „Weil es ein so plötzlicher Tod war und er so jung war, und weil ich diejenige war, die ihn gefunden hat." Sie brach wieder in Tränen aus. Pete machte das sehr gut, sie so sanft zu verhören, und so ließ ich ihn gewähren und versuchte, meine anderen Sinne zu öffnen, um das zu hören, was sie nicht sagte.

Ihr ganzer Körper wirkte angespannt und unglücklich. Das passte zu Schock und Trauer. Natürlich konnte sie uns etwas vorspielen, aber sie hatte auch den Shepherd's-Pie-Test bestanden.

„Was wollte die Polizei denn wissen?", fragte Pete.

Ich hatte das Gefühl, dass sie dankbar war, dass ihr jemand diese Fragen stellte und ihr die Möglichkeit gab, über ihre schreckliche Erfahrung zu sprechen. Es war auch klar, dass sie und Pete sowie Logan sich ziemlich gut angefreundet hatten. Ich sah, dass sie ihm vertraute.

Sie nahm eine weitere Serviette und trocknete sich die Augen. „Die haben mich gefragt, wie ich ihn gefunden habe. Wir hatten uns zum Frühstück verabredet. Er kam nicht an mein Zimmer, wie er es versprochen hatte, aber ich dachte, er sei verkatert oder hätte verschlafen, also ging ich an sein Zimmer, um ihn zu wecken. Seine Tür war verschlossen und als ich klopfte, kam keine Antwort. Da wurde ich unruhig. Ich habe den Pförtner geholt, um ins Zimmer zu kommen." Sie blickte verlegen. „Ich musste sagen, ich sei seine Freundin."

Pete schaute mich an und ich nickte unmerklich. Er hat es geschafft, die Geschichte alleine aus ihr herauszuholen. Ich dachte, dass ich am besten gar nichts sagte.

„Als der Pförtner die Tür öffnete, lag Logan auf dem Boden. Ich dachte erst, er sei aus dem Bett gefallen oder ohnmächtig geworden oder so. Wir riefen seinen Namen und ich schüttelte seinen Arm und dann fiel er auf den Rücken und seine Augen waren noch offen. Ich glaube, ich wusste es sofort, aber ich überprüfte seinen Puls, um sicher zu sein. Und dann rief der Pförtner die 999."

„Was hatte er an?", fragte Pete.

Gut, das war die Frage, die mir durch den Kopf ging. Ich war mir nicht sicher, ob Pete meine Fragen spüren konnte, wenn ich mich stark genug darauf konzentrierte oder ob er einfach demselben Gedankengang folgte wie ich.

Die Frage schien sie zu überraschen. „Das hat mich die Polizei auch gefragt. Er war vollständig angezogen. Er trug dieselben Kleider, die er zum Abendessen in deiner Wohnung getragen hatte", sagte sie und sah mich an.

„Er war also noch nicht im Bett gewesen?"

„Ich weiß nicht. Vielleicht war er auch früh aufgestanden und hatte dieselben Sachen angezogen wie am Abend vorher." Sie warf einen Blick auf Pete. „Das hat er oft gemacht."

„Ist dir irgendetwas Merkwürdiges aufgefallen?", fragte Pete. „Etwas Ungewöhnliches?"

„Du meinst, abgesehen davon, dass ein vierundzwanzigjähriger Doktorand tot auf dem Boden lag?"

„Entschuldige, ja, abgesehen davon."

„Der Pförtner fragte, ob er geraucht habe. Offensichtlich ist das Rauchen in den Wohnheimzimmern nicht erlaubt, und außerdem hat Logan nicht geraucht." Sie sah Pete an. „Oder doch?"

„Nicht, dass ich es je gesehen hätte."

„Ich bin mir sicher, dass er es nicht getan hat. Aber der Pförtner hatte recht, es lag ein leichter Rauchgeruch in der Luft. Und da war ein Brandfleck auf dem Boden."

Die Haare in meinem Nacken stellten sich so stark auf, dass sie mir vorkamen wie Stachelschweinstacheln. „Ein Brandfleck?", fragte ich. „Du meinst, als hätte jemand eine Zigarette ausgedrückt?"

Das Wunderbare am Umgang mit Archäologen ist, wie präzise sie sind. Sie sind dafür ausgebildet, beispielsweise zwischen versteinertem Holz und Holzkohle, zwischen den Spuren von Rauch und den Spuren von Flammen zu unterscheiden. Ich stellte mir vor, dass sie das Bild vor ihrem geistigen Auge wieder hervorholte und versuchte zu entscheiden, wie es genau ausgesehen hatte.

Sie sagte: „Es war nicht von einer Zigarette. Tatsächlich war es weniger eine Brandspur als vielmehr eine versengte Stelle. Als ob man ein brennendes Stück Papier auf einen Holzboden fallen lässt und es darauf ausbrennt. Das Brandmal hatte auch eine komische Form, wie ein Stern."

Der Kellner kam mit unseren Getränken zurück und wir machten eine Pause, während wir Zucker und Kaffeesahne hineingaben und umrührten. Während ich mein Getränk vorsichtig aus dem Keramikbecher mit dickem Rand trank, dachte ich über sternförmigen Brandflecken nach.

„War es derselbe Pförtner, der euch gestern Abend reingelassen hat, als ihr nach Hause kamt?", fragte Pete.

„Nein, es war ein anderer. Was seltsam ist, weil der Pförtner heute Morgen sagte, er hätte seit gestern Abend Dienst gehabt. Er konnte nicht sagen, wer uns reingelassen hat."

Ich warf Pete einen intensiven Blick zu, und er fragte: „Hat der Pförtner eine Pause gemacht? Oder ist er eingeschlafen?"

„Du hörst dich genauso an wie die Polizei. Er sagt nein, aber es könnte natürlich sein."

Pete sagte, möglicherweise immer noch meine Gedanken lesend: „Wie sah denn der Pförtner von gestern Abend aus?"

Sie zuckte die Achseln. „Wie ein Pförtner halt. Er war wohl so um die Fünfzig. Ein glatzköpfiger, weißer Mann mittleren Alters. Es war nichts Bemerkenswertes an ihm. Ich würde sagen, er war mittelgroß und durchschnittlich gebaut und trug eine Pförtneruniform. Ich würde ihn in einer Menschenmenge nicht wiedererkennen."

Mir fielen keine weiteren Fragen ein und ich glaube, Pete auch nicht.

Wir nippten weiter an unserem Kaffee, bis Pete fragte, was sie jetzt vorhatte. „Willst du immer noch mit uns auf die Ausgrabung kommen?"

Sie schüttelte den Kopf. „Ehrlich gesagt, ich weiß nicht. Das war ein solcher Schock."

„Und ihr beide standet euch nahe, nicht wahr?"

Ihre Augen füllten sich erneut mit Tränen. „Ja. Wir haben uns wirklich darauf gefreut, die Ausgrabung gemeinsam zu machen. Ich bin nicht sicher, ob ich das allein schaffe."

„Jetzt solltest du noch nichts entscheiden. Nimm dir ein paar Tage Zeit und erhol dich erstmal."

Sie warf einen Blick auf ihre Uhr. „Ich muss meine Eltern anrufen. Ich muss mit jemandem reden, der mich liebt."

Pete sagte: „Komm. Lucy und ich bringen dich zurück und sorgen dafür, dass du sicher in deinem Zimmer eingeschlossen bist."

Sie sah schrecklich dankbar aus, dass ihr die Begleitung angeboten wurde. Und dass er es angeboten hatte, machte mir Pete noch sympathischer. Während wir zurückgingen, erzählte sie ihm, dass Logans Eltern bereits in Oxford waren. Sie hatten die Leiche identifiziert, und sobald sie freigegeben wäre, würden sie Logan zur Beerdigung zurück nach Glastonbury bringen.

Ich empfand so viel Trauer um diesen klugen jungen Mann, der zu früh gestorben war. Ich war entschlossen, diese Sache mit allem zu bekämpfen, was in meiner Macht stand, nicht nur für mich und die arme gefangene Hexe, die all die Jahre im Spiegel festgesessen hatte, sondern auch für Logan.

Nachdem wir Priya sicher in ihrem Zimmer untergebracht hatten, gingen Pete und ich zurück zur Harrington Street. Er fragte: „Was meinst du? War es der Pförtner?"

„Du meinst, der falsche Pförtner? Er muss es gewesen sein. Das scheint das Geniale an diesem Wesen zu sein, es kann sich in etwas völlig Harmloses verwandeln, wie einen Pförtner am Studentenwohnheim."

Ich dachte wieder an den älteren Mann, der sich bei mir um die Stelle als Verkäufer beworben hatte. Ned Cruikshank war genau wie dieser Pförtner. Ein Mann mittleren Alters, keine besonderen Merkmale, durchschnittliche Größe, durchschnittliche Statur. Das einzig besondere an ihm war seine Wollallergie. Ich könnte mir einen Dämon vorstellen, der sich als sanftmütiger Frührentner ausgibt, aber warum sollte er eine Wollallergie haben? Es ergab keinen Sinn.

Mr. Cruikshank hatte den Enthüllungstrank ja auch ohne Wirkung getrunken. Ehrlich gesagt, begann ich mich zu fragen, ob der Trank überhaupt etwas taugte. Und wenn Margaret mir nun im Austausch für meine geliebte Katze einfach etwas Wasser mit ein paar abgekochten Kräutern gegeben hatte? Wenn ja, würde sie mich noch mehr in Gefahr bringen, als ich schon war.

„Du bist tief in Gedanken versunken", sagte Pete neben mir.

„Entschuldige. Ich bin nur durcheinander. Ich weiß gar nicht, wo mir der Kopf steht. Ich kann nicht einfach herumsitzen und darauf warten, dass dieses schreckliche böse Ding mich angreift. Es muss doch einen Weg geben, wie wir es verfolgen können."

„Ich höre."

Ich dachte nach. Ich blieb stehen und drehte mich zu ihm um. „Wovon lebt es? Es hörte sich so an, als ob der arme

Logan keinen Kratzer abbekommen hätte." Ich dachte natürlich an die Vampire und dass es ganz offensichtlich war, dass sie sich von ihren Opfern ernährten, weil sie ihnen das Blut aus dem Körper saugten. Meritamun hatte gesagt, das böse Ding sauge die Kraft und den Lebensgeist aus den Hexen. Aber wie? Hatte es etwas mit diesem Brandfleck zu tun?

„Ich werde dich der einzigen Hexe vorstellen, die ihn wirklich kennt. Ihr Name ist Meritamun und, nun ja, du wirst schon sehen."

Mit einem schnellen Blick die Straße hinauf und hinunter, um sicher zu sein, dass wir allein waren, zog ich den Spiegel aus meiner Tasche. Schon als ich den Griff berührte, spürte ich, dass er bereits warm war. Als ich ihn aus der Tüte holte, stockte mir der Atem. Er pulsierte bereits mit blauem Licht und ich hatte den Zauberspruch noch nicht aufgesagt.

Petes Augen weiteten sich, sein Gesicht nahm im Widerschein dieses seltsamen, pulsierenden Lichts aus dem Spiegel einen bläulichen Schimmer an. „Also verdammt noch mal", sagte er.

Ich war ziemlich in Panik. „Das hat er bisher bei mir noch nie gemacht. Früher musste ich immer diese Beschwörungsformel aufsagen, um ihn zum Leben zu erwecken. Was meinst du, was das zu bedeuten hat?"

Er sah mich an, völlig verdutzt. „Ich weiß nicht. Ich habe diesen Spiegel noch nie gesehen. Es sieht uralt aus."

Richtig, ich hatte nicht klar gedacht. Ich erklärte ihm kurz die Geschichte des Spiegels, wie ich sie kannte. Ich konnte nicht riskieren, dass uns irgendein abendlicher Spaziergänger sah, also zog ich Pete hinter die Mauer des Jesus College und quetschte uns hinter einem Baum, wo wir hoffentlich außer Sichtweite waren. Ich wusste nicht, was ich tun sollte und war froh, einen Zauberer bei mir zu haben, mit dem ich das besprechen konnte.

„Glaubst du, wenn ich die Beschwörung jetzt aufsage, wird sie trotzdem erscheinen?"

Er blickte skeptisch. „Wenn das Ding schon von alleine losgeht, würde ich nicht noch mehr Magie aktivieren wollen. Vielleicht benutzt er diese Meritamun-Figur als einen weiteren Köder, und wenn du diese Worte vorliest, rufst du nicht irgendein süßes junges ägyptisches Mädchen herbei, sondern das furchterregendste Ungeheuer, das du je gesehen hast, fliegt aus dem Spiegel heraus und greift dich an."

„Das ist dann also ein Nein", sagte ich. Sarkasmus war meine letzte Verteidigung, wenn ich Angst hatte.

KAPITEL 16

*P*ete konnte seinen Blick nicht von dem pulsierenden blauen Licht abwenden, das aus dem uralten Spiegel kam. „Wenn ich mitentscheiden darf, sage ich ‚Nein'."

Ich hörte Schritte, die sich uns näherten, und schob den Spiegel schnell zurück in seinen Beutel, wobei ich den Griff immer noch in der Hand behielt, falls ich ihn brauchen würde. Ich drehte mich um, bereit zum Angriff. Pete war ebenso wachsam und drehte sich im selben Moment um. Im Näherkommen wurden die Schritte langsamer, und dann gingen Alfred und Christopher Weaver langsam vorbei, warfen einen Blick in unsere Richtung und gingen weiter, als wären sie nur zwei alte Freunde, die nach einem Abend im Pub nach Hause gingen.

Mit einem kleinen Seufzer der Erleichterung gab ich meine Angriffshaltung auf. Pete beobachtete die beiden noch einen Moment lang, bevor er dasselbe tat. Wir konnten ein paar Gesprächsfetzen hören, als sie vorbeigingen. Irgendwas mit rivalisierenden Fußballteams und einem Entscheidungs-spiel. Ich hatte den Verdacht, dass ihr gesamtes Gespräch fiktiv war, aber sie machten ihre Sache gut. Ich nahm an, dass diejenigen, die anders waren und versuchten, sich in die Gesellschaft einzufügen, sehr gut lernten, sich zu verstellen.

Trotzdem konnte ich mich immer noch nicht entspan-nen. Warum war der Spiegel in meiner Hand immer noch warm? Ich war mir sicher, dass ich das blaue Licht immer noch pulsieren sehen würde, wenn ich in den Lederbeutel schaute. Wollte der Spiegel mir einen Hinweis geben? Oder hatte Pete recht und der Spiegel selbst war bereits eine Bedrohung?

Wir kehrten zurück auf die ruhige Straße und gingen weiter. Die beiden Vampire waren verschwunden, aber ich wusste, dass sie nicht weit weg waren. Als Pete und ich durch die Harrington Street auf den Häuserblock zugingen, in dem mein Geschäft war, wurden wir beide, glaube ich, noch wach-samer. Eine seltsam aussehende Person stand im Schau-fenster des Geschenkeladens, der zwei Türen von Cardinal Woolsey's entfernt lag. Es war eine Frau, und irgendetwas an ihrer Körperhaltung kam mir vage bekannt vor. Sie trug ein langes, schwarzes Gewand, das fast wie ein Mantel aussah. Eine große Kapuze war über ihren Kopf gezogen, so dass ihr Gesicht im Schatten lag. Sie trug einen bedeckten Korb, ähnlich wie Rotkäppchen, nur mit einem schwarzen Umhang. Als wir näherkamen, konnte ich seltsame Geräu-sche aus dem Korb hören.

Es hörte sich an, als ob ein wildes Tier darin gefangen wäre. Es fauchte, spuckte und miaute. Ich wurde schneller, weil ich glaubte, das Miauen wiederzuerkennen.

„Was ist los?", fragte mich Pete im Flüsterton und verlängerte seine Schritte, um mit mir Schritt zu halten. Ich ging so schnell, dass ich fast joggte. „Ich glaube, das ist meine Katze."

Oh, bitte lass es Nyx sein. Als ob die Katze mein Näherkommen spüren konnte, begann sie lauter und klagend zu miauen. Auf das Geräusch unserer eiligen Schritte hin drehte sich die schwarzgekleidete Gestalt in unsere Richtung. Aber wer auch immer den Korb hielt, bewegte sich nicht und sprach auch nicht, bis ich recht nah herangekommen war.

„Margaret?", fragte ich. Die Figur hatte die richtige Größe und allgemeine Form, aber warum in aller Welt verbarg sie ihr Gesicht?

„Sei vorsichtig", warnte Pete, und ich wusste, dass er Recht hatte. Ich musste sehr vorsichtig sein, da ich keine Möglichkeit hatte, die Katze zu identifizieren und die Figur sich nicht gezeigt hatte.

Der Spiegel in meiner Hand wurde wärmer.

Mein Herz klopfte, aber ich denke, das lag zum Teil an der Vorfreude auf das erhoffte Wiedersehen mit Nyx und auch an der nervösen Aufregung, die das seltsame Verhalten des Spiegels bei mir auslöste.

Ich bremste meinen Schritt und begann, mich langsamer zu nähern. Und dann schob die Gestalt den Korb in meiner Richtung und sagte mit einer Stimme, die ich eindeutig als die von Margaret erkannte: „Bist du es, Lucy? Nimm diese verdammte Katze und lass sie nie wieder in meine Nähe kommen."

Sie löste den Verschluss des Weidenkorbs, klappte den Deckel hoch und Nyx sprang heraus und direkt in meine Arme.

„Nyx", rief ich und wiegte meine Katze in den Armen. Gleich begann ich, mich besser zu fühlen. Nyx war ein wichtiger Teil meines Teams, und ich konnte nicht ohne sie in die Schlacht ziehen.

Ich war allerdings neugierig, warum Margaret sie als Bezahlung gefordert hatte und nun so verärgert schien, sie behalten zu haben.

Margaret gab einen Laut von sich, ähnlich wie Nyx, als sie wie wild im Korb herumgetobt hatte. „Oh, jetzt schnurrt sie! Schau dir nur dieses Tier an, wie es sich an dich kuschelt, als wäre sie die liebste, gutmütigste Katze der Welt. Du solltest besser einen Zauberspruch haben, um das hier zu heilen, oder ich werde dich verhexen."

Nachdem sie mir diese wütenden Worte entgegengeschleudert hatte, schob sie ihre Kapuze zurück, und ich hielt vor Erstaunen die Luft an, als ich erkannte, warum sie so verärgert war. Ihr Gesicht war reichlich mit Kratzern übersät, und an jedem Kratzer war eine Reihe schrecklich aussehender Furunkel und Warzen ausgebrochen. Am besten fand ich die besonders knollige Warze am Ende ihrer etwas spitzen Nase. Ich kraulte Nyx unter dem Kinn, einer ihrer Lieblingsstellen, um ihr zu zeigen, wie gut mir gefiel, was sie getan hatte.

Am liebsten hätte ich Margaret Twig gesagt, dass ihr das eine Lehre sein sollte, und dass man einer anderen Hexe nicht ihre Vertraute raubt, aber ich musste bedenken, dass sie nicht nur eine sehr mächtige Hexe war, sondern dass sie mir auch den Enthüllungstrank gegeben hatte – wenn er denn funktionieren würde – und mir mit dem Zauberspruch geholfen hatte.

Ich versuchte, mitfühlend zu sein. „Ich werde in meinem

Familien-Grimoire nachsehen. Darin muss es irgendeinen Zauberspruch geben, der funktioniert."

Dann sah ich sie nochmals an. „Aber du bist doch eine viel mächtigere Hexe als ich. Hättest du dich nicht selbst heilen können?"

Sie zeigte mit einem Finger auf Nyx und ich sah, dass er so stark mit Warzen und Furunkeln übersät war, dass sie ihn nicht einmal geradebiegen konnte. Ihr Finger war hakenförmig und sah scheußlich aus. „Das kleine Biest ist stärker als ich. Ich glaube fast, es ist der Teufel selbst."

Nichts könnte weniger wie der Teufel aussehen als die süße, schwarze Katze, die zufrieden in meinen Armen schnurrte. Sie war geschmeidig und warm, immer noch auf halbem Weg zwischen Kätzchen und Katze. Ich sagte: „Nyx, du bist jetzt zu Hause. Kannst du mir helfen, Margaret zu heilen? Sie verspricht, dass sie dich mir nie wieder wegnehmen wird."

Die Katze schloss ihre grünen Augen halb und ich schwöre, sie starrte Margaret an. Dann drehte Nyx sich zu mir um und leckte meine Hand mit ihrer sandpapierrauen Zunge ab. Als sie mich ansah, wusste ich plötzlich genau, was ich zu tun hatte. Ich rezitierte die Worte eines einfachen Zaubers zur Heilung von Hautkrankheiten, den ich in meinem Grimoire gefunden hatte.

Er hatte funktioniert, als ich einen wirklich lästigen Pickel entfernt hatte. Vielleicht würde er auch bei einem Fluch von Furunkeln und Warzen funktionieren. Ich war mir nicht sicher, ob ich mich an die Worte genau erinnerte, aber ich hatte festgestellt, dass bei der Magie ein Großteil der Kraft aus der Absicht und der richtigen Konzentration herrührte. Ich schaute auf Margarets wahrhaft verunstaltetes

Gesicht und, nachdem ich mich noch eine Sekunde an diesem Anblick erfreut hatte, konzentrierte ich mich ganz darauf, mir ihr Gesicht und ihre Hände mit glatter Haut vorzustellen.

Verunstaltet ist sie, die Haut, eine Pein,
Glatt lass sie werden, und fein.
So sage ich es, so soll es sein.

Während ich den einfachen Reim sagte, griff ich nach vorne und berührte mit meinen – von der Katzenzunge noch feuchten – Fingerspitzen die Kratzspuren auf Margarets Gesicht.

Sofort verschwanden sie. Alles, was blieb, waren ganz leichte Kratzer, die zusehends blasser wurden. Es war wie Magie!

„Jetzt ihre Hände", sagte ich zu Nyx in strengem Ton, streichelte aber mit meiner anderen Hand ihren Bauch, damit sie wusste, dass es nur gespielt war. Nyx leckte wieder gehorsam meine Hand und ich berührte Margarets beide Hände.

„Das sollte genügen", sagte ich.

Ich war mir nicht sicher, ob sie mir glaubte, aber sie griff in eine ziemlich geräumige Handtasche und zog einen Kompaktspiegel heraus, mit dem sie ihr Gesicht betrachtete. Sie neigte ihr Gesicht in diese und jene Richtung und zog dann die Kapuze von ihrem Kopf weg. Sie wirkte nicht gerade dankbar. „Da sind immer noch Kratzer in meinem Gesicht."

Ich dachte, „Danke" wäre vielleicht eine angemessenere Antwort gewesen, aber ich hatte ja auch nicht mehrere Tage mit Warzen und Furunkeln im ganzen Gesicht und an den Händen verbracht. Ich sah sie genau an.

„Sie werden von Minute zu Minute schwächer. Wenn sie bis morgen nicht vollständig verschwunden sind, kommst du wieder und ich mache eine weitere Behandlung."

Sie schniefte und war eindeutig verärgert, dass sie Anweisungen von einer viel jüngeren und weniger erfahrenen Hexe bekam. Aber sie musste ebenso wie ich wissen, dass die Magie nicht von mir, sondern von Nyx kam. Schließlich sah sie die Katze an und nickte.

Dann, fast so, als sähe sie Pete zum ersten Mal, schnauzte sie: „Und auf ihn solltest du lieber einen Vergessenszauber anwenden."

„Er ist einer von uns", sagte ich.

Pete nickte. „Margaret Twig. Du warst in Sydney, um einen Workshop über Heilkräuter zu geben. Das war sehr beeindruckend. Ich denke, wir alle haben an diesem Abend eine Menge gelernt."

Ich hatte das Gefühl, dass Margaret plötzlich bessere Laune bekam. Sie sah Pete an, dann senkte sie ihr Kinn und flirtete mit den Augen. „Danke. Ihr habt bei euch da unten ein paar sehr fähige Hexen."

Jetzt, wo sie sich beruhigt und ich meine Katze zurückhatte, fühlte ich mich Margaret gegenüber freundlicher gestimmt. Außerdem war ich neugierig, ob sie die seltsame Veränderung der Energie in der Atmosphäre gespürt hatte. „Hast du heute Abend auch eine seltsame Energie wahrgenommen?"

Sie sah mich scharf an. „Ich dachte, es wäre nur meine eigene Wut, die auf mich zurückstrahlt, wegen dem, was diese elende Katze in meinem Gesicht angerichtet hat."

„Spürst du sie noch?"

Sie atmete langsam ein und aus, und schloss die Augen. Ich hatte Nyx zurück und war nur noch wenige Meter von meinem Zuhause entfernt, wo ich mich sicher fühlte, und doch witterte ich Gefahr und spürte das Knistern negativer Energie in der Luft. Es war schwer zu erklären, so, wie ein schwacher Geruch, an den man sich so gewöhnt hat, dass man ihn kaum noch wahrnimmt, aber den man riechen kann, wenn man sich einen Moment lang darauf konzentriert.

Sie öffnete ihre Augen und nickte. „Da ist etwas." Sie musterte mich prüfend. „Du bist nicht tot, wie ich sehe. Aber ich nehme an, den Dämon, der hinter dir her ist, hast du noch nicht besiegt. Hat der Enthüllungstrank nicht funktioniert?"

„Nun, er hat kein Monster entlarvt, wenn du das meinst. Aber ich habe darauf vertraut, dass die, die ihn geschluckt und sich nicht in etwas Böses verwandelt haben, wahrscheinlich ungefährlich waren."

Sie zuckte die Achseln. „Es sei denn, das Böse ist mächtig genug, den Zauber zu neutralisieren."

Das war möglich? Und das sagte sie mir jetzt erst? Ich hatte gut Lust, sie meinerseits zu kratzen und mit einer neuen Ladung Furunkel und Warzen auszustatten. „Willst du damit sagen, es könnte sein, dass er nicht funktioniert?"

Ihr Mantel flatterte, als sie mit den Schultern zuckte. „Es ist nicht völlig auszuschließen."

Ich hatte genug von dieser Hexe und ihrer herablassenden Art. „Ich gehe jetzt rein. Meine Mutter ist den ganzen Abend allein gewesen und wie ich sie kenne, hat sie wahrscheinlich vergessen, etwas zu essen. Ich würde dich ja hereinbitten, aber Mom glaubt nicht an Hexen."

„Gütiger Himmel. Starkes, echtes Hexenblut durchströmt sie. Es ist sehr traurig, wenn jemand seine wahre Natur verleugnet."

Das hörte man oft, aber ich war mir nicht so sicher, ob es stimmte. „Ich glaube wirklich nicht, dass Mom eine Hexe ist."

„Unsinn. Deshalb ist deine Magie so mächtig. Sie hat ihre eigene verweigert, und die musste irgendwo hin, also kam sie zu dir."

Das klang in meinen Ohren nicht besonders gut. „Du meinst, ich bin so etwas wie eine Doppelhexe?"

Pete sagte: „Du bist eine Superhexe, sozusagen in Übergröße."

Kopfschüttelnd betrachtete ich die beiden. „Ich wünsche euch beiden noch einen schönen Abend, ich gehe nach Hause ins Bett, und zwar jetzt."

„Warte", sagte Pete. „Ich komme mit rein. Ich will sichergehen, dass alles in Ordnung ist, und dann gehe ich nach Hause." Er warf Margaret einen frechen Blick zu. „Und ich bin deiner Mutter sympathisch."

Ich hatte jetzt Nyx, also brauchte ich ihn nicht wirklich, aber er war so nett zu mir gewesen, dass ich es nicht übers Herz brachte, ihm zu sagen, er könne nicht mit reinkommen. Ich nickte und ging auf meinen Laden zu.

„Wartet", sagte Margaret und huschte zu uns herüber. „Bei der komischen Energie, die in der Luft liegt, braucht ihr alle Hilfe, die ihr bekommen könnt. Ich komme ebenfalls mit."

„Ok", sagte ich. „Aber denk dran, du bist nur eine Freundin, die ich in Oxford kennengelernt habe."

„Du kannst ihr sagen, dass ich manchmal deine Katze hüte", sagte sie und streckte die Hand aus, um Nyx am Kopf zu streicheln. Nyx zischte und schlug mit ausgefahrenen Krallen nach ihr.

„Ja, das glaubt sie sofort."

KAPITEL 17

ir kamen zum Strickladen und obwohl die Jalousie geschlossen war, konnte ich drinnen ein schwaches Licht sehen. Ich wäre normalerweise den ganzen Weg um das Haus herum und von hinten hineingegangen, aber da ich offensichtlich eine Lampe hatte brennen lassen, beschloss ich, durch den Laden hineinzugehen.

Ich schloss die Tür auf und bemerkte dabei, dass mit dem Spiegel in meiner Tasche etwas sehr Merkwürdiges vor sich ging. Er begann zu summen. Ich schaute zu den anderen, um zu sehen, ob sie es hören konnten, aber sie unterhielten sich über gemeinsame Bekannte in Australien. Dann blickte ich noch einmal die dunkle Straße hinauf und hinunter. Ich wäre wirklich froh gewesen, wenn ich erst drin und in Sicherheit wäre, um den Rest des Abends mit meiner Mutter in dem Wissen zu verbringen, dass ich viele Beschützer in meiner Nähe hatte. Ich wusste zwar, dass man den Vampiren in der Nähe der meisten Menschen vertrauen konnte, aber ich vermutete, dass sie nur zu gerne ihren Instinkten des Tötens und Zerstörens freien Lauf lassen würden, wenn es ein echtes Ungeheuer zu besiegen gäbe.

Ich öffnete die Ladentür und ging hinein. Zu meiner Überraschung saß meine Verkäuferin auf dem Stuhl und häkelte schnell eine ihrer kleinen Puppen. Sie trug ein lilafarbenes Mantelkleid, das das Silbergrau ihrer Haare betonte. Ihren rosa Lippenstift hatte sie frisch aufgetragen. In der Tat sah sie aus, als wäre sie bereit, einen neuen Arbeitstag zu beginnen, obwohl es fast Schlafenszeit war.

„Eileen", sagte ich erstaunt.

Sie stand auf und lächelte mich an. „Guten Abend, Lucy. Sie kommen ja ziemlich spät nach Hause. Draußen rumgehurt, wie? Ihre Mutter hat sich schon Sorgen gemacht."

Rumgehurt?" Hatte ich sie richtig verstanden?" Während ich sie anstarrte und mich fragte, ob ich ihr für ihre Kritik an meinem persönlichen Verhalten einen Rüffel erteilen oder sie fragen sollte, warum sie hier war, bemerkte ich etwas sehr Merkwürdiges. Ihre Umrisse begannen zu schimmern.

Das Brummen des Spiegels wurde lauter und ich nahm den Spiegel fester in die Hand. *Oh, nein!* Nicht Eileen. Nicht die Verkäuferin, der ich so vertraute! Aber mir gefiel weder ihr Blick noch, dass sie meine Mutter erwähnt hatte. „Was meinen Sie damit, dass meine Mutter sich Sorgen um mich macht?"

Mein Herz klopfte unangenehm schnell und ich war sehr froh, Pete und Margaret als Unterstützung zu haben.

Nyx gab einen Laut von sich, den ich noch nie zuvor von ihr gehört hatte. Ein Knurren, tief in ihrer Kehle. Es war fast im Einklang mit dem Brummen, das aus dem Spiegel kam.

Dann hörte ich aus dem Hinterzimmer eine Stimme, die unverkennbar die meiner Mutter war. Sie rief: „Lucy, lauf!"

Ich schaute hinter mich zur immer noch offenen Tür, nicht um wegzurennen, sondern um sicherzugehen, dass Pete und Margaret hinter mir waren. Ich war so froh, dass sie sich entschlossen hatten, mitzukommen, denn ich war mir sicher, dass ich alle Hilfe brauchen würde, die ich bekommen konnte. Aber zu meinem Entsetzen konnte ich die beiden auf der anderen Seite des Ladeneingangs sehen. Ihre Münder waren offen, und es schien, als würden sie sprechen oder eher schreien, und mit den Fäusten auf etwas einhämmern, das nichts als Luft zu sein schien.

Eileen sagte, immer noch in diesem gemütlichen, groß-mütterlichen Tonfall: „Ich denke, es ist Zeit, dass deine Freunde nach Hause gehen."

Und dann bewegte sie ihre Häkelnadel wie einen Zauber-stab, murmelte etwas in einer mir unbekannten Sprache und ließ die Tür vor den Augen der beiden zuknallen.

Zweifellos hätte Margaret einen Zauber, der ebenso mächtig war. Ich musste darauf vertrauen, dass sie und Pete die Barriere durchbrechen würden, aber in der Zwischenzeit musste ich herausfinden, was mit meiner Mutter los war.

Ich ging nach hinten und Eileen hielt mich nicht auf. Tatsächlich folgte sie mir, wobei ihre orthopädischen Schuhe auf dem Holzboden leise Klopfgeräusche verursachten.

Ich zog den Vorhang zurück und da war Mom.

Sie saß auf einem der Stühle im Hinterzimmer. Sie trug immer noch dieselbe schwarze Hose und den blauen Pull-over, den sie vorher getragen hatte. Sie sah nicht anders aus als eine der Vampirstrickerinnen, die den ganzen Tag über hier gewesen waren. Nur waren ihre Arme scheinbar hinter ihrem Rücken festgebunden und sie war nicht in der Lage, von ihrem Stuhl aufzustehen. Jetzt, wo ich hinschaute, konnte ich sehen, dass ihre Knöchel mit einem groben Seil an den Stuhlbeinen festgebunden waren. Außerdem war sie an der Taille gefesselt. Ihre Augen waren glasig vor Schreck.

„Mom!", schrie ich und rannte auf sie zu. Ich setzte Nyx ab, damit meine Hände frei waren, um sie loszubinden. Aber bevor ich nahe genug war, um sie zu berühren, versperrte mir eine plötzliche Stichflamme den Weg. Es war ein solcher Schock und so unerwartet, dass ich schrie und zurücksprang. Dies war keine pyrotechnische Täuschung mit einer künstlichen Flamme. Ich spürte die Hitze und hörte zu meinem Entsetzen das Knistern und Knacken, als der Holzboden meines Ladens Feuer fing. Ich konnte meine Mutter sehen, die auf der anderen Seite der Flammenwand auf ihrem Stuhl zappelte. Ich hatte Angst, sie könnte ihn umstoßen und der Holzstuhl würde Feuer fangen.

Den Zauberspruch, um ein Feuer zu löschen, kannte ich nicht. Ich war zwar nur ein Baby, eine junge Hexe, aber hinter diesen Flammen war meine Mutter. Ich musste mich konzentrieren. Das war alles, woran ich denken konnte. Ich erinnerte mich daran, dass meine Großmutter mir erzählt hatte, dass die Kraft einer Hexe aus der natürlichen Welt, aus den Elementen, kommt und darauf beruht sie in der Lage ist, deren Kraft als ihre eigene zu nutzen. Ich stellte mir vor, ich wäre kühles Wasser. Ich visualisierte einen Wasserfall. Einmal hatten wir im Sommer einen Familienausflug nach Maine gemacht, an den erinnerte ich mich. Mom, Dad und ich. Wir waren eines Tages zu einem Wasserfall gewandert und hatten unterwegs Picknick gemacht. Es war kein besonders spektakulärer Wasserfall gewesen. Aber ich konnte mich an meine Eltern erinnern, die Händchen hielten und so glücklich aussahen, und daran, wie ich mich draußen in der

Natur gefühlt hatte. All das nutzte ich. Die Liebe und Unterstützung von Menschen, die mir wichtig waren, das Gefühl, eins mit der Natur zu sein, und dann konzentrierte ich meine ganze Aufmerksamkeit auf die Erinnerung an diesen Wasserfall. Ich begann zu frösteln, wie wenn einer der Vampire mich berührte.

„Lösche das Feuer", sagte ich laut. Es war keinerlei Zauberspruch, es reimte sich nichts, es war keine magische Beschwörung, aber nie hatte eine Hexe ihre Worte aufrichtiger ausgesprochen.

Ich schaute zu Nyx hinüber, die gehorchte und auf mich zukam, und ich hob die Katze auf und hielt sie im Arm, wobei ich mir vorstellte, wie der Wasserfall Wasser auf das Feuer schüttete. Das Feuer wurde schwächer, und die Flammen sanken, bis sie nur noch etwa zwei oder drei Zentimeter über den Boden ragten, aber sie brannten weiter.

Ich drückte Nyx kleinen, warmen Körper an meinen, während wir beide nun in die Flammen blickten und wieder sagte ich: „Lösche das Feuer."

Und ganz so, als hätte jemand die Flammen ausgeschaltet, gingen sie einfach aus.

Ich setzte die Katze ab und rannte noch einmal auf meine Mutter zu. Als mein Fuß auf die Stelle mit der Asche trat, wo das Feuer gewesen war, schoss ein Schmerz durch meinen Fuß und mein Bein hinauf. Ich stieß einen Schrei aus und prallte zurück. Ich hatte noch nie einen Elektrozaun angefasst, aber ich wusste instinktiv, was sie getan hatte. Sie hatte einen unsichtbaren Elektrozaun zwischen mir und Mom errichtet.

Ich drehte meinen Kopf, und da stand Eileen in der Tür und stützte ihre Hände auf ihren dicken Bauch. Sie schüttelte den Kopf. „Benutzen Sie Ihre Intelligenz, Kindchen. Ich lasse Sie diesen Kreis nicht übertreten."

„Sie brauchen meiner Mutter nichts zu tun. Sie ist keine Hexe."

Dieses Wesen, das ich nicht mehr als Eileen, meine ach-so-hilfreiche Verkäuferin betrachten konnte, zog einen weiteren der Holzstühle heran und machte es sich darauf bequem. Dann häkelte sie weiter. Sie saß zwischen mir und der Tür zum vorderen Teil des Ladens.

„Natürlich ist Ihre Mutter eine Hexe. Sie ist in ihrer Verleugnung gefangen. Aber wenn Sie nicht mehr da sind, wer sagt, dass sie dann nicht plötzlich ihre inneren Kräfte anerkennt? Und der Wunsch nach Rache ist eine mächtige Kraft. Nein, es wäre zu mühsam, noch einmal wiederkommen zu müssen, um eine weitere von euch zu entsorgen. Außerdem denke ich, dass es ziemlich amüsant sein wird, wenn Sie zusehen, wie Ihre Mutter stirbt."

Sie nähte ein paar Knopfaugen an eine ihrer Häkelpuppen. Während sie sich auf ihre Arbeit zu konzentrieren schien, zog ich den Spiegel aus meiner Tasche und begann, indem ich ihn auf sie richtete, den Zauberspruch aufzusagen, den Margaret mir gegeben hatte. Eileen sah nicht von ihrer Arbeit auf.

Ich hatte erst ein paar Worte herausbekommen, da nahm sie die Nadel, die sie zum Annähen der Knöpfe benutzte, und stach sie in aller Ruhe in das Handgelenk der Puppe. Ich schrie auf, denn ich spürte, wie ein schrecklicher Schmerz mein eigenes Handgelenk durchfuhr. Der Spiegel fiel scheppernd auf den Boden. Als ich nach unten sah, sah ich, wie Blut aus meinem Handgelenk rann, genau so, als hätte mich dort eine Nadel gestochen.

„Sie werden langsam langweilig." Das klang zwar beiläufig, aber ich vermutete, dass der Dämon eine Menge Energie aufwenden musste, um die Barriere aufrechtzuerhalten, die Margaret und Pete draußen hielt. Außerdem hatte er das Feuer gezündet und mich gestochen. Ich bemerkte, dass er Schwierigkeiten hatte, Eileens Erscheinung aufrechtzuerhalten. Ihre Gestalt verschwamm nicht nur an den Rändern, sondern auch Eileens Gesicht fing an, sich zu verändern und aus der Form zu geraten.

Was auch immer darunter war, es war grauenhaft. Ich erhaschte einen Blick auf etwas Skelettartiges mit hohlen Augen. Man sah, wie Flammen in die leeren Augenhöhlen aufstiegen. Das Wesen schien sich wieder in die Eileen-Figur zurückzuverwandeln, aber ich fragte mich, wie viel Energie es wohl brauchte, um all die starken Zaubersprüche auf einmal aufrechtzuerhalten. Genug, um es zu schwächen, hoffte ich.

Margaret würde alles daransetzen, den Bann zu brechen, der sie draußen hielt, das wusste ich. Pete half zweifellos mit, obwohl ich aufgrund der Schlaggeräusche annahm, dass er im Moment eher an menschlicher, physischer Kraft interessiert war. Die Magie überließ er Margaret.

Zweifellos wollte der Dämon die Energie aus mir und Mom heraussaugen und seine eigenen Reserven wieder auffüllen. Ich hatte nicht die Absicht, das zuzulassen. Ich war mir aber nicht sicher, ob ich es alleine schaffen würde.

Wo war Rafe? Und wo waren die anderen Vampire? Sie mussten die Schreie gehört haben.

Ich bemerkte, dass die Falltür von meiner Seite aus verriegelt war. Und wenn ich sie öffnen könnte? Was wäre, wenn dieser Begrenzungszauber nur an den Rändern meines

Ladens und meines Hauses funktionieren würde, nicht aber darüber oder darunter?

Ich schaute zu Nyx hinüber, dem einzigen magischen Wesen, das sowohl hier drin als auch meine Verbündete war. Die Katze hatte sich zurückgezogen und war auf den Tisch gesprungen, auf dem wir die Teesachen aufbewahrten. Sie lag dort wie eine Sphinx, mit nach vorne gestreckten Pfoten und erhobenem Kopf. In diesem Moment und in dieser Pose sah sie so königlich und so gefährlich aus wie eine Katzengöttin. Sie schien auf den richtigen Zeitpunkt zu warten. Was hätte sie sonst auch tun können?

Meine Mutter hatte immer noch glasige Augen vor Schreck, schien aber ansonsten unverletzt. Ich dachte, dass sie vielleicht einen flüchtigen Blick auf das Wesen geworfen hatte und jetzt vor lauter Entsetzen wie erstarrt auf diesem Stuhl saß. Sie wehrte sich nicht einmal gegen ihre Fesseln. Fast so, als hätte sie akzeptiert, dass sie geopfert werden sollte, und wäre entschlossen, in Würde zu sterben.

Aber ich würde nicht in Würde sterben, und ich wollte auch meine Mutter nicht sterben lassen. Auf jeden Fall nicht, ohne vorher jedes Quäntchen Kampfgeist, das ich in mir hatte, zu mobilisieren.

Als ich Nyx neben den Teesachen sitzen sah, hatte ich eine Idee. Ich sagte: „Eileen, ich könnte uns doch eine schöne Tasse Tee machen und wir können über alles reden?"

Das Wesen sah wieder ganz wie Eileen aus. Ihre Stimme klang so lieb wie immer. „Wenn Sie möchten, meine Liebe. Nur keine Eile. Ich kann sowieso nicht gehen, bevor Ihr Vater nach Hause kommt."

Oh mein Gott, nicht mein Dad. „Lassen Sie ihn aus dem

Spiel", sagte ich. „Er ist ein ganz normaler Sterblicher, das müssen Sie doch wissen."

„Natürlich weiß ich das. Aber ich werde alle Spuren beseitigen. Es wird einen sehr tragischen Hausbrand geben, leider. Mit all der Wolle, den Zeitschriften mit Strickmustern und dem alten Gebälk mitten im Haus wird es eine richtige Feuersbrunst werden." Sie genoss es, dieses Wort auszusprechen. „Nichts wird irgendeinen Verdacht wecken. Es ist ein weiterer, tragischer Unfall. So etwas kann jeden Tag vorkommen."

Ich erschrak. Fieberhaft versuchte ich, einen klaren Gedanken zu fassen. Ich musste die Kontrolle über meine Emotionen behalten. Ich musste meine Energie und meine Zauberkraft sparen und nachdenken. Sie ließ mich den Wasserkocher aufsetzen und ich klapperte mit den Tassen, damit sie dachte, meine Hände würden zittern. Tatsächlich waren sie bemerkenswert ruhig. Ich spürte eine kalte Stille in mir. Ich kann es nicht erklären, aber ich spürte plötzlich, dass ich Kraft aus anderen Quellen als nur aus mir selbst bezog.

Ich sah meine Mutter an. Sie starrte mich mit einem sehr merkwürdigen Gesichtsausdruck an, und ich dachte – nein, ich begriff –, dass sie in diesem Moment ihre Macht als Hexe erkannte und, wie ich vermute, befreite. Ich schloss meine Augen und ließ unsere Kräfte sich vereinen. Nyx stieß mit dem Kopf gegen meine Fingerknöchel, dort, wo ich mich an den Tisch lehnte, und ich spürte auch ihre Kraft. Und ich spürte, dass sie auch von Margaret und Pete ausging, und von dem Netzwerk, aus dem sie schöpften. Alle Hexen aus der Vergangenheit und Gegenwart von Oxford schienen mir zuzuflüstern: *Du bist nicht allein.*

Das Teewasser kochte. Ich holte die Flasche mit dem

Enthüllungstrank aus meiner Tasche. Ich hatte mir nicht die Mühe gemacht, Tee zu machen, sondern goss die Flüssigkeit direkt in die Teetasse und kochendes Wasser darüber. Dann ging ich hinüber, als wollte ich Eileen eine Tasse Tee anbieten, und schüttete ihr die Flüssigkeit über.

Sie zuckte zusammen, wand sich und schrie auf, aber mehr vor Wut als vor Schmerz. Und dann wünschte ich mir fast, ich hätte ihr den Enthüllungstrank nicht übergeschüttet, denn er war sehr wirkungsvoll. Entsetzt sah ich, wie die Eileen-Fassade sich überall dort auflöste, wo der Enthüllungszauber Spritzer hinterlassen hatte. Ein Arm war immer noch in ihr lila Mantelkleid gehüllt, und ein Teil ihrer Brust blieb in der Form, die ich von Eileen kannte. Das meiste vom Gesicht und den Haaren war erhalten geblieben, aber das, was darunter lag, war wie ein lebendes Skelett, in dem Feuer pulsierte, zusammen mit einer ganz schrecklichen, ekelhaft flüssig wirkenden Substanz.

Das Ungeheuer starrte mich an. „Das war nicht sehr klug.“

„Gehen Sie weg von hier und lassen Sie uns in Ruhe.“ Ich klang wie ein verängstigter Teenager in einem Horrorfilm. Ungefähr so fühlte ich mich auch.

Das Wesen, halb Eileen und halb Ungeheuer, grinste. „Also, wie werden wir jetzt die Mami los? Ich wähle gern die Todesart passend zum Opfer. Dieser niederträchtige junge Zauberer, Logan, hatte sein Herz an diese langweilige junge Archäologiestudentin verloren. Als sie sich verabschiedeten, sagte er zu ihr: „Du bringst mein Herz zum Explodieren.“ Das war ein passendes Ende für ihn.“ Es erklang ein Kichern, das sich teils nach Eileen, teils nach etwas, das nicht von dieser Welt war, anhörte. Es war der Klang des Bösen.

„Wenn sie die Autopsie machen, werden sie genau das finden. Sie werden es ein Aneurysma nennen, was in Fällen von mysteriösen Todesfällen unter jungen Menschen recht häufig vorkommt. Aber in Wirklichkeit ist sein Herz explodiert. Ich würde das poetische Gerechtigkeit nennen, Sie nicht?"

Sie zupfte die Wollpuppe zurecht, die sie jetzt fertiggestellt hatte, und nahm eine andere aus ihrer Stricktasche. Jetzt konnte ich sehen, dass die zweite Puppe Haare aus schwarzer Wolle hatte, die mit zwei Strähnen weißer Wolle durchsetzt waren. Ich erinnerte mich daran, wie ich den Schmerz gespürt hatte, als sie eine Nadel in die andere Puppe stach. Jetzt fiel mir auf, dass jene Puppe gelbe Wolle an ihrem Kopf kleben hatte.

„Nein", flüsterte ich.

Wie hatte ich nur so dumm sein können? Sie hatte sie mir gegenüber Wunschpuppen genannt, und ich dachte, weil ihr Enkelkinder sich diese immer wünschten. Natürlich waren Wunschpuppen auch eine Art Voodoo-Puppe, also eine Figur, die einen Menschen darstellte, und wenn man dieser Puppe etwas Schlimmes antat, konnte das menschliche Opfer das spüren.

Das Ungeheuer grinste mich an, es war ein schreckliches Grinsen, und eine Flamme züngelte zwischen seinen Lippen hervor. „Du warst bemerkenswert dumm, aber endlich hast du es kapiert."

„Ich habe Ihnen vertraut."

Sie kicherte wieder. „Das perfekte Ende für eine Hexe, die ein Strickwarengeschäft besitzt, sollte der Tod durch Wolle und Nadeln sein, meinst du nicht auch?"

Es war schrecklich, diese liebe ältere Frauenstimme zu

hören, die aus dieser Gestalt tönte, die halb menschlich war, halb einer Horrorvision entsprungen schien. Ich wünschte, ich hätte den Enthüllungstrank nicht auf das Ungeheuer geworfen, jetzt war es so scheußlich anzusehen, dass ich den Anblick kaum ertragen konnte.

Ich sagte nichts. Ich hatte keine Ahnung, wie ich es erreichen konnte, und vermutete, dass ich mit einem Argumentationsversuch alles nur noch schlimmer machen würde. Das Ungeheuer nahm die Finger seiner noch weitgehend menschlich aussehenden Hand und zog damit an der schwarz-weißen Wolle, als wollte es prüfen, ob sie fest an der Puppe anlag. Meine Mutter schrie auf, ihre Haare standen aufrecht und es schien sie hoch- und vom Stuhl ziehen zu wollen, aber das Seil um ihre Taille hielt sie unten. Ich konnte sehen, wie sich die Haut auf ihrer Stirn spannte, und dann ließ das Ungeheuer los und sie sackte zurück in den Stuhl.

Das Eileen-Ungeheuer sagte: „Ich könnte die Puppe einfach verbrennen, aber das ginge zu schnell und wäre viel zu offensichtlich. Natürlich wird sie am Ende verbrennen, aber wir sollten nichts überstürzen."

„Es muss doch etwas geben, was ich tun kann", sagte ich mit trockenen Lippen. „Etwas, das Sie wollen."

Sie kicherte wieder. „Das ist es, was ich will." Sie schaute zu ihrem Püppchen, dann zu mir und dann zu Mom. „Wir sollten sie einfach aufdröseln. Das dürfte lustig werden."

Tu etwas, sagte ich zu mir selbst.

Ich kam auf die Beine und rannte auf das Wesen zu, weil ich dachte, wenn ich schnell genug wäre, könnte ich ihr die Puppe wegnehmen, aber ich wurde durch den Stromstoß zurückgeworfen, bevor ich auch nur einen Meter an sie herankam. Ich wurde mit voller Wucht gegen die Wand geschleudert und rutschte zu Boden. Meine Füße stießen gegen den Teppich, mit dem die Falltür abgedeckt war.

Ich konnte die Vampire da unten spüren, da war ich mir sicher. In der Ecke des Raumes stand der Korb, den ich beim allerersten Treffen des Vampir-Strickclubs mitgebracht hatte. Er enthielt noch Weihwasser und die hölzernen Stricknadeln, die ich angespitzt hatte. Ich rollte mich herum und nutzte den Angriff als Ablenkung um auf Händen und Knien kriechend an den Korb zu kommen. Ich griff hinein und zu meiner Erleichterung waren die Stricknadeln noch da. Eine nahm ich.

Zauberstäbe waren eigentlich eher Wünschelruten, eine Möglichkeit, die Kraft des Zaubers zu fokussieren. Ich sagte die Worte, die eine verschlossene Tür öffnen würden, und richtete meinen Zauberstab auf die Falltür. Ich hörte es klicken, als sie sich öffnete, und dann wartete ich.

Das Ungeheuer hatte es nicht einmal bemerkt; es war zu sehr damit beschäftigt, meine Mutter zu quälen. Am Anfang ihrer Häkelarbeit befand sich ein Knoten, direkt unter den Fußsohlen der Puppe. „Wir fangen unten an und arbeiten uns nach oben. Auf diese Weise kann Ihre Mutter ihren eigenen Tod beobachten. Das kann nicht jeder von sich behaupten." Und dann schnitt sie den Knoten durch, nahm das lose Ende der Wolle und begann zu ziehen.

Als sich die Fäden auflösten, schrie Mom und begann sich zu winden.

Ihre Füße verschwanden.

KAPITEL 18

*D*er Teppich bewegte sich und zu meiner großen Erleichterung stürzten Rafe, Alfred und Christopher Weaver in den Raum. Das Ungeheuer erhob sich und stieß einen grässlichen Schrei aus, während die Vampire knurrend, bleich und blutdürstig vorrückten.

Sie schrien auf und prallten zurück, als sie auf das elektrische Kraftfeld trafen, aber dieser Moment der Unaufmerksamkeit genügte mir. Ich griff nach dem Spiegel. Das Licht pulsierte in ihm und er summte wieder, und als ich den Zauberspruch aufsagte, den Margaret mir gegeben hatte, spürte ich, wie die Kraft mich erfüllte und durchströmte. Ich drängte mich durch die Vampire und hielt den Spiegel vor die furchterregenden Augen des Dämons.

„Schaut weg!", rief ich meinen Freunden zu, schloss selbst die Augen und blickte nach unten. Als die volle Wucht des Bösen mit seinem eigenen Spiegelbild zusammenprallte, gab es eine schreckliche Explosion. Ich konnte den Spiegel nicht mehr festhalten. Er wurde mir aus den Händen gerissen. Hinter meinen geschlossenen Lidern konnte ich den

Schein eines großen Feuers sehen, dann wurde er schwächer und ich öffnete meine Augen.

Auf dem Boden lag nur noch ein Haufen schwelender Glut. Rafe stürmte vor und stampfte darauf herum, wobei er die glühenden Kohlen auseinandertrat. Pete und Margaret kamen hereingerannt, und Pete begann sofort, Rafe zu helfen, indem er die feurige Glut zertrat und verteilte, bis nur noch tote Asche übrig war.

Während sie das taten, rannte ich zu meiner Mutter. Ich fummelte mit zitternden Fingern an den Knoten herum, bis Margaret, deren Verstand klarer war als meiner, einen Befreiungszauber sprach und meine Mutter sofort losband.

Meine Mutter konnte aber nicht vom Stuhl aufstehen, da ihre Füße weg waren.

Es floss weder Blut noch hatte sie offensichtliche Verletzungen. Es war, als hätte jemand einen Radiergummi zu einem Bild von Mom genommen und ihre Füße und einen ihrer Knöchel ausradiert.

Ich schaute Margaret an. „Kannst du das reparieren?"

„Ich weiß nicht. Wie wurde es gemacht?"

„Es war die Puppe, wo ist die Puppe?" Ich schaute mich um und sah, wie Nyx die Wunschpuppe aufhob, als wäre sie ein Spielzeug. Die Katze starrte Margaret an, ging an ihr vorbei und ließ mir die Überreste der gehäkelten Puppe spielerisch vor die Füße fallen. „Brave Katze", sagte ich.

Margaret verdrehte die Augen. „Kein Wunder, dass sie mich gehasst hat. Du behandelst das Tier ja wie einen Hund."

„Nyx ist meine treue Freundin, was auch immer sie ist."

Ich streichelte Nyx und sie begann zu schnurren. Margaret hob die Puppe auf, und dort, wo die Beine der gestrickten Puppe endeten, hing ein langer Wollstrang herunter.

Christopher Weaver trat vor und streckte die Hand aus. „Darf ich?" Er nahm Margaret die Puppe aus der Hand. Christopher Weaver war nicht nur Vampir, er war auch Arzt und ich hatte die Hoffnung, dass er Mom heilen könnte.

Er rieb die Wolle zwischen seinen Fingern und besah sich die Größe der Maschen genau. Dann sah er sich auf dem Boden um und fand die Häkelnadel, die Eileen benutzt hatte.

Er schaute hinüber zu Mom und Margaret, Pete, Rafe und Alfred. Alle starrten ihn an. „Habt ihr etwas dagegen, wenn ich in den vorderen Laden gehe? Ich finde die ganze Aufmerksamkeit irritierend."

„Natürlich, du brauchst nicht zu fragen." Ich biss mir auf die Lippen. „Aber bitte, beeil dich."

Fuß- und fassungslos saß meine Mutter da. Margaret sprach mit leiser Stimme zu ihr. Ich glaube, sie tröstete sie, und sagte ihr, sie solle sich keine Sorgen machen. „Bald haben wir dich wieder auf den Füßen."

Wir wechselten einen Blick und Margaret verzog selbst das Gesicht über ihr eigenes, vermutlich versehentliches und höchst peinliches Wortspiel.

Aber aus irgendeinem Grund war die unglückliche Wort-wahl das Stärkungsmittel, das meine Mutter brauchte. Sie begann zu lachen. „Nun", sagte sie, „man muss nur einen Fuß vor den anderen setzen."

„Zeigt her eure Füße, zeigt her eure Schuh", ließ sich Pete vernehmen.

„Jetzt stehst du aber mit einem Fuß im Fettnapf", sagte Alfred.

Ich hielt es nicht mehr aus. Ich ließ die anderen ihre

fürchterlich geschmacklosen Wortspiele machen, ging in den Laden und schaltete das Licht ein, damit Christopher auch richtig sehen konnte.

Ich wuselte herum und wartete, während er die Füße rasch wieder an die Puppe häkelte. Als er mit den Füßen fertig war und das letzte Stück Wolle verknotete, ertönte Jubel aus dem Hinterzimmer. Ich seufzte vor Erleichterung und umarmte den Vampir, und dann rannten wir beide nach hinten, wo meine Mutter aufstand, um ihre nagelneuen Füße auszuprobieren.

Sie blickte hinab auf ihren alten Joggingschuhe. „Das sind wirklich grässliche Schuhe. Was habe ich mir nur dabei gedacht?" Sie sah auf und lächelte uns alle an. „Zur Feier meiner restaurierten Füße kaufe ich mir morgen ein schönes neues Paar Schuhe!"

Sie ging hinüber, nahm mich in die Arme und drückte mich fest an sich. Ihre Stimme zitterte nur leicht, als sie sagte: „Und zur Pediküre gehe ich auch, glaube ich. Lucy, magst du mitkommen? Ich glaube, wir könnten beide einen Tag im Wellnessstudio gebrauchen."

Ich hatte noch nie eine Frau gekannt, die weniger geneigt war, sich einen Tag Wellness zu gönnen als meine Mutter. In diesem Moment wurde mir klar, wie sehr sie noch unter Schock stand. Natürlich sagte ich ja.

Sie warf einen Blick auf den Aschehaufen und schluckte. „Wenn es euch allen nichts ausmacht, gehe ich jetzt lieber nach oben. Ich ertrage es hier nicht länger. Warum kommt ihr nicht einfach alle mit rauf? Es ist noch eine halbe Flasche Scotch übrig. Ich glaube, wir könnten alle einen Drink gebrauchen."

Alfred und Christopher begleiteten sie nach oben, wofür

ich dankbar war. Rafe und Margaret, Pete und ich blieben zurück. Wir blickten auf die Asche, die vom Ungeheuer geblieben war, hinunter.

Margaret sagte: „Wir müssen diese Überreste sehr sorgfältig entsorgen. Ich muss etwas recherchieren. Ich bin mir nicht sicher, ob es besser ist, die Asche ins Meer zu streuen, damit sie sich nie wieder zusammenfügen kann, oder sie zu begraben."

Eine neue Stimme meldete sich. Es war die einer jungen Frau, mit leichtem Akzent. Ich drehte mich um, und dort in der abgedunkelten Ecke des Zimmers, wo der Spiegel, nachdem er mir aus der Hand geflogen war, vermutlich gelandet war, lag eine junge ägyptische Frau zusammengekauert auf dem Boden. Ich eilte hinüber, kniete mich neben sie und traute meinen Augen kaum. „Meritamun?"

Unsicher richtete sie sich auf. An ihr Gesicht konnte ich mich natürlich erinnern. Aber als Pete ihr auf die Beine half, sah ich, dass sie eine etwas über 1,50 m große junge Frau war, die ein schönes gelbes Seidengewand trug.

Ich hatte gedacht, noch verrückter könnte der Tag nicht werden. Wann würde ich wohl lernen, keine Prognosen mehr zu treffen? Ich hatte magische Kräfte, aber Weissagen gehörte sicher nicht dazu.

Sie legte eine Hand an ihren Kopf und sagte: „Ich bin frei. Ich bin endlich frei." Ich sah auf das goldene Armband, das ihr Handgelenk umgab, und erkannte darauf den Schutzzauber. So muss das böse Wesen ursprünglich zu ihr gekommen sein.

Margaret war nicht nur weniger romantisch, sondern sie dachte auch praktischer als ich. Sie fragte: „Weißt du, wie man die Überreste dieses Wesens entsorgt?"

„Ja. Ja. Du musst die verfluchte Asche in eine Dose oder anderes Gefäß aus Alabaster geben, dieses in die Wüste bringen und die Asche an ein Kamel verfüttern. Während das Kamel durch die Wüste zieht, wird sie im heißen Wüstensand ausgeschieden. Kamele kommen weit an einem einzigen Tag."

„Nun, das ist praktisch", sagte Margaret. „Wir haben so viele Wüsten um Oxford herum. Und Kamele gibt es an jeder Straßenecke. Ich brauche nur vom nächsten Einkauf ein Alabastergefäß mitzubringen."

Ich war schockiert, wie unleidlich sie war. Immerhin hatte wir heute Nacht Athu-ba besiegt und eine versklavte Hexe befreit. Ich sagte: „Meine Eltern fahren bald wieder in die Wüste. Wenn wir eine solches Gefäß finden, können sie die Asche mitnehmen."

Wir waren uns alle einig, dass dies das Beste war, und dann sagte Rafe, dass er eine Alabasterdose besaß. Wahrscheinlich ein unbezahlbares Artefakt aus seiner Sammlung. Ich sagte, meine Eltern könnten es ihm leer wieder mit zurückbringen.

Er schaute auf die Aschenreste hinunter und sagte, er hielte es für das Beste, wenn sie die Dose auch mitnehmen und in der Wüste vergraben würden. Er ging nach Hause, um sie zu holen, und während er das tat, streckte Meritamun ihre Glieder, tanzte durch das Zimmer und lachte vor lauter Freude an der Bewegung.

Lächelnd sah ich ihr dabei zu, da blieb sie plötzlich stehen und nahm meine Hände. Sie hielt ihren Blick gesenkt. „Ich bitte dich um Vergebung für das, was ich getan habe. Meine Magie wurde für das Böse benutzt. Wenn du mir das Leben nehmen willst, biete ich es dir gerne an."

Instinktiv sah ich Margaret an. Ich war zu erschrocken, um etwas zu sagen.

Margaret sagte: „Wir opfern uns nicht mehr gegenseitig. Oje, du hast viel zu lernen." Sie wandte sich mir zu. „Das arme Mädchen wird nichts über Autos, Flugzeuge, das Internet und ich weiß nicht, was noch alles, wissen."

„Fastfood", fügte Pete hinzu. „Kreuzfahrturlaub. Online-dating. Elektrizität."

Völlig verblüfft schaute sie von einem zum anderen. „Kein Problem", sagte ich und lachte. „Sie wird es nachholen."

Sie legte ihre Finger an das Goldarmband an ihrem Arm. „Das hat mir mein Vater geschenkt", sagte sie traurig. „Er sagte, es würde mich immer beschützen."

Margaret ging nach vorne und betrachtete das Armband. „Es war nicht seine Schuld. Oder deine. Deine Magie war nicht stark genug, um dich vor Athu-ba zu schützen. Und dafür hast du eine jahrhundertelange Strafe verbüßt."

Meritamun nickte und sah traurig aus. „Er hat mich ausgetrickst und mich dann im Spiegel eingesperrt."

Sie schien nicht mehr sagen zu können, also erzählte ich Margaret, was ich wusste. Dass ihr großer Nutzen für den Dämon in ihrer unheimlichen Fähigkeit lag, sich mit den mächtigsten derzeit lebenden Hexen zu verbinden, die für Athu-ba die gefährlichsten waren.

Meritamun nickte. „Ich konnte sie alle sehen. Wie eine Vision. Ganz gleich, wie sehr ich versuchte, es nicht zu tun. Er brauchte nur auf die Spiegelfläche zu schauen, dann sah er die Hexe in ihrem Alltag."

„Jesses!", sagte Pete. „Wie eine Spionagekamera für den bösen Overlord."

Meritamun hatte keine Ahnung, wovon er redete. Ich sagte ihr, ich würde es ihr später erklären und bat sie, ihre Geschichte fortzusetzen. Sie sagte: „Und so war es immer. Ich habe deine Mutter gesehen, und dann habe ich dich gesehen. Er hat den Spiegel mit einem Zauber belegt, so dass deine Mutter gezwungen war, ihn dir zu bringen. Es war stets seine Absicht, euch beide zu vernichten."

Sie sah mich an, und der sanfte, dankbare Ausdruck in ihrem Gesicht machte mich fast fertig. Sie sagte: „Normalerweise, wenn jemand, sogar eine Hexe, in diesen Spiegel schaute, sah sie immer nur ihr eigenes Spiegelbild. Du warst die Einzige, die mich je gesehen hat."

„Ich frage mich, warum?"

Margaret schaute mich scharf an. „Ich habe dir ja gesagt, dass deine Mutter, als sie ihre eigene Magie unterdrückte, dir zusätzliche Kräfte verliehen hat. Du musst sehr vorsichtig sein, Lucy. Ich vermute, du bist eine sehr, sehr mächtige, weise Frau."

Ich fühlte mich nicht weise, sondern dumm und ängstlich, und an den meisten Tagen wünschte ich mir, ich wäre gar keine Hexe. Aber im Moment konnte ich daran nicht viel ändern. Meine Mutter hatte so getan, als wäre sie keine, und das war nicht besonders gut ausgegangen. Zumindest bewahrte ich durch das Eingeständnis meiner eigenen Fähigkeiten meine zukünftigen Kinder, falls ich jemals welche haben sollte, davor, so eine Missgeburt zu werden wie ich.

Rafe kam viel früher zurück, als jeder Sterbliche den Weg hätte zurücklegen können. Er zeigte Meritamun die Alabasterdose. Sie war sehr edel. Leicht grünlich mit geschnitzten Hieroglyphen. „Reicht die?"

Sie nahm die Dose, öffnete sie und setzte dann den Deckel wieder darauf. „Ja. Die eignet sich sehr gut dafür."

„Aber sie ist doch wunderschön", sagte ich. „Bist du sicher, dass du nicht willst, dass meine Eltern sie dir wieder zurückbringen?"

Er sah mich an. „Ich müsste immer daran denken, dass die Überreste dieses bösen Dämons darin waren. Nein, es ist mir viel lieber, wenn sie irgendwo in der Wüste vergraben wird."

Er lächelte ein bisschen. „Außerdem bekomme ich dadurch Platz in meiner Sammlung und kann mir etwas Neues zulegen."

Ich holte die Kehrschaufel und den Besen, und wir fegten die Asche sehr sorgfältig zusammen und gaben sie in die Alabasterdose. Obwohl der Deckel festsaß, klebte ich ihn zur Sicherheit mit Klebeband fest.

Dann gingen wir alle nach oben. Bevor ich das Licht löschte, blickte ich zurück und sah einen merkwürdigen, sternförmigen Brandfleck, so wie der in Logans Wohnheimzimmer. Ich plante, den Bereich zu schrubben, bis der Brandfleck wegginge, oder, wenn das nicht funktionierte, den ganzen Boden zu streichen. An die Schrecken dieses Abends wollte ich nie wieder erinnert werden.

Als ich an der Tür zu meiner Wohnung ankam, stellte ich fest, dass Rafe zurückgeblieben war und auf mich wartete. „Alles in Ordnung mit dir?", fragte er.

„Ich glaube ja." Ich rieb mir mit dem Handballen über die Stirn. „Ich habe herausgefunden, dass meine Verkäuferin ein böser und mächtiger Dämon war, habe gesehen, wie meine eigene Mutter vor meinen Augen fast umgebracht wurde, und außerdem entdeckt, dass sie auch eine Hexe ist. Es war schon ganz schön was los heute Abend."

Er sah mich eindringlich an. „Da unten in dem Gang gefangen zu sein, dich schreien zu hören und nicht durchbrechen zu können, das war auch für mich ein ganz schön harter Abend."

Ich starrte ihn überrascht an, denn sein Ton war sehr eindringlich. Unsere Blicke trafen sich und er legte seine kühle Handfläche an meine Wange. „Du bist wichtig für mich geworden, Lucy. Ich könnte es nicht ertragen, wenn dir etwas zustoßen würde."

Ich legte meine Hand über seine, die auf meiner Wange ruhte. „Nun, heute Abend hast du mit dazu beigetragen, dass mir nichts passiert ist. Meine Mutter sorgte sich, ich wäre einsam hier und hätte keine Freunde. Aber heute Abend wurde mir klar, wie eng ich mit dir und den anderen Vampiren verbunden bin, und auch mit meiner Mutter, Margaret und Nyx. Und jetzt auch mit Meritamun. Ihr alle macht mich stärker."

Er ließ seine Hand sinken und legte seinen Arm um mich, in einer einarmigen Umarmung. „Wofür hat man sonst Freunde."

KAPITEL 19

Oben hatte Mom die halbe Flasche Whisky geöffnet, die noch von Hamishs Besuch übrig war. Scotch mochte ich nicht einmal, aber ich nahm dankbar ein kleines Glas entgegen.

„Nun", sagte meine Mutter, „ich bin froh, dass das vorbei ist."

Das war eine solche Untertreibung, dass wir alle in Gelächter ausbrachen.

Sie sagte: „Meritamun, ich weiß nicht recht, was wir mit dir machen sollen." Sie schaute mich an und ich wusste, dass sie, was auch immer sie von diesem Abend noch wusste, nicht vergessen hatte, dass sie so plötzlich ihre Magie akzeptiert hatte. Sie sagte: „Ich bin sicher, Lucy und ich könnten es schaffen, dir ein paar Ausweispapiere zu besorgen. Wenn mein Mann und ich nach Ägypten zurückkehren, würden wir dich gerne mitnehmen, damit du nach Hause kannst."

„Nach Hause", sagte sie leise. „Ich fürchte, dass sich vieles verändert hat, seit ich das letzte Mal frei war. Alle meine Freunde und meine Familie sind längst tot, die einzige

Freundin, die ich auf der Welt habe, ist Lucy." Sie schaute mich an. „In meiner Welt, zu meiner Zeit, war ich die Dienerin eines mächtigen und guten Zauberers." Sie legte die Hände zusammen und neigte leicht den Kopf. „Es wäre mir eine Ehre, wenn du mich in deinen Dienst nehmen würdest."

Ich war so verblüfft, ich wusste nicht. was ich sagen sollte. Fast hätte ich ihr gesagt, dass die Sklaverei längst abgeschafft war, aber ich wollte ihr nettes Angebot nicht ablehnen. Außerdem, wo sollte sie hin? Sie konnte sich gar nicht vorstellen, wie sehr sich die Welt verändert hatte. Bevor ich etwas sagen konnte, begann Rafe zu kichern. Ich konnte an den Fingern einer Hand abzählen, wie oft ich den Mann lachen gehört hatte, also konnte ich nicht anders, als ihn anzustarren.

Das Lachen war immer noch nicht ganz aus seinem Gesicht gewichen, da sagte er: „Nun, du hast ja eine freie Stelle für eine Verkäuferin, Lucy."

Ich schlug mir mit der Hand an die Stirn und stöhnte. „Oh nein! Du hast Recht. Ich habe gerade wieder eine Verkäuferin verloren. Und ich kann beim besten Willen nicht noch einmal zu Mrs. Winters gehen und in ihrem Laden eine Stellenanzeige aushängen. Noch einen Vortrag darüber, wie wichtig es ist, seine Mitarbeiter zu halten, könnte ich nicht ertragen."

Meritamun schaute mit leicht verwirrtem Blick von einem zum anderen. Ich sah zu Mom hinüber und dann zu Margaret und Pete. „Was meint ihr?"

Meine Mutter sagte: „Ich wäre froh, wenn Meritamun hierbliebe. Um eurer beider willen. Ihr könnt füreinander da sein."

Ich nickte. „Das ist eine großartige Idee. Und ich habe noch eine. Dürfen wir dich Meri nennen?"

„Meri", sie ließ sich das Wort wie ein Bonbon auf der Zunge zergehen. „Meri."

„Es klingt zeitgemäßer und wird für die Leute hier leichter auszusprechen sein."

„Ja. Das gefällt mir. Ein neuer Name für mein neues Leben."

Margaret sagte: „Ihr seid beide im Hexenzirkel willkommen." Als sie meinen Gesichtsausdruck sah, sagte sie: „Oh, mach dir keine Sorgen. Meri käme lediglich als Austauschstudentin aus Ägypten. Wir können auch nahe an der Wahrheit bleiben. Wir sagen, sie kennt sich mir der Geschichte des alten Ägyptens aus."

Rafe nickte. „Das ist eine ausgezeichnete Idee, Margaret. Meri ist Archäologiestudentin. Sie hat ihr Studium beendet und Lucy durch ihre Eltern kennengelernt, was ja auch stimmt. Lucy brauchte eine Verkäuferin in ihrem Strickladen." Erneut breitete sich ein sehr untypisches Grinsen auf seinem Gesicht aus. „Weil ihre letzte in einem Feuerball explodiert ist." Er stand gerade so nah bei mir, dass ich seinen Knöchel mit meinem Fuß erreichen konnte, um ihn zu treten. Wieder lachte er laut.

Margaret stand auf. „Ich muss gehen. Wie auch immer, Lucy, ich hoffe, du hast gelernt, wie wichtig Gemeinschaft ist." Sie durchbohrte mich mit ihrem hellen blauen Blick. „Samhain steht vor der Tür. Ich erwarte euch beide bei der Samhain-Feier mit anschließendem Abendessen."

Mom blickte auf. „Darf ich auch mitkommen?"

Margaret sagte: „Es ist sicherlich an der Zeit. Und jetzt muss ich gehen. Sei gesegnet."

Nachdem Margaret gegangen war, sagte Pete: „Das ist ja alles schön und gut, aber Meri kann in einem Strickwarengeschäft nicht in diesem Aufzug herumlaufen."

Wir schauten alle auf Meris Gewänder und Mom sagte: „Schnell, bevor dein Vater nach Hause kommt. Du musst doch etwas haben, das ihr passt?"

Ich stand auf und schlug Meri vor, mit mir in mein Schlafzimmer zu kommen. Wir gingen nach oben und ich kramte eine alte Jogginghose und das kleinste T-Shirt hervor, das ich finden konnte. Ich sagte: „Morgen gehen wir einkaufen und besorgen dir ein paar richtige Klamotten."

Als ich ihr beim Anziehen geholfen, ihre aufwendige Frisur gelöst und ihr langes dunkles Haar so gekämmt hatte, dass es ihr gerade um die Schultern schwang, sah sie einer Studentin schon sehr ähnlich.

Als wir wieder ins Wohnzimmer kamen, war mein Vater nach Hause gekommen.

Ich setzte mich auf das Sofa, und Meri ließ sich nervös neben mir nieder, da sie in ihren neuen Kleidern sichtlich in Verlegenheit war. Nyx sprang auf meinen Schoß und rollte sich zusammen. Sie war kaum von meiner Seite gewichen, seit wir fast vernichtet worden waren.

Pete beugte sich vor und sagte zu Meri: „Du siehst wunderschön aus." Dann wurde er rot und sagte: „Ich meine, mit offenen Haaren und diesen neuen Klamotten wirst du gut zu uns allen passen."

Mein Vater schien von der improvisierten Party etwas überrascht, aber Mom erklärte ihm, dass wir die Einstellung einer neuen Verkäuferin feierten.

Mein Vater schaute verwirrt. „Aber was ist denn mit der

reizenden älteren Dame passiert? Sie schien doch perfekt zu sein?"

Mom sagte sanft: „Sie hatte einen Notfall mit einem ihrer Enkelkinder. Deshalb konnte sie auch nicht vorher kündigen. Aber zum Glück kannte Pete Meri. Sie ist eine Expertin für das Mittlere Reich."

„Wirklich?", fragte mein Vater, der viel interessierter aussah als bei allen Gesprächen, die er jemals mit Eileen geführt hatte. „Sie haben sicher an der Universität Kairo studiert. Dort leistet man hervorragenden Arbeit. So ein Zufall, dass Sie gerade heute hier auftauchen, denn Hamish und ich haben heute Abend beim Essen über etwas gerätselt. Vielleicht können Sie uns helfen. Es betrifft Intef den Älteren."

„Mom", flüsterte ich. „Du musst ihn bremsen."

Aber sie lächelte nur und schüttelte den Kopf. Und sie hatte Recht. Als Meri und mein Vater über eine Welt sprachen, die sie so gut kannte, verlor sie ihre Schüchternheit und gewann vielleicht etwas von dem zurück, was sie verloren hatte, ihre Geschichte und die Geschichte ihrer Familie.

Nachdem sie seine Frage und noch ein paar weitere beantwortet hatte, wandte er sich an mich. „Eins muss ich dir lassen, Lucy. Du hast eine hervorragende Verkäuferin eingestellt."

Ich bezweifelte sehr, dass Meri überhaupt stricken konnte. Sie hatte noch nie einen Computer gesehen oder einen Winter in Oxford überlebt. Aber, ob er es wusste oder nicht, mein Vater hatte Recht. Eine loyale Hexe als Verkäuferin zu haben, wäre ein großer Fortschritt gegenüber einem seelenfressenden Dämon.

Als ob er meine Gedanken gelesen hätte, sagte Rafe: „Sie haben recht, Sir. Loyalität ist wichtiger als stricken zu können." Er hob sein Glas. „Auf Lucy und ihre neue Verkäuferin."

Als alle ihr Glas erhoben und den Trinkspruch wiederholten, sah Rafe mich an, und ich wusste, dass Meri nicht die Einzige war, die mir ihre volle Loyalität schwor.

Danke, dass Sie das Buch gelesen haben. Ich hoffe, Sie hatten Spaß mit Lucys neuestem Abenteuer. Werfen Sie hier gleich noch einen Blick in den nächsten Krimi, *Zwirn und Zauber*.

Eine Nachricht von Nancy

Liebe Leser und Leserinnen,

Vielen Dank, dass Sie die Serie der Strickclub der Vampire lesen. Ich freue mich sehr über die Begeisterung, die diese Serie hervorruft. Ich habe vor, noch viele Geschichten über Lucy und ihre bestrickenden Vampire folgen zu lassen.

Über Rezensionen freue ich mich immer, und vergessen Sie nicht, anderen Liebhabern von Häkel- und Strickkrimis von dieser Serie zu erzählen.

Sie können Ihre Rezension auf Amazon hinterlassen.

Ihre Beiträge sind die Wolle, mit der ich diese Geschichten stricke.

Bis zum nächsten Mal.
Viel Spaß beim Lesen,

Nancy

BÜCHER VON NANCY WARREN

Erfahren Sie mehr über neue Ausgaben und Sonderangebote in Nancy's Newsletter (auf Englisch) bei NancyWarrenAuthor.com oder folgen Sie ihr auf Facebook auf facebook.com/nancywarrenDeutsche

Der Strickclub der Vampire

Verwirrung und Verrat - ein kostenloses Prequel für die Abonnenten von Nancys Newsletter

Der Strickclub der Vampire - Band 1

Maschen und Magie - Band 2

Häkelei und Hexenkessel - Band 3

Zwirn und Zauber - Band 4

Lieblingspullis und Liebestränke - Band 5

Weissagung und Wollpullover - Band 6

Schwindelei und Spitze - Band 7

Bommelmützen und Besenstiele - Band 8

Poltergeist und Popcornmuster - Band 9

Gargoyles und Geheimbünde - Band 10

Dolch und Diamanten - Band 11

Flüche und Fischgrätmuster - Band 12

Der Strickclub der Vampire: Band 1-3

Das Verwunschene Brautkleid

Eine Serie aus fünf romantischen Komödien über Frauen, die auf der Suche nach dem richtigen Kleid, den dazu passenden Schuhen und dem perfekten Mann sind.

Die Flucht der Braut - Buch 1

Die Braut aus Zweiter Hand - Buch 2

Brautjungfer zu mieten - Buch 3

Ein Brautkleid zum Verlieben - Buch 4

Wenn das Kleid passt - Buch 5

Die Oma

Das Jahr, in dem die Weihnachtsoma das Weite suchte

Um eine vollständige Liste ihrer Bücher zu sehen, gehen Sie auf Nancys Website NancyWarrenAuthor.com

ÜBER DIE AUTORIN

Nancy Warren ist eine USA Today Bestseller-Autorin und hat mehr als 100 Romane verfasst. Sie stammt ursprünglich aus Vancouver, Kanada, zieht jedoch gerne um und hat längere Zeit in England, Italien und Kalifornien gewohnt. Die Inspiration zur Strickrunde der Vampire kam ihr während ihrer Zeit in Oxford. Gegenwärtig lebt sie teils in Großbritannien, in Bath, wo sie oft so tut, als sei sie Jane Austen, oder zumindest eine von deren Romanfiguren, und teils in Victoria, Britisch-Kolumbien, wo sie es genießt, am Meer zu leben. Zu ihren Lieblingsmomenten zählen die Tage, als sie die Antwort in einem Kreuzworträtsel der kanadischen Zeitung National Post war, als sie es mit ihrem Roman Speed Dating, dem Auftakt zur Buchreihe Harlequin's NASCAR, auf das Titelblatt der New York Times schaffte, und die drei Male, als sie für den RITA-Award, den bedeutenden Preis für englischsprachige Liebesromane, nominiert wurde. Sie hat einen MA in kreativem Schreiben von der Bath Spa University. Sie ist eine begeisterte Wanderin, liebt Schokolade und vor allem liebt sie es, von ihren Lesern zu hören!

Die beste Weise, mit ihr in Kontakt zu bleiben, ist, sich über NancyWarrenAuthor.com für Nancys Newsletter anzumelden (auf Englisch).

Mehr über Nancy und ihre Bücher erfahren Sie hier:
NancyWarrenAuthor.com

facebook.com/nancywarrenDeutsche

instagram.com/nancywarrenauthor

amazon.com/Nancy-Warren/e/B001H6NM5Q

goodreads.com/nancywarren

bookbub.com/authors/nancy-warren